Gaea

護玄／著

VOL. 10 新版

〈學院篇〉完

特殊傳說 10〈學院篇〉完

目錄

特殊傳說
THE UNIQUE LEGEND

登場人物介紹

Atlantis 學院

姓名：褚冥漾（漾漾）
年級/班別：高中一年級/C部
性別：男
袍級/種族：無/人類（妖師）
個性：非常普通的男高中生，個性有點怯懦，不太敢與人互動。

姓名：冰炎（學長）
年級/班別：高中二年級/A部
性別：男
袍級/種族：黑袍/？
個性：脾氣暴躁、眼神銳利。不過是標準刀子口豆腐心的好人～

姓名：米可蕥（喵喵）
年級/班別：高中一年級/C部
性別：女
袍級/種族：藍袍/鳳凰族
個性：個性爽朗、不拘小節，喜歡熱鬧。非常喜歡冰炎學長！

姓名：雪野千冬歲
年級/班別：高中一年級/C部
性別：男
袍級/種族：紅袍/？
個性：有點自傲，知識豐富像座小型圖書館；討厭流氓！

姓名：西瑞．羅耶伊亞（五色雞頭）
年級/班別：高中一年級/C部
性別：男
袍級/種族：無/獸王族
個性：個性爽朗、自我中心。出身於暗殺家族，打扮像台客。

姓名：萊恩．史凱爾
年級/班別：高中一年級/C部
性別：男
袍級/種族：白袍/人類
個性：個性隨意，存在感低、經常超自然消失在人前，執著於飯糰！

登場人物介紹

Atlantis 學院

姓名：藥師寺夏碎
年級/班別：高中二年級/A部
性別：男
袍級/種族：紫袍/人類
個性：個性淡泊，不喜過多交談，是個溫柔的好哥哥。

Alis 學院

姓名：伊多．葛蘭多
年級：大學一年級
性別：男
袍級/種族：白袍/水之妖精
個性：成熟穩重且平易近人，性格溫和。先見之鏡的守護者。

姓名：雅多．葛蘭多
年級：大學一年級
性別：男
袍級/種族：白袍/水之妖精
個性：不愛講話，外在冷淡繃著一張臉，不過卻是個好人。

姓名：雷多．葛蘭多
年級：大學一年級
性別：男
袍級/種族：白袍/水之妖精
個性：極具冒險精神，永遠都掛著笑臉，喜歡搗蛋，對五色雞的頭髮異常執著。

其他

姓名：褚冥玥
身分：大一生，漾漾的姊姊
性別：女
袍級/種族：紫袍/人類（妖師）
個性：直率強硬，很有個性的冷冽美女。異性緣爆好！

在那之後，曾經度過很多時間、經歷過大小一切事物。

她問我有沒有後悔過那時候進入了學院？

沒錯，在時間流逝之後我想過成千上萬次我後悔了幾次，我後悔了無數次。

但是慶幸進入的次數高過後悔，至今仍是如此。

人的一生有許多的選擇。

或許是對或許是錯，時間不會給人有後悔、回首的機會，第一次不會再次發生。

人的一生還有幾次機會？

唯有肯定自己，世界才會肯定你，時間的潮流不會讓任何事情毫無意義，即使你停步不走，所有的故事還是繼續向前發生著。

這是屬於許多人的故事。

屬於我們的特殊傳說。

第一話　熟悉的陌生人

地點：Atlantis

時間：上午七點八分

「去把那個有空間法術能力的紅袍處理掉。」

一邊對付洛安，安地爾瞇起藍金色的眸子朝旁邊的人下了指示：「他會妨礙我們的行動。」

被下了命令的人速度很快，幾乎瞬間就出現在我們面前，快到連千冬歲都沒來得及做出反應。

「小亭！保護他們！」騰出手抓住了小亭，夏碎學長直接將手上的女孩拋出來，同時黑色的詛咒體竄出了小偶轉化成大隻的單眼黑鳥朝那人衝過去，硬生生將攻擊者給逼退了一步。

就在那一瞬間，我好像看見像是火焰一樣的髮從我眼前劃過去。

「夕飛爪！」喵喵翻過身護著千冬歲，朝空揮了一下大爪，綠色的光球散開掉落在冰潭上，眨眼，冰面上竄出了大片大片的綠色藤蔓將那個人給纏住：「漾漾！千冬歲，快點逃！」說著，一手一個拉住我們就往另一端逃開。

下意識地，我完全知道我們無法抵禦這個人。

爲什麼？

他給我一種絕對無法對付的熟悉感。

只被藤蔓牽制不到兩秒，那些綠色的藤蔓突然著了火，眨眼就被燒成一大團的灰燼，而那個人就像鬼魅一樣立刻又來到我們眼前。

黑鳥追得很快，拚命想將攻擊者擋下來。不過對方似乎也不太怕她，完全不將攻擊自己的鳥放在眼裡，手中黑刀一翻差點就將小亭的翅膀給切下來，幸好小亭躲得更快，銳利的刀鋒只從她的身側擦過、削掉幾片羽毛尖端。

抓住了短暫的喘息時間，我也連連朝那個人開了好幾槍。

不知道是什麼原因，這人並不像其他鬼族給人很大的壓力，只有一種說不出的可怕殺意，但是不到被壓迫而無法動手的地步，所以連我都還勉強可以出手抵抗。

接連幾槍全都被他打掉，轉換成冰的子彈也對他造成不了什麼傷害。

「我找到了！」一邊退後，千冬歲的眼睛始終都在那個追蹤法術上，在確定了目標位置之後，他看了我和喵喵一眼，用很快的速度把箭給搭上去，然後往旁邊一閃身直接拉開了滿弓、射出了箭支。

所有事情都在那瞬間發生。

箭支貫穿了空氣，快速扯開黑色的裂口，在附近的幾個中階鬼族受到了空間動搖的波動，連掙扎都來不及就猛然被吸進那些黑暗地帶裡，有些甚至直接被活生生撕裂，不受控制的黑色就這

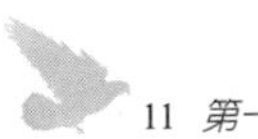

樣扯裂吞噬不少鬼族。

然後，有東西從裡面出現了。

一種無法言喻、幾乎能讓人窒息的壓迫感從裡面散溢出來。

我轉動了老頭公加強結界，否則感覺好像就會被這種壓力給壓碎似地，讓人幾乎承受不住。

那裡面出現了最熟悉不過的臉。

曾經在過去的記憶中，與精靈第三王子共同奔馳的那張年輕面孔。

「果然！」連續朝在空間中的人放出了兩箭，千冬歲俐落地往下一閃，閃開了往他劈去的黑刀。

不過纏住我們的攻擊者反應很快，沒有命中之後硬是在空中收了刀勢，轉動了手腕迅速改變刀鋒方向，直接就從千冬歲的胸口前劃去，拉出一道淺淺的傷口。

黑鳥發出銳利叫聲，衝過去就是一陣猛烈的攻擊，不斷拉扯著那個人的斗篷，拚命抓著他被覆蓋在下方的面孔。

「千冬歲！」喵喵跑過去扶著往後踉蹌一下的人，喚出了治癒的法術。

這種情況也來不及考慮會不會再嚴重受傷。

「米納斯，換吧！」

幾個細微的聲響後，我抓住了長長的槍身然後讓她自行上膛，在對方揮開小亭舉刀要再度襲擊我們時扣下扳機。

巨大的衝擊力與巨響幾乎馬上傳來。

我看見喵喵和千冬歲撲過來抓住我，然後楔擋在他們後面，瞬間我們被巨大的力量給撞飛出去，四個人在不遠處的冰柱下面摔成一團。

米納斯這次出來的似乎不是冰彈，因爲對方也被槍的力量撞出去，周圍跟著平空爆裂的水柱將一大半中階鬼族沖到很遙遠的對面去，歪七扭八地摔在冰面上，一時之間也都暈呼呼地爬不起來。

可能這次的子彈不同，發揮出來的衝擊力也都被分散掉，所以我全身雖然好像痛到骨頭像是都要散了，不過卻沒有什麼腸子斷掉還是胃破掉的感覺，只有皮肉痛而已。

抬起頭時，我看見其他人的對手同時收手，翻身回到了安地爾兩側。

然後，安地爾後面出現了那張熟悉的臉。

「這是現世了吧……」

沉重且熟悉的聲音用幾乎要撕裂人耳膜的方式傳來。

「是的，這所學院就是我向您報告過連接兩個世界的接口。」勾起了優雅的笑容，安地爾緩緩讓開了一步，讓身後的人從黑暗空間中踏出了步伐。

黑色的眼睛直視著我們所有人。

「吾被這些生物壓制夠久了……」拖慢的語氣，四周的溫度驟然開始冷熱不定，像是所有的空間法則都被打亂似地，連空氣都變得動盪扭曲，「除了妖師之外，全都殺掉。」

乒地聲，鬼族那邊的冰面下陷裂出了巨大的痕跡。

「留下那個用槍的黑髮人類，其他全部殺光沒關係。」安地爾愉快地下了命令，直接就往我這邊衝過來。

他的動作太快，我來不及反應。

不對，應該說是「那個人」出現之後，強悍的壓力讓我幾乎無法呼吸，像是快要窒息一樣，恐懼瞬間席捲了全身、無法動彈。

一樣……

跟當初在鬼王塚時完全相同。

幾個無法承受鬼王巨大壓力的武軍在瞬間就被鬼王高手剿殺，連登麗他們都來不及救援。

喵喵滿臉都是害怕的眼淚，可是還是拚命想要去救那些人。

「這個世界、該死的世界，那些將吾族逼入絕境的精靈在哪裡！」憎恨的聲音穿破了空氣，整個水潭的冰面快速震裂，好幾個地方都炸出了水花，冰面開始變得極度不穩，「任何一寸土地都該歸吾族所有，殺吧！全都殺吧，讓這個世界連一點可恨的陽光都不留！吾等將重新降臨世界！」

像是被激勵鼓舞般，那些鬼族的攻擊力開始增強了。

我就站在那邊，錯愕得不知道該做什麼。

千年前，學長的父親就是站在這種地方嗎？

黑色的身影站在我的面前。

「哪，這次你來或是不來呢？」安地爾微笑著對我伸出手：「妖師一族將得到至高無上的地位，你想要的東西我們也可以給你，來、不來呢？」

「我想要……的東西？」機械式的回應，我不懂安地爾爲什麼會說出這句話。

安地爾彈了一下手指，穿著斗篷的那個人幾乎瞬間就出現在他的身後。

「還未向你們介紹過吧，我的新搭檔，也是耶呂的七大高手之一。」

那個人在安地爾點頭後走上前，緩緩拿下了自己斗篷的遮帽，紅色如同火焰的長髮整個瀑散了下來，劇烈燃燒般的顏色讓人無法忽視。

我瞠大眼睛，完全無法移動腳步。

一雙血紅如火的眼睛看著我，毫無情感。

空氣在這秒凝結了。

「……學長？」

※

太安靜了。

周遭全都安靜了下來，誰都沒有說話。

我只能瞪大眼睛，愣愣看著站在面前的人，那個我一度以爲再也不可能會出現、回來的人。

一樣的面孔，連一絲波動都沒有的眼睛毫無任何情感。

火色燃燒般，血紅到令人害怕的頭髮飄落在空氣當中，靜靜地像是等待伏擊的猛獸，刺眼到讓人想要掉下眼淚。

不對，這不是學長。

驚覺這件事情之後我馬上從瞬間的悲哀回過神，學長並不是這個樣子，至少他的髮色與學長完全不一樣。

「你考慮得如何？」安地爾的笑臉就在「學長」後面。

「想都別想。」

「你以爲這是假貨嗎？」走到那個人的旁邊，安地爾一把抓住了紅色的髮束：「這是完全的眞貨喔，你們的黑袍炸斷冰川時我將人帶走了，原本想說直接吞噬靈魂……不過看來他也遺傳了亞那的頑固，怎樣都吞不進去，放著又完全不配合也無法取得任何資料，且失衡時要自由控制也很難拿捏，所以我只好做點小事情。」

我看著學長模樣的人，突然全身發寒。

安地爾還未說出口，我猛地就知道他接下來要說的是什麼。

「我抽掉精靈的靈魂、能力，留下燄之谷的力量和軀殼，就是現在這個樣子。」

「安地爾！」

我聽見從自己喉嚨裡發出來的怒吼聲，一把抓住米納斯之後完全不考慮地衝著他的臉要再放一槍，還沒來得及攻擊，旁邊的千冬歲連忙拉著我的手：「不要再用第二型態了！」

「我管他！」就算整個人被震爛我也要這渾蛋去死！

看著我們兩個短暫的拉扯，完全不打算閃避的安地爾依舊勾著不變的微笑：「你們最好還是不要輕舉妄動，現在亞那的孩子完全聽命於我，如果不想他身上隨便穿個洞或者是擋其他攻擊……請衡量一下狀況吧。」

停下動作，我看著已經走到我們面前的學長。

毫無溫度的表情和以往完全不同，雖然以前也沒什麼表情，但那時候他是真實活著，會說會瞪還會突然揍人。現在我突然寧願他像以前一樣就這樣直接一腳踹過來或是一巴掌過來，隨便怎樣惡言都好，可是他就站在我們眼前，什麼都不做。

「那麼，你來或不來呢？」搭著學長的肩膀，安地爾重新說了一次。

「我絕對不會去的！」不管如何……我不可能幫他們。

「眞可惜，還以爲可以多招攬一位妖師。」看著我，安地爾聳聳肩，「對了，順便告訴你一件事情算是謝謝你提供血與力量。我的王將妖師的軀體和力量順利結合之後，也擁有與你們同樣的能力，所以妖師一族現在對我們來說其實可有可無，而你們的能力可能也無法用在我們上面。」

我愣了一下，也就是說力量與力量抵銷的話，然他們也無法對鬼族做些什麼？

「你不覺得學院太容易攻破了嗎？」沒等到我回答，安地爾便又逕自接下去：「這種能力還眞是方便，要是精靈大戰那時候凡斯沒有反悔，這時候的我們說不定已經將這個世界全都收在手中了。」

「你們把妖師的能力用在這裡？」

「當然，既然有，爲何不使用？」拍了一下手，安地爾往後退開幾步：「談話的時間結束了，既然你不願意現在就投降，那也只好等到全都打完之後再讓你們做選擇了。先殺了那個有空間能力的紅袍，接著去毀掉水結界。」

他後面這些話是對著學長說的，也在那瞬間，我看見眼前一片的紅色動了。

「不可以！」

喵喵衝了出來，夕飛爪幾乎是在同時擋下了黑刀，重悍的力道讓喵喵整個往下沉，冰面也立即裂開來、發出極度危險的聲響。

「快點，去擋下那小子！」不知道什麼時候站起來的楔甩了甩耳朵，指著學長：「他想將水結界毀掉。」

我們擋得下來嗎？

安地爾站在後面微笑，他甚至還未出手。

「漾漾，你退開。」握住了弓，千冬歲翻過身朝著學長那邊連發了好幾箭。

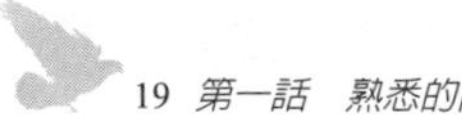

抽回黑刀將箭支打落，學長幾乎完全沒有空隙轉身就將喵喵給踢了出去，蹬了反衝的力量瞬間就來到千冬歲眼前，快到幾乎讓人反應不過來。

「唔——」往後退開一步，千冬歲避開了直逼面前的黑刀，似乎是不想牽連我們，突然往旁邊跑開。

摔在一邊的喵喵也爬起身追了上去，黑色的鳥瞬地撲了下學長後高高地躲開，往千冬歲那裡飛。

冰冷地看著奔出一段距離的紅袍，學長幾乎眨眼間就追上他。

重新握住米納斯，正想幫千冬歲的同時，我看見有人閃身擋在我面前。

那個討人厭的安地爾一把按住米納斯的槍身：「不要做這些無用的動作，一切很快就會結束了。」

「不會結束的。」瞪著安地爾，我用力咬咬牙，讓身體不要太害怕那種壓力：「那個、不是學長。」

然後，我扣下了米納斯的扳機。

❀

一個細小的洞口出現在安地爾的肩膀上，接著用很快的速度開始凝結起冰霜。

像是再度開戰的響號，所有鬼族發出了巨大的咆哮聲，外層的衝破了結界將裡面所有人都給沖散開來。

「褚，後退！」

即時趕到的夏碎學長一把將我往後拉，同時朝著安地爾甩出了黑鞭。

完全沒有躲避，直接抓住黑鞭，安地爾動了下，肩膀上的凝冰突然開始消退且傷口復元：「你看起來很氣憤，不過這就是事實，他已經是我們這邊的人。」

「我絕對會將你們全毀了。」瞇起眼睛，夏碎學長轉動手腕，黑鞭像有著自己生命般倏然掙脫了鬼族的手，眨眼就在安地爾的臉上勾出刺眼的血痕。

被擋在後面的我看見安地爾還是在笑，而他身後有著凡斯面孔的鬼王踏出了步伐，直接就對上了想過來救援的其他袍級。

所有事情都在這瞬間發生。

就像在黑館那時候一樣，那些袍級在鬼王面前幾乎就像小孩般難以抵抗，不過幾秒時間就已經好多人被拽倒在地上。

武軍的血溢滿了整片冰面，然後又被低溫給凝結，鬼族在那裡刨著屍體和血，然後又被來援的醫療班和情報班給逼走，不知道到底有沒有順利回收全部屍體，也不知道有多少傷者被治癒又再次踏回已經全都是紅色的冰面上。

那些紅色的冰凝結又凝結，碎裂的地方又被補上，隱約地，下面深沉的水也跟著開始被染紅，發出了詭異的混融光澤。

「喂，你啊，現在開始聽我說。」楔一巴把我給打回現實，紅色的眼睛直直盯著我看：「那兩個小鬼一定打不過那傢伙。」

他指的方向，是已經開始退敗的千冬歲和喵喵，他們身上都有著逐漸增多的傷口。在我這邊，夏碎學長也差不多是同樣的情形，開始有著居下風的狀態。

「填裝一枚風的子彈……記得吧，如果可以的話，你試著和水結界溝通，運用水結界的力量看能不能暫時做點什麼出來。」

「水結界？」看著冰面底下的水潭，我有種不知道如何開始的感覺：「可是在風結界時是阿利學長幫我的。」如果不是他用風的力量，我想那發子彈應該打不出去吧。

「但是水應該是你的屬性吧，運用幻武兵器的對談力量，那傢伙之前會給你王族兵器不是沒有原因，更不是隨便亂給的，你要試看看。」

會給我米納斯不是沒有原因的？

看著手上的小槍，我有點迷惑。

就在我思考的同時，還沒有等我想出個所以然，楔突然把我給踹開，乓地聲巨大的刀劈在我剛剛待著的地方，錯愕地回頭，我看見已經有中階鬼族盯上我們了。

「抓住那個人類。」安地爾用很輕鬆的方式在與夏碎學長拆招，邊直接朝其他鬼族發令：「活著就行了。」

意思是說斷手斷腳沒所謂嘛！

我立刻從冰上爬起來，順著風的法術往後退開很大一段距離，那些鬼族飛快撲過來。

情急之下，我朝一直衝來的鬼族連開了好幾槍，看見很多黑灰在飛，下一秒又是新的過來，幾乎沒完沒了。

「多擋幾秒。」蹦在冰面上，楔抓破了自己的手然後在血色的冰上用血開始畫出法陣。

「這不是幾秒的問題──」一分心我馬上就看見灰色眼睛貼在前面，嚇到馬上開槍打破那玩意的頭顱。

「有種給我多擋幾分鐘！」

開玩笑！不可能！

「幾秒鐘算便宜你了！」很快地把法陣給畫滿，楔揮了手，那個紅色的法陣圖突然開始轉出亮光，與那時在風結界的很像，光一出來馬上就把我們面前的鬼族給嚇開了好一大段距離，接著法陣稍微擴大了範圍，就在我們周邊固定下來。

「這是小型的光陣。」楔突然趴倒在冰上，我立刻衝過去把他抄起來，「先擋一下……」他的聲音聽起來似乎很疲憊。

「嗯。」我記得光好像可以復元一點體力和傷勢，所以把楔放在比較靠光的地方，然後按住了米納斯朝著學長那邊連開了好幾槍。

黑刀打下了冰彈，紅色的眼睛轉過來看我，就只有那短短一瞬間，接著很快又對上千冬歲他

們，對周遭其他攻擊完全沒興趣。

一檔沒辦法做什麼，我讓米納斯轉成了第二型態，接著突然想到了一件事。當初我在湖之鎮好像打過一顆泡泡，那個泡泡後來證實是強酸成分融了三角螳螂人的臉，不曉得二檔可不可以運用那類的東西？

這樣想著的同時，已經轉換型態的米納斯發出了上膛的聲音，已經自動將子彈填裝上去了。

不管是不是，我決定賭看看。

「千冬歲，你們快躲開！」喊出口的同時，我直接朝學長那邊的地面開了一槍。

這次沒有很強悍的後座力，我只滑開了小小的一段距離。

好幾顆泡泡從槍口散出來接著分裂成更多泡泡，剎那間我看見滿天都是泡泡，密密麻麻多到有點可怕的地步。

二檔是增殖而已嗎？

趁著學長避開泡泡的同時，千冬歲拉著喵喵快速進到了光結界裡，然後拉開了弓朝著那些飄浮中的泡泡連續射擊。

於是，傳說中的酸雨就是這樣產生。

泡泡一被打破，裡面馬上噴出了大量液體，那些液體一碰到冰面，冰面就發出了詭異的破裂聲響，瞬間碎開。

我們四周的冰面馬上就變成一片一片的，水花從中間的裂縫噴了出來，腳下也開始變得很不穩固，好幾個鬼族都摔下去，在碰到水潭的同時立即就被淨化成一大堆飛灰、最後消失。

學長就站在另外那端，冷冷地看著四周的鬼族摔下去，也沒有興趣去救那些中低階的東西。

我應該怎麼辦？

看著學長就站在我們面前，我想千冬歲和喵喵應該也都跟我一樣。

我們並不想眞的對學長出手。

「喵喵，那個有辦法處理嗎？」擦去了臉上的血漬，千冬歲低頭問了一下正在幫他治療的喵喵。

「……」喵喵含著眼淚搖搖頭，什麼話也沒說。

光是看她的模樣，我就知道一切都完了。

※

砰地聲音從旁邊傳來，回過頭，我看見夏碎學長摔在旁邊撞碎了一根不小的冰柱、躺在那些透明的碎片上，而身上多了好幾個傷口，當中還有黑針在上面。

「跟之前一樣，你們都還太弱了，讓我開始感覺無聊。」安地爾走了過來，蹲在夏碎學長身邊：「說看看，你是不願意對付之前的搭檔嗎？明知道對上我只有死路喔？」

「……我以我的搭檔爲榮，如果他成爲鬼族，我就會親手將他毀掉。」迅速抽開手上的黑針，夏碎學長立即將黑針往它原本主人的臉上送去。

輕鬆避開攻擊，安地爾往後一翻站起身：「眞有意思，爲了不讓我好不容易做好的搭檔被毀掉，我只有現在請你們乖乖去死了。」說著，他勾動了手指，翻出了黑亮的長針。

「不要動主人！」

不曉得什麼時候自己去把身體弄回來的小亭從旁邊撲出來，一把抓住安地爾的手腕張開了口：「殺了你！」

「小亭！不要！」

一隻手從安地爾的側邊出現，直接掐住了小亭的頸將她提高，不曉得什麼時候回到安地爾旁邊的學長收緊了手，另手握了黑刀就要往她的腰邊砍下去——

「等等。」止住了學長的動作，安地爾看了一眼夏碎學長，然後似笑非笑地看著小亭：「妳這個詛咒體，連一開始的主人都認不出來嗎。」

小亭愣住了。

她的表情與那晚當機時很像，也和剛剛的樣子差不了多少，呆呆的就這樣望著眼前的鬼王高手：「……之前……主人……？」

「創造妳的人，忘記是誰嗎！」

沒有讓小亭有回答的時間，黑鞭直接往學長方向過去，迫使他鬆開了手。

接住小亭向後拉開一段距離，夏碎學長重重喘著氣：「原來競技賽那時就是你動的手腳。」

安地爾勾起笑容：「當然，那個水妖精的能力太過礙事，不過他真的滿命大的，連續要殺他都沒殺死，真是挺可惜的。」

被挾著的小亭開始掙動起來，然後抬起臉朝安地爾的方向吐了舌頭：「小亭的主人才不是你！不是你啦！」

「看來你把我的詛咒體改得很有意思。」盯著小亭看，安地爾環起手：「像這種東西，要幾個有幾個，跟垃圾沒兩樣，有必要如此珍惜嗎？」

「給我住口！」

看著兩邊的衝突似乎又要一觸即發，我著急地抓著槍，不知道要怎樣幫忙起。

幻武兵器與水結界……我可以做什麼？

「千冬歲，等等！」喵喵發出了驚呼，用力抓住正想衝出去幫忙的千冬歲：「不可以！」

「不要攔我！」千冬歲著急地甩開她：「那是我哥！」

「不可以！」

無視於喵喵的阻止，千冬歲直接翻動了手腕，從空氣中拉出了黑色的箭支：「既然你們覺得空間法術很麻煩，就讓你們麻煩到極點！」

倏地一個破風的聲響，黑箭發出了不祥的聲音撕裂了空氣，一種沉黑的顏色跟著空氣一起被割開來，散出了讓人不安的氣息。

「以雪野家之名，侍奉於神諭之所的黑色之力——」

「褚！阻止他！」一聽見千冬歲唸出的東西，夏碎學長馬上衝著我們大喊。

幾乎是反射動作，我和喵喵撲過去把千冬歲給壓倒在地上。

摔倒之前，我看見黑色的縫裡出現了一個很大的紅色眼睛，然後緩緩地消失在黑暗之中，之後空氣閉鎖，像是什麼都沒有發生過。

「不要阻止我！」千冬歲憤怒地喊。

「這個不行！千冬歲會死掉！」喵喵慌張地抓住他，大顆大顆的眼淚往下掉：「拜託、不要……嗚……」

似乎也被喵喵的眼淚嚇到，千冬歲的動作稍微緩了下來。

那是什麼東西？

「雪野家的一種禁忌術法。」靠在光結界旁邊的楔開了口，聲音不太大，有點微弱：「用能力或者生命與黑色使徒交換誓約的法術。」

我看著千冬歲，他還想幫夏碎學長做到怎樣的地步？

「讓人感動，不過我對那東西也很有興趣。」收回了視線，安地爾走向了夏碎學長：「殺了你，那個雪野家的人似乎能替我帶來不少樂趣。」

「那可不行！」

在千冬歲想要爬起來的同時，我們都看見某個黑色的東西直接從上面掉下來，砰地一聲踩裂了冰面，其實已經在微裂的冰面往下沉了沉，讓水潭的水往內漫了一點上來。

「你們怎麼可以對學生下手呢，這樣我們的畢業證書就開不出去了。」

看著那個黑色的東西，我突然覺得這輩子看見他眞好。

「老師！」

穿著黑袍的班導朝我這邊揮了一下手：「你們幾個小不點眞不怕死，這跟校外教學不一樣啊！」

「呵……老師你有辦法嗎？一次兩個人，兩個都是前袍級喔？」從班導身側走出歐蘿妲，一如往常地撥了一下長長的頭髮。

「小班長，要打賭看看嗎！」抓住夏碎學長將他往後推，班導甩甩手看著眼前的兩個對手：「唉，又是學生，這學期不知道打過多少學生了。」

「我賭你需要幫忙。」歐蘿妲微笑著，然後坐在後面稍微凸出的冰塊上：「而且這次我贏定了。」

幾乎就在說完的那瞬間，我看見有個似乎有點透明的巨大手掌從下面往上，直接把歐蘿妲給抬高起來，任她就坐在那上面俯瞰著一切；接著出現的是幾乎有幾層樓高的巨人，同樣都是半透明，身上有著刺青和不明的紋路，而巨人頭上戴著像是原住民一樣的動物骨頭、上面綴滿了毛和裝飾還有超大型的牛角，完全看不出來頭長怎樣。

「喂！小班長！哪有人先把幫手叫出來才說我輸了，我根本沒說我要幫手啊！」班導跳腳指著高高在上的妖精說著。

「你可沒說不能先叫。」倚著透明的手指，歐蘿妲非常閒適地微笑。

「嘖！」

在他們出來之後，我看見了四周出現了不同的人，有些是袍級有些是武軍，這次數量很多、非常多，裡面有著獸王族、妖精族和很多說不出來的種族，一下子就把原本氣勢很強的中低階鬼族給逼出了水潭範圍。

第二批援兵？

「看來時間拖太久了。」看著眼前的援兵，安地爾似乎也沒有表現出什麼完蛋的態度，還是一樣悠閒地開口：「保護妖精王後裔的巨大神，親眼看見的感覺還真不錯。」

「平常可都是完全看不見的哩！」

動作很快的班導瞬間出現在安地爾面前，面色不改地一拳就將人給轟出去：「很有趣吧，我可和洛安他們不一樣喔，當心點。」

「……資深戰鬥黑袍。」站穩腳步，安地爾瞇起眼睛看著班導：「眞是難得一見的組合。」

「先說，我跟小班長不是搭檔。」

沒再給對方有時間說話，班導快狠準地連連攻擊，逼得安地爾也不得不認眞對付他，一時之間就沒有餘裕管我們了。

「就說你一定會要幫手。」歐蘿妲看了下學長，嘆口氣：「我並不想與冰炎殿下交手……」

「等等。」

站到了巨大神的前面，夏碎學長看著上面的妖精王後裔：「讓我來。」

歐蘿妲支著下頷看著他：「下得了手嗎？」

「……請讓我來。」握緊了手上的黑鞭，夏碎學長咬了咬唇：「請幫我照顧小亭，她不適合參加這種……」

「這沒問題。」

說完，巨大神透明的手接過了還在掙扎的黑蛇小妹妹送到歐蘿妲旁邊。

一被鬆開，小亭原本要往下衝，不過就在歐蘿妲拉住她的手腕瞬間，突然整個人軟倒，閉上眼睛昏過去了。

鬆了一口氣，夏碎學長轉過身。

就像運動會那時一樣。

學長站在他的面前。

第二話　水之聲

地點：Atlantis
時間：上午七點三十六分

四周的聲音停止下來。

「我們曾經說過，如果對方在任務中出事，另外一個人絕對會將他給毀去，即使落到鬼族手中也絕不留情。」頓了一下，夏碎學長從身後拿出了白色的面具：「所以，我不會再將你當成我的搭檔了，因爲你並不是他。」

握著黑刀，學長瞇起眼睛。

就在我們都以爲他下一秒會衝過來時，他突然緩緩地開口：「……藥師寺夏碎。」

冷漠的聲音讓夏碎學長愣了下，然後他再也沒有猶豫，朝著學長甩出了黑鞭。

破碎的冰面突然左右震動，我們轉過去看，看見了有著凡斯外表的耶呂鬼王伸出了手掌朝下，四周圍繞著正在對付袍級的鬼王高手們。

他直視著水中，深沉的水潭底似乎有個東西正在微微發亮。

「嗯，想直接破壞水結界嗎？」歐蘿妲指了那個方向，保護著她們的巨大神將兩人給放下來，之後倏地跳進了戰圈，重重地將鬼王給撞開來。

抱著小亭走進光結界中，歐蘿姐看了我們幾個一眼：「眞是的，班上有事情應該先報告班長哪，無論如何，大家都能夠一起幫忙的。」

她的這些話是針對我說的，一聽就曉得了。

「喔……」我想他們大概也都知道妖師的事情了。班長應該不是公會的人，不過她也直接參戰，可見有某程度的厲害實力，否則規定是不能過來。

「啊啊，眞是的，如果可以向鬼族求償就好了。」露出了非常可惜的表情，可怕的班長嘆了一口氣：「不知道鬼王高手的命核能不能用個好價錢脫手，應該有那種方面的買家才是。」

……妳已經把腦袋動到鬼族的生命上了嗎！

「這是第二批的援兵嗎？」才不管賣不賣錢的事情，千冬歲立即詢問著：「爲什麼情報班沒有傳來消息？」

「這不是第二批援兵喔。」歐蘿姐露出可怕的笑容：「除了袍級是在來此路上遇到的之外，這些武軍都是我們家族的私人傭兵。第二批援兵聽說在路上被擋住了，耶呂鬼王串聯了很多高階鬼族擋住了往這邊來的援兵，聽說裡面也有水妖精族和其他學院的人手。」

妳家到底是在做什麼的！

我突然覺得我們班的同學每個都充滿了詭異。

千冬歲點了點頭，擔心地往夏碎學長那邊看過去。

已經與運動會那時不同，那個時候我們大約都能感覺出他們兩個多少都有點玩鬧較量的成分，但是現在的學長與夏碎學長一點空隙都沒有，濃烈的殺意全都是要致對方於死地。

完全不猶豫，甩出黑鞭之後夏碎學長同時發動了擊技，雷光閃動了一下沿著冰面快速地擴展開來。

輕巧避開後，學長甩出了黑刀，不過也落空，直接嵌在後面冰上。

他們的動作很快，其實大半部分我都看不太清楚，只聽見詭異的兵器交接聲響，接著冰面變得更加破碎。

四周陷入一團混亂中。

「喵喵……要去幫忙其他人，因爲我們是醫療班，不能一直待在這邊。」站起身，喵喵看著我們，大大的眼睛有點害怕但是依舊堅毅：「所以，大家要加油喔。」

「我跟妳一起過去吧。」歐蘿妲看了一眼在鬼王附近做牽制的巨大神，將小亭放在結界裡面：「總是需要個護衛，鳳凰族的人很稀少不是嗎，如果被鬼族殺死，就賠率來說實在是太划不來了。」

「嗯。」喵喵用力地點頭。

順了順頭髮，歐蘿妲一踏出光結界的同時，四周立即有鬼族撲上來要攻擊，不過還沒碰到她就先全都彈飛出去。有某種力道將那些東西給擊成碎片，瞬間就變成黑灰消失了。

「呵，我有說過巨大神只有一個嗎。」冷哼了聲，歐蘿妲看著那些黑灰，然後在她的身邊出現了有點類似剛剛那個巨人裝扮的半透明狼獸，呼呼地咧牙低喘著氣息。

然後，她們轉眼就投入戰場。

「我也過去幫忙。」站在一旁的千冬歲瞇起眼睛：「站在這邊看著，我辦不到。」說完，他直接衝往夏碎學長的方向。

原本已經有點落敗的夏碎學長險險閃過了黑刀，翻身就要再劈的學長突然收手，然後往後翻開身躲過了千冬歲的箭支。

狀況開始生變。

拿下了已經半破碎的面具丟在一旁，千冬歲勾起了笑容看著眼前的敵手，他按了按耳朵開始說話：「情報班傳出訊息，目前得知前黑袍被利用，進行消除工作。」

他不是在對夏碎學長說話，一講完後我們附近多了三、四個人影，都戴著面具，有的身上還帶著傷，全都是穿著紅袍的人。

「千冬歲！你不要插手！」看著突然闖進來的情報班，夏碎學長馬上對著他說。

「這是情報班評估狀況所產生的動作，我們判定一名紫袍無法對抗前任黑袍，所以必須執行最快的銷毀動作。」擺出了公事公辦的態度，千冬歲有點冷漠地看著夏碎學長，然後稍稍軟化放低聲音：「請別一個人對付他……拜託。」

愣了下，夏碎學長轉開頭。

幾名紅袍很快站定位置，在四周甩出短匕設定了結界點，像是訓練有素的戰士般動作精良且整齊一致。

接著，他們同時抽出紅色的符咒。

※

我很急。

看著每個人都踏上了戰場，我無限著急。

我想幫上點什麼忙，米納斯的第二轉換可以做到什麼地步我也不知道。

我應該怎樣與水結界進行對話？

「如果心能說話……」

楔的聲音從旁邊傳來，我整個錯愕地一愣，轉過去看他。

染了很多血和黑灰的白色兔子伸出了手，按在胸口：「那即成爲無人能夠抵抗的言。」

如果我能夠說話……

「米納斯……」

水珠的聲音微弱地傳來，然後一切都安靜了。

我看見了蛇般的身軀纏繞在我四周，就像最開始的時候，當我們都在水上、當我還不知道應該做什麼，那溫柔的聲音給了引導。

水在我面前形成了容顏。

「我能夠爲你做到任何事情，只要你願意。」

米納斯擁抱著一個小小發亮的東西，她在我面前露出微笑，然後移開了手，在她的胸口趴著小小的、有點透明且與她相同的女孩。

女孩臉上有淚水，身上發著亮光，與水潭下方幾乎相同。

「我好痛……」眨著藍色的眼睛，女孩趴著嗚嗚地哭了起來：「好痛好痛，它們踏在這邊，我們不能呼吸了……」

我閉上眼，聽見的是水潭的聲音。

然後，我睜開眼，輕輕地撫上女孩冰冰涼涼的面頰：「請借我力量好嗎？」

「力量？」藍色的眼睛看了看我，又看了看米納斯：「好喔，可是你要拿什麼跟我換呢？」

「妳想要什麼？」

「唔……可以一直陪我玩的……你留下來陪我玩好嗎？把這些東西都趕走之後，永遠地，待在這個地方了？」

「我……」

還沒有將話說完，我看見一個白色的東西從我旁邊飄出來，然後微微彎了身體。

那是在學長房間裡的冰系大氣精靈。

他伸出手，握住了女孩的小小手掌。

「你要留下來嗎？」女孩露出了燦爛的笑容：「眞好，你給我唱唱歌吧，然後我們一起恢復其他結界，將這裡的壞東西都清除乾淨……」

大氣精靈從米納斯手上抱過那個女孩，然後他轉頭看著我，勾起了微笑。

我聽到很細微的聲音，像是他傳出來的，也像是隨著風而來——

「我的任務結束了，再見。」

抱著女孩，他們就這樣沉入水潭之中，消失在我面前。

米納斯像是在唱著歌謠，然後捧了捧我的臉頰微笑著，最後散成無數水珠消失在空氣當中。

那些就如同瞬間的錯覺般，當四周都恢復安靜了，畫面馬上轉回戰場，無數的聲音又傳來，一個接著一個，兵器、叫喊，或是其他的。

尖叫聲突然就這樣傳來。

「主人！」

不知道什麼時候清醒過來的小亭用力拍打著光的結界，似乎結界在某方面也可以限制詛咒體，她完全無法從這邊衝出去，只能焦急地大喊跳動著。

完全不管其他情報班的人，甩出刀直接攻擊發動結界的首領，同時學長也翻身直接衝往千冬歲的方向。

那一秒，我們都看見他勾起的冰冷笑意。

像是早就預料到他的動作一樣，夏碎學長立即追上他的速度，甩出了黑鞭打開了往自己砍來的黑刀，然後猛地撞上學長，兩個人一起跌開出去，狠狠撞上了後面支撐著水上亭的冰柱。

在上面卡住的亭子震動了一下，稍稍往下滑落一點距離。

「夏碎學長！」我踏出了光結界，拚命開槍打掉旁邊又撲上來的中階鬼族，想要上去幫忙做點什麼，可是路好遙遠，短短的距離卻無法靠近。

幾條紅色的影子衝了過去，包圍即將傾倒的水上亭，一部分抽出了符咒一部分唸出了咒語，正在往下滑落的水上亭緩緩止住落勢，沒壓上還在底下戰鬥的其他人。

幾乎是在同時，摔開的兩人翻起身，一左一右地甩開了兵器，沉重的鳴響交錯在空氣之中。

那不是屬於我能夠插手的戰鬥。

這一秒，我發現了這個事實。

即使趕過去，我依舊什麼都無法做。

我只能做我目前想到的事情。

※

「漾～你不乖乖在結界裡面跑出來幹啥啊？」

踏著的冰面沉了一下，旁邊的鬼族馬上被人一巴給打出站立的地方，在水上變成黑灰。

我一轉頭，果然看見五色雞頭出現在旁邊，原本與他對打的東西已經不見了，估計是殺手的勝利。

「西瑞，可以幫我一個忙嗎？」現在米納斯已經失去了冰系的能力，沒辦法再度把這裡都變成大冰面，必須在鬼族集中專心攻打時完成。

「啊？」五色雞頭舔了舔爪子上的傷口：「有事奏來，沒事本大爺要去打下一個了。」

「就是……」

我把我的想法大概向五色雞頭說了一下，他聽完之後睜大了眼睛：「漾~你頭殼撞到嗎？」

「沒撞到啦，我很正常，而且我覺得一定可行。」用妖師的名義發誓。

「唔，你全部都知道嗎？」還是有點懷疑地看了我一下，五色雞頭咕噥著：「牢不牢靠啊……」

「我全部都記得，因爲聽過好幾次了，也有做筆記。」用力地吸口氣，我擠出了個微笑：「畢竟，我也不是功課不好啊。」只是，我比任何人都要倒楣一點而已。

「好吧，本大爺就信你這次。」五色雞頭看起來很興奮，然後甩出了兩隻獸爪：「漾~你欠我一次喔，事情都完了之後，本大爺會討回來的。」

我看著五色雞頭，點點頭：「好的。」

然後，我握緊了米納斯。

從一開始，我就不是功課不好才來的，已經聽過那麼多次、都在讓人難以忘記的情況下，我有自信永遠都不會忘記。

「米納斯，填裝一發子彈吧。」

舉起了已經轉換第二階段的幻武兵器，我看著幫我擋下撲過來敵人的五色雞頭：「西瑞，就五分鐘。」

「笑話！本大爺打五天都可以！」

現在的狀況，比當時好得太多太多。

以我所繼承的力量來發動，只要唱歌就行了，就連孩子都可以辦到的事情。

「米納斯，填裝接下來的力量凝聚，我能夠辦得到，請使用精靈百句歌的子彈。」

長槍發出了聲響，一個法陣出現在我的腳底下，那上面有著無數光球開始凝結，就像我能夠具體碰觸到屬於我的力量般。

四周安靜下來了。

水結界的女孩與冰系的大氣精靈一左一右地站在旁邊，他們舉起了手，那些光球在兩人中央慢慢成型。

就像那時候發生的事情一樣。

「水之唱、風與風起舞鳴，壹之水刀狂。」

在我腳下的水潭震動了一下，綻出了許多漣漪。

隱隱約約，我看見了安地爾與耶呂鬼王轉過頭來，安地爾格開了班導不過馬上又被纏上，他不知道在說些什麼，只是在他說完話之後往我們這邊來的各種鬼族變得更多。

我可以看見，五色雞頭擋在我前面，完全沒有讓一個鬼族突破進來。

我聽見了水面上吹來的風聲。

「火之嘯、火與風掀起翼，貳之炎弓響。土之舞、土與聲連生動，參之擊突刺。光結圓、光與影交織起，肆之烈光盾……」

有種嗡嗡的聲音越來越大，我幾乎都快聽不見自己在唸什麼，只看見那些光球開始變成了子彈的形狀，還透明著未完成。

那個聲音讓人有很不善的感覺。

正在幫忙夏碎學長的千冬歲轉回過頭看我們，那一秒，他的臉色變得十分可怕。

「西瑞！左邊！你的左邊有東西！」快速張弓出箭，飛瞬的箭支劃破了五色雞頭左側的空氣，拉出了一個黑洞，同時也讓裡面的東西暴露出來。

所有人都看見比申鬼王的面孔。

「媽的！」五色雞頭罵了聲，可是他沒有躲開，因為他知道他躲開後面就是我。

那瞬間，紅色的血在我面前噴灑開來。

瞠大眼睛，我用力咬住嘴唇才沒有喊出聲音中斷百句歌。

那時候，學長應該也是這樣吧？

吟唱中的歌謠只要停止，那些好不容易聚集在一起的力量就全沒了。

所以，我們不能動搖。

「殺手一族，剛剛就是你膽敢踏在我比申惡鬼王的身上嗎？」有冤報冤的比申鬼王緩緩從黑色的洞口踏出來，然後抽回了穿透五色雞頭肩膀的右手：「你會知道，污辱鬼王要付出的代價有多大。」

「呸，能被本大爺踏到算妳三生有幸！」硬是忍住了痛楚，五色雞頭完全不猶豫地回嗆對方，然後隨便用了破碎的衣料纏了兩下，對於會噴血噴到死這件事情毫不放在心上：「快滾，腳下敗鬼沒啥好打的，信不信本大爺再踩妳一次，還可以附贈妳轉兩圈讓妳死得更爽快一點。」

……

這種時候，拜託你不要挑釁她啊！

我有種極度無力的感覺。

比申像是氣得連頭髮都要豎起來了，整個人散出了詭異的壓迫氣息，死死瞪著五色雞頭，似乎計畫著下秒就要將他撕成幾百碎片一樣。

「比申！不要讓那個妖師唱完百句歌！」有一大段距離的安地爾放大了聲音，清晰地傳到我們這邊來。

「哼，不用你說！」

越過了五色雞頭的肩膀，比申鬼王的視線轉向我這一邊：「瀕死之人不會唱歌。」

我要努力將這些可怕的威脅當作沒聽見。

這樣對心臟會比較好。

※

五色雞頭晃了下。

眨眼同時，獸爪直接往比申鬼王腦上拍下去，不過被俐落地閃開。

往後避開兩步，女性的鬼王笑了起來：「憑你一個小小的獸王族也想碰到我比申惡鬼王嗎？我可是四大鬼王之一，你很快就可以知道什麼叫作絕望的噩夢了。」紅色的髮飄動起來，原本漂亮的面孔突然開始抽動扭曲著變形，「你們將後悔遇上鬼王。」

我突然有種很不安的感覺，不曉得是怎樣，有個很不好的預感。

「妳才會後悔碰到本大爺！」沒等對方變形動作完成，五色雞頭直接衝了上去，一巴打散了比申鬼王的頭顱，然後愣了一下。

比申的頭眞的整個散掉，像是氣體一樣飄散開來，顏色模糊成一大片，包圍在獸爪附近。

「這是啥啊！」五色雞頭一臉噁心地把那些氣體給甩掉。

接續著頭顱的變化，她的身體像是沙子一樣突然也跟著整個崩散，全都飄浮在空氣中；約幾秒的空白時間後，那些有顏色的氣體開始抽動著重新組合成另外一種東西。

「那個是噩夢……」

就在附近的楔緩緩開了口，像是力氣恢復了一點，整隻在光結界裡站起來：「噩夢女王，擁有十八種變化的獸王族扭曲者。」

「管她啥噩不噩夢，本大爺會成為她最大的夢魘！」咧了冷笑，五色雞頭甩了甩手，毫不在乎地往前踏出了一步。

幾乎在眨眼瞬間，那些有顏色的氣體突然成型，在所有人都還來不及回過神時，五色雞頭已經被一把打飛出去、重重撞上了冰柱發出巨大的聲響。

四周有瞬間的安靜。

黑色的影子出現在那些氣體後面，然後像是蝴蝶般六翼的黑色翅膀綻開，在那裡面出現了一個比先前還要成熟許多的女人，黑色髮黑色眼睛，裸出的淡紫色皮膚上有著黑色的圖騰，黑色的紗質服裝在空氣中飛動著，透出了懾人的氣息。

她的樣子與感覺和前幾秒完全不同，就連我都可以感受到那種絕對壓迫感。

「請不要停下你的力量。」米納斯低低的聲音在我耳邊傳來，我才注意到不知道什麼時候我停下百句歌，完全盯著五色雞頭那邊。

愣了一下之後，我咬緊牙根繼續把剩下不到一半的百句歌給唱完。

變化完成之後，比申鬼王伸出了手，細長的手指上有著黑色的長長指甲，摩擦時發出了令人發毛的聲響。

不發一語，直接蹬腳瞬間出現在五色雞頭面前，比申鬼王也不等他爬起就是第二擊落下。

被重重攻擊之後，五色雞頭整個撞上冰面，已經很脆弱的冰面全部碎開，幾個水聲後就看見他往水潭底沉落。

站在冰上看著下面，比申鬼王瞇起眼眸，露出一種近乎可以用黑暗形容的微笑，像是無法滿足地想要再追下水面。

一道黑色的流光阻擋了她的追擊動作。

鋒利的大型鐮刀無聲無息由後出現，然後架在比申鬼王的脖子旁切出了一條黑色的血痕。

「我家的西瑞小弟多謝妳的照顧啊，不過修理他是我家的權利，請轉過來吧。」

噩夢女王瞇了瞇眼睛，緩緩回過頭，看見了已經參戰的雙袍級持著一柄鑲滿骨頭裝飾的黑色鐮刀就站在她身後。

單手取下破了一角的眼鏡，九瀾懶洋洋地打了個哈欠：「眞是的，上下左右沒有值得收藏的地方，不知道裡面有沒有……挖出來看看好了。」

勾起了微笑，比申鬼王咧開嘴，身上的黑色圖騰像是感染了興奮而微微折出黑色光芒。

似乎感受到緊張的氣氛，黑色鐮刀上的骨頭也開始發出了咯咯的嬉笑聲響，令人極度不舒服。

那是幻武兵器？

……我決定以後最好完全不要和黑色仙人掌有單獨相處的機會。

「讓妳試試特殊兵器的力量吧。」彎起唇角，九瀾用快到幾乎看不見的速度猛然揮動了鐮刀，只見黑色的光影一閃，他四周的鬼族在同一秒全都變成灰燼，唯有閃過的比申鬼王被削斷了一縷黑色的頭髮。

就在九瀾要進行襲擊的時候，水面下突然傳來聲響。

接著是水花四濺某隻雞破水而出，翻身就站在冰上。

「渾蛋老三！把本大爺的獵物吐出來！」

※

「吐出來你也不見得吞得進去。」

九瀾悠悠哉哉地進行反駁，沒有把鬼王讓出去給自家人打的意思。

「本大爺就吞進去給你看！」

沒空繼續觀看那邊兄弟無視於緊張氣氛的爭吵，我在九十八九十九之後收了最末的尾，小女孩與大氣精靈消失在我面前，那發子彈落在我手上，然後放入了二檔的米納斯中，喀地一聲上了膛。

最後，就剩下發動的咒語。

我可以感覺到水結界的力量已經漲滿，幾乎隨時都可以應聲衝出。

端好米納斯，我瞇起眼，將刻在腦袋中的最後一句歌吟唱出來：「全之數、百句歌——」

「漾漾！危險！」

打破最後一段的是千冬歲的聲音。

一條黑色的隙縫出現在我面前，然後是一隻手猛地從裡面竄出，一把抓住了我的臉迫使百句歌停下來。

在那隻手之後，我看見了凡斯的面孔。

「妖師的後裔，你以爲吾會讓你們如願嗎。」

沉重的聲音敲擊著空氣，巨大的壓力差點沒將我壓到整個跪下來，我全身開始發抖地從指縫間看著那張面孔，對方也同樣地看著我。

就像在冰川時，有那麼一瞬間我們對上視線。

那一秒，恐懼佔據了身體，腦袋中所想的事情全都喪失，連多發一個字都不行。

我越過他的肩膀看見了後面有許多已經被他打成重傷的袍級與武軍躺在冰上、沉在水中，紅色的血幾乎染滿了水潭。

百句歌……我還得唱完……

「既然無法爲吾所用，就不能留在世界上。」耶呂鬼王收緊了手掌，劇痛直接從我的臉上傳來，好像臉馬上就會這樣被擠爆一樣。

「耶呂！等等——」安地爾的聲音從很遠的那邊傳來。

然後，被一個塑膠玩具般的聲音給打斷。

「啾！」

反射著光線，一個白到完全沒染灰塵的圓形東西不知道從哪邊猛力彈出，伴隨著叫聲整隻像躲避球一樣重重地打中耶呂鬼王的腦側，把他的手也給打鬆，然後與鬼王倒下的方向相反，白色的球魚彈飛開來。

他一鬆手之後，我跟著摔到地上。

時間只有幾秒鐘。

「全之數、百句歌，精靈眾、術士合。神之權、素與界降天空，壹佰殺魔落！」

抓著米納斯，我用力喊完最後那一段。

接著，米納斯開始發出光芒，好幾個聲音從槍身裡面傳出來。

轟地一個很巨大的聲音在我耳邊爆炸開，加上強悍的力道撞擊，我感覺好像被卡車還是牛車什麼的撞出去順便輾過去，劇痛從四肢散出去又傳進來拉扯著內臟肌肉血管的。

飛出去之後我好像壓到什麼東西，啾啾啾的塑膠聲音跟著我滾了好幾圈，直到我撞上冰柱才停下來。

後面的事我就沒有看到了，因爲一口黑色的血從我嘴巴裡噴出來、眼前全都黑到不像話還出現了某種奇怪的圈圈形狀，下一秒四周全都安靜了。

米納斯不知道被震到哪邊，我完全摸不到。

血腥的氣息鑽進鼻子裡，重重的呼吸聲不太像是我的。

我整個人趴在冰上，看到黑色的血擴散開來，鼻子也跟著癢癢的冒出了液體，嗆住呼吸，整

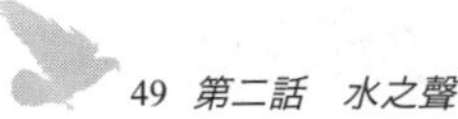

個人好像要喘不過氣來。

「咳咳——」

會死，我覺得這次一定會死，史上第一個用幻武兵器用到死的應該就是我了。

不知道這樣死掉算不算有意義？

在看到人生的跑馬燈前，我感覺到有種力量從冰下面開始往上、像是地震一樣逐漸往上快速竄來。

眼前整個發黑，我隱約好像有看見好幾個人形的東西瞬間消失，一種強光在天空爆炸，幾乎籠罩了整個學院範圍。

我爬不起來。

不行了。

※

「啾！」

冰涼的東西貼在我臉上，加上熟悉的玩具聲音。

勉勉強強，我用力睜開眼睛一條縫，好不容易辨認出來那隻老是用奇怪方式出現在我四周的球魚貼在我臉上。

與之前不一樣，牠的身體暖暖的，像是有某種力量從牠的身體裡通到我的臉上。

很快地，我的視力好像開始恢復了。

接著，我先看見的是臉邊的一灘黑血，然後是突然變得很空曠的水潭冰面。

低階中階的鬼族全都消失了。

所有人都錯愕地看往我這邊。

剩下的高階鬼族與鬼王似乎沒想到會遭到這種超大規模攻擊，一時居然沒有反應過來。

看見那些人的表情，這一秒我想笑。

「成功了！」在所有人都未反應過來前，五色雞頭很樂地大聲叫喊起來：「漾～有你的！」

他朝我比了一個超大的拇指，也沒管剛剛誰吞誰吐的問題，馬上就跑到我旁邊。

這時候我要做啥反應？

虛弱地扯個微笑給五色雞頭，我有種很睏很想休息的感覺。

「喂！睡著會死！不准睡！」根本不知道啥叫重傷患的五色雞頭蹲下來一把拽住我的領子就開始搖：「本大爺的僕人摔這兩下才不會死掉，你給我清醒一點！」

基本上，不死也會被你弄死。

我很想對他發出抗議，不過一點聲音都出不來，只能被他搖到差點連爛掉的內臟都吐出來。

這種狀態只維持了幾秒鐘。

一張扭曲的臉出現在五色雞頭後面，我根本來不及警告，眼睜睜看著五色雞頭被耶呂鬼王重重地打到一邊去。

「該死的精靈之力！」極度憤怒的耶呂鬼王將我從地上拽起，抓住我的脖子用力收緊手掌：「吾原本還想讓妖師一族好好去死，不過你居然敢毀了吾的軍隊！」

你的軍隊也太好毀了吧。

我眞的想笑給他看，可是逐漸缺氧讓我整個暈了，啥表情都做不出來。

尖銳指甲的感覺穿透了脖子的皮膚，刺到我的肉裡。不過因爲身體實在太痛了，所以這種穿刺感反而不算什麼。

「一支鬼族大軍抵不過一首精靈百句歌，我看你們也到此爲止了吧。」楔的聲音突然從我背後傳出，下秒白色的軟毛擦過我的臉，整個往前撲過去：「就等你接近的這個時候！」

掐住我脖子的手鬆開。

我跌倒，看見楔手上拿著那時候在船上瑜縭交給我的毒藥。

「這樣，我跟那個小子的契約就完成了。」

然後，他掐碎了毒藥的外殼，裡面所有液體全都灑在耶呂鬼王的臉上、嘴裡。

某種聲音從耶呂鬼王嘴裡傳出來，令人憎惡害怕的恐怖嚎叫。

楔從空中摔下來，白色的軟毛上下也沾了些許毒藥，沾到的地方很快就開始發黑往內腐蝕，眨眼間裡面的棉花就全都露出，挾著血水往外流。

「楔……」我張開嘴，想要發出喊聲，指尖努力想搆住一點點白色的軟毛。

躺在冰上的楔轉過頭，紅色的寶石眼睛映出了我狼狽的影子，「活該他要用一般人的身體，被最毒的毒藥殺死也是他的命。」他頓了頓，聲音開始轉弱：「放心，我不會死的，大爺我原本就不是這個世界的東西，只是強制回到光影村而已。」

看著開始融解的兔子，我有種想要哭出來的衝動。

「下次，要找我時，跟以前一樣就行了。」

然後，紅色的寶石眼睛失去了光澤。

抽去了靈魂的大兔娃娃破碎地躺在冰上，再也不會發出聲音了。

一隻腳踩過了最後剩下的棉花，按著開始腐蝕的面孔，耶呂鬼王臉上、手上開始迸出了黑色的血液，濃濃的腐臭味不斷傳來。

像是被什麼東西融解一樣，他的臉、皮膚如同蠟燭的蠟般不斷剝離往下掉落，啪地一聲掉在冰上然後被融到最終消失。

我就躺在這裡，看見他的手出現了森白的骨頭，然後骨頭再被毒素給染黑。

不遠處的比申發出詛咒般的怒喊，甩開九瀾後撲了過來扶住耶呂鬼王。

「你們幹了什麼！」

安地爾的聲音傳來，與以往不同，是種挾著熊熊怒氣的聲音。

幾個高階鬼族衝過去纏住了班導，捕捉到空隙的安地爾瞬間出現在我眼前：「你跟光影村的人做了什麼事情！」

他的眼睛充滿了血絲，完全就是在暴怒中的狀態。

我看見黑針的光。

球魚發出聲音彈了過來，被安地爾一腳踢開到遠遠的地方。

「即使我怎樣想辦法要讓你們留下來，你們依舊與過去的人一樣毫不領情嗎……？」瞇起了眼睛，安地爾冷冷地開了口：「那麼，很遺憾的，該說再見了。」

然後，針朝我腦袋的方向落下。

啊，這次眞的完蛋了。

閉上眼睛的那瞬間，我聽見了某種清脆的碰撞聲音。

那根針並沒有掉下來。

⁂

幾個破風聲把安地爾給逼開了幾小步。

「漾漾！」

有人把我從地上扶起，是很熟悉的聲音：「忍耐一下。」

皺著眉，及時趕到的千冬歲連拖帶拉拽著我往後退。

「你這四眼小子別想一個人當英雄！」五色雞頭從另外一端衝回來，一把抹掉臉上的血面對了眼前所有鬼王：「本大爺行走江湖一把刀，來一個我殺一雙啦！」

「西瑞小弟，你算數也太差了吧。」黑色的鐮刀併出在五色雞頭的旁邊：「來一雙殺一個還差不多。」

「屁！來一個殺一雙比較划算！」

「唉……」

「你嘆氣啥鬼！還有！獸王族不准用幻武兵器，你這個沒用的殺手，把幻武兵器給本大爺撤下來！」

「吵死了，能達到目的就行了。」

話一完，九瀾也沒有繼續跟自家小弟抬槓，猛地衝出去，黑色鐮刀上的骷髏發出了笑聲，呼地就往鬼族身上橫劈過去。

在那之後，四周的溫度很快降了下來，幾乎已經要全都變成水的水潭上突然又開始凝結起一層層的冰霜，白色的紅色的交雜，提供了更多站立的地點，還加強支撐了水上亭的冰柱。

「既然鬼族軍隊已經被大量殲滅，那我們沒道理還幫不上忙囉。」同樣全身傷痕累累的菲西兒與登麗領著殘存的人，圍出了一個圈。

我看見了班導和歐蘿妲似乎也都沒有事，稍微放心之後就咳了一下，整個都是黑色的血。

聽說黑色的血好像是傷內臟啊……不過我的內臟應該已經爛到一個極點了，看來咳黑色好像還算小意思。

該不會等等有某個東西就這樣被我咳出來了吧？

眞希望不要，別看到對精神比較好。

「漾漾，你稍微忍耐一下。」放開了幻武兵器，千冬歲拉下了手套很快地在我身上幾個比較嚴重的傷口施展了治癒的法術。

「夏碎學長呢……？」我記得他剛剛不是還在幫忙打嗎？

「跟其他紅袍還在和冰炎殿下對峙。」瞇起眼，千冬歲拉開了藍袍外套查看傷勢。

「你……」

「千冬歲！不要放下兵器！」

正要說點什麼的時候，距離我們有些距離、身上到處劃滿傷口的夏碎學長朝著這邊大喊。

那一秒，我們突然發現與夏碎學長他們對峙的人已經不見了，然後，我想起來，最早安地爾賦予學長的任務是什麼。

瞬間，四周空氣好像都凝結了。

我看見了黑色的刀鋒從千冬歲胸口穿透突出，然後緩緩地朝右肩拉去。

「千冬歲！」

勉強撐起身體，我一把環住往前倒的千冬歲，看見了站在兩步距離遠的學長，紅色的髮像是血一樣飄散在空氣中，他就這樣冷冷地看著我們。

「！」

下意識想抓住米納斯，然後我才發現我的幻武兵器早就不知道掉在哪邊，身上的符紙也幾乎全都用罄了，而我還有力量可以再發動其他咒語嗎？

按住千冬歲被撕裂的傷口，幾乎是在同時，我發現另外一件驚悚的事——

他的傷口正在用很快的速度癒合。

「這個是……」推開我，千冬歲看著胸口的傷開始消失，像是沒有被砍過那刀一樣，破碎的紅袍還留有紅色的血，但是已經沒有那道致命傷口了。

然後，千冬歲的臉色全變了。

「主人——」

小亭的尖叫聲傳來，打破了一剎那死寂的沉靜。

我們像是機械般被動地轉過頭。

其實並沒有站得很遠的夏碎學長看著我們，然後閉上眼睛。

紅色的血從他的胸口噴出來，斜切開了整個右邊肩膀。然後，他跪倒下去，大量血液全都灑在冰面上，連旁邊的其他紅袍都被突如其來的變故愣住了。

千冬歲全身都在顫抖，他站起身，跑了過去。

我咬牙撐著身體半走半爬跟上去，到的時候千冬歲已經抱著全身都是血的夏碎學長跌坐在一大片的血泊當中，他的臉色幾乎比夏碎學長還要蒼白，交疊在一起的紅袍、紫袍都染上了深深的絳紅顏色，布料吸收不了的血水又繼續擴散在整片冰面。

乒地一個聲響，撞毀光結界的小亭撲了過來，一把抱住夏碎學長的腰大哭起來：「不要不要啦！不要這樣——主人自己說不會有事情的——」

緊緊抱著夏碎學長，千冬歲發著抖虛弱地開口：「你不是很討厭我們……為什麼……你的替身對象……是我？」

我在旁邊跪坐下來，試圖想用我會的治療術幫夏碎學長止點血，可是他的傷勢太嚴重了，不只是我、就連旁邊紅袍所使用的高階法術也完全起不了任何作用。

夏碎學長的手開始變得冰冷，他微微睜開眼，露出了像是平常一樣的微笑撫上千冬歲的臉：「我討厭你們……這樣你們也該要討厭我們……沒有感情……就算替身死去……也像道具一樣不應該心痛的……」

「什麼叫作道具啊！」千冬歲的聲音大了起來，他一把抓住臉上的手，瞠大了眼睛：「我說過了，你是我哥、我哥啊！你應該是雪野家的人而不是藥師寺的人，為什麼你們要作替身！」

微笑著，夏碎學長閉上眼睛，「為什麼呢……和母親死去時一樣，你與父親都落淚？」

我轉頭，看見了千冬歲的臉上早就全都是眼淚，透明的淚水與血混在一起，在臉上畫下一道一道的痕跡。

「我沒有！」大聲否定著，千冬歲慌張地連連用出了好幾個看起來應該是很高級的治癒法術，不過就像掉到深水中的石子一樣，怎樣都得不到回應。

「沒關係，我已經夠了……」

「什麼——」

停止了未說完的話，千冬歲呆住了。

夏碎學長的手像是失去重心一樣，從他的手中滑落，輕輕地掉在冰面上，不動了。

深色的血停止在冰面上，凝結。

※

「凶手！」

放開了手，小亭對著往我們這邊走過來的學長尖叫，然後直接就要撲上去。

「不要過去！」我硬是抓住了她，整隻抱下來。

「啊啊——！」整個眼睛變成了赤紅的顏色，小亭不斷發出吼叫：「殺了他！殺了他！」

「妳會被殺掉的啦！」詛咒體死掉應該也沒有靈魂了，我不能讓小亭就這樣跑出去被學長殺了。

就在壓制著小亭的同時，我看見一抹紅色停在我們面前。

站在千冬歲旁邊的學長連看也沒有看夏碎學長一眼，幾下打退了旁邊的紅袍之後，就朝著完全沒有反應的千冬歲高高舉起手中的黑刀。

「千冬歲！」

黑刀揮下的那瞬間，我來不及撲過去推倒他。

一道冷銀色的流光畫過我的眼前，鏘然一聲彈開差點切下千冬歲後頸的黑刀，然後畫出完美的弧形勾了上去，眨眼就在退開的學長臉上留下一道血痕。

如同鬼魅般，有個人從我側邊走了出來，鑲著圖紋邊的白色布料無聲無息地隨著冷風掀高了一點然後又落下，就這樣擦過我的臉走到我們所有人的面前。

從我這角度看不太到那個人的臉，大概知道的就是他有頭全銀白的髮，紮成了一束在腦後。

這個打扮不知道為什麼讓我有一種熟悉感。

那個冒出來的人從白色斗篷下揮出來的是與學長先前的幻武兵器有點相像的長槍，泛著銀色的寒鐵光芒，我看見的流光就是從長槍發出的。

和學長的烽云凋戈有點不太一樣，那把槍給人的是一種近乎冷漠的嚴肅沉靜，像是深沉的水一樣，完全無法透知。

在那一瞬間，我突然知道這個人是誰了。

在許久之前……其實也不是那麼久的時間，學長曾告訴過我，他和這個人有點像。

暴出在空氣中的銀色兵器發出低低的沉鳴。

「嗯……你連槍術都被迫一起放棄了嗎？」

靜靜的聲音聽不出情緒的起伏，但在他出現的同時，原本鬼族造成的巨大壓力突然被一掃而空，整個水之結界只剩下這種冷淡的氣息，連一些受到壓力影響無法行動的武軍也都像解除了什麼一樣，一下子就能夠自由活動了。

冰面上吹起了風。

「無殿能插手世界的事情嗎？」遠遠的黑色女王發出了聲音，對峙中的兩方人馬也同時注意，四周安靜得連一根針落下都能聽見。

這個人出來之後，所有人都停手了。

「不能，我們與各個世界都有契約，除非金錢代價，不然無殿不能主動干預任何一界的事情。」輕輕地開口回答，站在學長面前的人無聲地嘆了氣：「後果由我承擔，在現世我教導了槍術給稱爲徒弟的人，既然已經有了因緣交集，那我就來替他做結尾。」

「所以你並不干涉學院的事情？」

我看見那人微微轉過頭，冷冷的銀色眼睛看了我們、然後看了已經快失去氣息的夏碎學長，最後將視線轉回了學長身上：「我們原本就不打算出手，即使不干涉任何一場戰爭，他依舊會走到軌道上。」

「好得很！」比申鬼王身後的黑翼大大張開，上面快速散出大量黑色氣息：「無殿的人，傳說中各界都無法撼動的強者們！就乖乖看著你們最愛的地方就此破滅吧！」

寒鐵的槍轉動了一個弧度，鳴聲越加明顯，「村守神的毒無法解開，我建議那個在能力上與某方面差不多的東西最好快點讓鬼王放棄妖師的屍體吧。」

最後一個出現的董事指著正在幫耶呂鬼王做緩毒治療的安地爾，冷漠地說著。

安地爾的表情似乎有微妙的轉變。

「我曉得你不是鬼族。」

董事只說了這句話，然後勾起長槍，猛地就往前甩開了圓弧，銀冷的光瞬間即逝，俐落不多餘的動作立刻就把學長給逼開一段距離。

對上董事之後，學長的動作明顯變慢了，甚至有一種好像「一面倒只能防禦」的感覺。

收回視線，我放開不再掙扎的小亭，撐著身體往千冬歲那邊移動。

千冬歲依舊抱著夏碎學長，不讓任何紅袍靠近。

他連治癒術都放棄了。

隱隱約約，我好像聽見他在唱著什麼歌謠，聲音很低，全都是聽不懂的語言，無法理解裡面的意思。

「主人的搖籃曲，之前都唱給小亭聽的。」

小亭坐在地上，大大的眼睛只看著夏碎學長，像是機械一樣緩緩地開口：

屋簷下的雪花乖乖睡，睡過冬天到春天。

春天之後開出粉雪，吹起的細雪花瓣飛過夏天，我牽著你的手走過沙灘草原，大大的太陽照著小雪，漫天的星星告訴我們東南西北。

我們躺在星空下直到秋天，枯萎的花打著哈欠，軟軟的草鋪成了床墊。

然後你看喔你看，很快地我們回到冬天，白色的細雪轉成大雪，去年的雪人追著我們跑遍了白色山原。

乖乖的，我們躺在雪地上看著屋簷，屋簷下的雪花乖乖睡，睡過冬天之後又會回到春天。

唱完了歌謠後，小亭趴在夏碎學長的身上拉著他的手放在自己臉頰上，安穩地閉上眼。

所有人都沉默了。

第三話　曙光

地點：Atlantis

時間：上午八點四十一分

一點水的聲音響起。

「你聽見水鳴的聲音嗎？」熟悉的聲音在我們附近傳來，一把幻武兵器破空被甩出，直直插在夏碎學長身邊，「瀑水飛螢、控水執命，十三川流、水君聽令。」

白色的雙人影子直接從上面落下，然後其中一個穩穩落在兵器旁邊，一把握住了水鳴長劍的劍柄：「讓開，雪野千冬歲。」

「不要靠近我們！」像是看見敵人一樣，千冬歲護著懷中的人，完全敵視地看著雷多和雅多。

「如果你不想讓雅多救人的話就繼續霸佔人沒關係！」雷多很不客氣地走過去，一把拉開千冬歲的手，完全不給猶豫的餘地：「雅多，快點。」

點了點頭，雅多握著長劍閉上眼睛。

趴著的小亭睜開眼睛，看著他們的動作，意外地完全沒有任何反應。

我不太知道雅多他們為什麼會突然出現在這邊，一種奇怪的感覺打斷我的思考，我突然覺得身體好像不是那麼痛，似乎有啥東西在流動的樣子，本能就是想動看看。

「別動。」雅多皺起眉，臉上冒出了細細的汗珠。

被他一喊，我整個人馬上僵住不敢多動一下。

接著，我看見的是夏碎學長原本止不住的血突然停止了，像是在傷口前有什麼東西堵住一樣，那些血液開始縮回傷口中。傷勢依舊很重，但不再有一滴血流出。

我想起了一件事情。

「你身上有多少水，那些全都是水鳴能控制的範圍。」雷多慢慢鬆開了千冬歲的手，低聲地說：「雅多正在控制他們兩個身上的血液流動，可以延長時間，尤其是重傷的夏碎，他將僅有的血輪回身體裡保持原本的流動，只要再拖一點時間就可以了。」

千冬歲愣了一下，霍地一把抓住了雷多的手：「我哥可以得救嗎！」

「相信水鳴的力量。」雅多輕輕地說著，然後再也沒有加入交談。

「很快了，我們是跟著援兵一起到的。」雷多拍了一下他的肩膀，指著暗色的天空。

一個呼嘯聲從遙遠的地方竄過，然後是火焰的光芒，好幾個金色的東西快速地從上空飛了過來，挾著讓人無法直視的金色火焰撕開了天空的灰暗。

「鳳凰族……鳳凰族高位者出動了！」

不知道是哪個武軍的喊聲，接著出現了小小的熱烈騷動：「鳳凰族的高位者為了這場戰爭出動了。」

那些鳳凰像是流星一樣，一下子就分批往四個結界點墜落。

落在水結界的那個轉成人形之後，我赫然發現她就是之前看過的琳婗西娜雅，她的身邊還跟了好幾個像是位階比較低的人，一落到冰面上之後附近的醫療班明顯就像是被鼓舞了一樣，行動力也開始增加了。

在鳳凰族之後，水潭已經空曠的外圍出現了好幾組人，仔細看幾乎都不太像是同種族的，甚至還有奇怪的東西混在裡面。

「從死者先開始，重傷者排在第二位，馬上行動直到結界復原。」琳婗西娜雅連休息也沒有，指揮著她帶來的直屬人員開始拖著死亡的武軍做復活的動作。

鳳凰族來了之後，比申鬼王那邊的氣勢就完全被壓下來了，公會與聯軍的援兵一到，人數整個完全壓過只剩下高階鬼族的鬼王軍，完完全全將那些鬼族都給包圍起來。

顫動了黑色的羽翼，比申鬼王發出了詭異的聲響，然後低階的鬼族再度被喚出，一個一個從黑暗中再爬出來。

很快地，又要陷入混戰局面。

不過，這次誰也沒有先出手。

在那一整批的援軍中、稍微與別人相隔了一段距離，出現了另外一種鬼族的影子。

※

「景羅天鬼王的直屬軍團，你們來湊什麼熱鬧。」

一眼就認出與援軍幾乎是同時到來的其他鬼王人手，安地爾冷冷地開口。

領著一批有點像蟲型鬼族的是個黑髮的女人，異常妖艷美麗的面孔上有著像是某種昆蟲的刺青，她的手並不是人形的模樣而是類似螳螂般的鐮足，上面還有陰森的紅色痕跡。

「我們奉景羅天鬼王之命……」誘惑般的甜膩聲音響起，景羅天鬼王的軍團首領開了口，細長的眼睛瞅著安地爾千嬌百媚地說著：「這個學院裡有我們想要的天使，如果在戰爭中對這名天使造成損傷，我以景羅天第一高手直屬軍團的名義，將直接在此攻打耶呂鬼王軍。」吐著氣息，女人嬌媚地笑著，眼睛中卻有著可怕的殺意。

「景羅天想撿便宜嗎？」冷哼了一聲，安地爾手指轉出了黑針：「別忘記，你們七大高手還比不上我安地爾。」

鐮足移動了一下，微微遮住了女人的紅唇：「眞可怕哪，我們也知道比不上安地爾喔，但是如果你們傷害了我王想要的人，景羅天的第一高手軍團也能夠對剛剛才受到重創的耶呂鬼王軍做出威脅喔。」

安地爾瞇起了眼睛。

「全給吾殺了——」理所當然也聽見剛剛那些話，還在融解中的耶呂鬼王發出了憤怒的咆哮，

的事情。

點了一下頭，雅多還是沒有說話。

大概過了幾秒，一堆亂七八糟的疼痛重新回到我身上，這讓我知道雅多已經把水鳴的力量抽走了。

抓起了那隻啾啾叫了好幾聲的白色球魚，我把牠放在夏碎學長身上，同時也注意到身體活動起來比剛剛好一點了，至少不太會猛吐血。嗯，應該是從重度內傷變成普通內傷，依照我的經驗，普通內傷可以稍微活動沒關係，暫時還沒有生命危險。

用力撐起身體，我開始四下尋找不知道被甩到哪邊去的米納斯。

糟糕，如果她掉到水裡去就慘了。

「老頭公。」拍了拍手上的手環，我小聲說著：「請下去幫我看看米納斯有沒有掉在下面，然後幫水結界做出一個保護結界，不要被鬼族傷害。」

黑色的東西從手環裡滑出來，無聲無息地穿透了冰面，就這樣消失在水面下。

因爲有千冬歲和球魚前後治療的關係，百句歌用掉的大量體力好像也稍微恢復一點。然後我發現了一件不太對勁的事。

一般球魚會治癒方面的術法嗎？

猛然轉過頭，我看見那隻白色球魚將綠豆大的眼睛瞇成一條細縫，在夏碎學長身上微微發著白色的光芒。

有那麼一秒，看著那隻球魚，我開始懷疑這個東西真的是球魚嗎？

沒有讓我想那麼多，一道火焰突然撲面衝了過來。

是誰犯規在水結界開火的啊！

※

「躲開。」

寒鐵的槍身直接把我給掃到旁邊去，紅火整個穿透我剛剛還待著的地方，冰面被撞出了一個洞，發出了蒸汽冒煙滋滋的聲響。

「董、董事……」看著把我掃到旁邊的人，我按著差點撞穿的肚子，正想開口問他我要閃到哪邊才不會妨礙到你的時候，對方已經冷眼掃過來了。

「我的名字叫傘。」將銀槍轉動了一圈，傘董事瞬地一把揮出，正好將燒到我們面前的火柱整個劈開，左右分散然後銷毀。

「那個，傘董事……我需要滾開嗎？」

「不需要。」

好、好吧，我曉得您大人打得游刃有餘。

就在我想說要避開一點才不會真的妨礙到人時，傘董事突然朝我伸出他空閒著的右手，「請把東西給我。」

「嗄？」我有撿到他的東西嗎？

「你放在背包中、萊斯利亞曾交給你的東西。」複述了一次他要的東西，傘董事再度揮槍打散了學長施出的火焰。

我連忙抓著旁邊已經破了一個洞的背包，從裡面翻出當初在公路時，那個奇怪鬼族交給我的耳飾。當時，萊斯利亞曾告訴過我這是用來克制邪火的東西。

「嗯……雖然他使用的不是邪火，不過也夠用了。」接過了耳飾，傘董事將手上的銀槍轉了一圈，順勢把耳飾掛在槍頭附近的裝飾上。

就在耳飾裝上之後，傘董事蹬了腳猛地翻到前面去。

退開一步，學長揮動了手，就像那時候我在鬼王塚中所看見的一樣，金紅色的線被拉出，然後下秒熊熊火焰從那條線裡面轉出來，猛烈的火蛇急速撲向眼前的對手。

不過就在火焰要燒到目標物之前，那些火突然像是碰到什麼一樣，整個硬生生熄滅了，完全無法碰到傘董事一分一毫。

原來那是避火器的一種啊？

我看著傘董事，他勾動了手指，一絲銀色的光從他的指尖出現，刻畫在空氣上形成了好幾個咒語般的字體。

所有事情就發生在剎那之間而已。

眨眼消失的白色身影，再看見時是已經將長槍貫穿學長胸口的畫面。

「學長！」

愕然看著突然發生的這一幕，我完全不敢相信傘董事居然會毫不猶豫地動手……我還以為，他要做的是……

衝到前面去，我一把扶住因爲槍身被抽走所以失去重心往後倒的學長，然後跟著一起摔倒在地上。

同時間，安地爾出現在另外一邊。

瞇起眼睛，傘董事動了一下手，寒鐵的槍頭橫亙在安地爾面前，不讓他多往前一步。

「你居然眞的動手。」安地爾的聲音聽起來很陰冷，沒有高興但也沒有什麼生氣的感覺，帶著詭異的意味：「殺死對精靈族與燄之谷有特殊意義的人。」

抱著學長，我看到他仰起的面孔上還睜開的紅色眼睛慢慢失去光澤，瞳孔映出我們的影子然後放大。

我的指尖有點顫抖。

「……扇曾經收過冰牙與燄之谷的錢，我們接受委託。」說出了八竿子打不著的話，傘董事勾起了一抹冷淡的笑意：「直到成年之前，他都爲我們無殿的人。」

「什麼意……」

安地爾的話還沒說完，一個轟隆聲響打斷了他未竟的話。

地面在震動。

如同剛才一樣，東邊的結界猛地散出金色的光，點點的光芒像是星星大量往地上落似地。

然後，黑色的界線消失。

在那同時，所有在戰場上的人發出了最大的歡呼聲。

「我就覺得奇怪，依照您的實力應該早在瞬間就可以分出勝負，之所以拖延時間是在等這種時候吧。」看著傘董事，安地爾露出一種瞭然的表情。

「不是。」頓了頓，傘董事才開口：「只是測量繼承我武術者的實力，不過在被抽去靈魂之後，弱得令人不想承認。」

「眞是失策，不過靈魂拿不到手我也滿扼腕的。」聳聳肩，安地爾轉過頭看著我：「不管是哪一種，想要的東西最終還是沒辦法順利拿走啊。不過，這也算是種樂趣。」

……我並不想當你的樂趣。

「離開我們的學院。」動了動銀槍，傘董事用著非常俐落明瞭的話語趕人：「結界已經完全恢復，鬼族在這裡只會變弱不會增強，帶著那些鬼王撤走。」

「這可眞傷腦筋，不將這所學院拿下來，我們可是會不甘心的。」安地爾看了一眼耶呂鬼王，霍地勾起了微笑。

另一端冰上，耶呂鬼王與比申鬼王環顧著四周暫時不上前攻擊的武軍們，氣勢仍然凌厲，除了耶呂鬼王已經融化得很厲害之外，他們甚至沒有任何一點疲倦的樣子。

高高的地方，景羅天的使者正在等待著。

包圍著各種鬼族的武軍們大多粗喘著氣息，袍級則等著下一秒能夠攻擊的瞬間。

就在這種緊繃到好像一碰就會斷絃的氣氛當中，冰面上捲起了奇怪的風，黑色的法陣從水下轉出了冰上。在鬼王之前，出現了四、五個穿著黑色斗篷的人，那些人的斗篷後繡著某種奇怪的圖案，不知道是鳥還是野獸，很突兀，可是也讓人印象很深刻。

一看到那幅圖，安地爾突然斂去了笑。

爲首的人手上掐著一個像是中階鬼族的東西，已經被打得半死了，用銀色的繩子捆起來拋在冰上。

比申鬼王動了動散著黑氣的翅膀，轉過來看著突來的不速之客。

拋出鬼族的那個人拿下了帽子，赫然是張異常熟悉的面孔。

※

「我代表殊那律恩鬼王、我的主人前來此處。」

靜靜地，萊斯利亞的聲音在冰面上敲擊著，他身後站了好幾個和他相似的人，估計應該也是鬼族。

「景羅天之後，殊那律恩也要來攪局嗎？」比申鬼王的態度非常不友善，大有下秒就把人給撕裂的氣勢。

「你們已經嚴重傷害了我主關注的人，給你們建議，最好立即退兵，不然殊那律恩鬼王將馬上出擊。」也不怎麼客氣的萊斯利亞一腳踏上那個被他們捆來丟的中階鬼族：「然後，給你們最後的機會傾聽。」

被踩住的中階鬼族發出了呻吟的聲音。

那個鬼族感覺不太像是萊斯利亞他們，也不像是景羅天那邊的，反而與耶呂鬼王他們手下的鬼族比較相似。

「說！」發出了可怕的聲音，耶呂鬼王瞪著地上的中階鬼族。

整張臉是扭曲的，那名中階鬼族掙扎了好半天才發出了聲音：「西之丘……妖……族……」

「太慢。」萊斯利亞從腰後抽出了長刀，直接將那個中階鬼族給劈成兩半：「我直接傳遞訊息，曾經屬於精靈的西之丘根據地就在剛才已經被妖師一族給攻破了。」

「什麼！」一聽到這個消息，比申鬼王表情全都變了。

「曾經被利用過的黑色種族在集結之後，徹底地淨化了西之丘，那裡不再是鬼王的根據地，連一個鬼族都無法進入。」握著長刀，火焰的貴族在空中畫出了一個長方的形狀，那裡面很快就出現了畫面，包括我最熟悉不過的冥玥和然都出現在畫面上，還有七陵學院的與很多陌生人，另外辛西亞混在好幾個也會散著微光的人附近，估計應該是螢之森的精靈。

整個鬼王塚的感覺全都不一樣了，裡面什麼東西都沒有，現在看起來真的就像一個隨時可以過去走動的遺跡了。

一看見這種畫面，很明顯學院裡的武軍與其他袍級都有鬆了一口氣的感覺。

原來他們直接去了鬼王塚，我才想說然好像也說過要過來，但是都沒有見到人，才有點擔心他們的安危……沒想到他們直接去滅了別人的老巢。

抱著學長，我小心翼翼地往後移動開一點距離，因為我注意到安地爾又把視線放到我們這邊，只不過因為中間擋著傘董事的長槍他才沒有任何動作。

「原來如此。」安地爾瞇起眼睛：「看來這次我們是輸定了。」

「是這樣沒錯。」

傘董事很快地回了他的話：「而且是絕對必敗。」

他的話一說完，水結界四周馬上響起了某種聲音，感覺上很像是空氣中發出來、有點類似大氣精靈在唱歌的聲響。

那個聲音柔柔的，忽地空氣像是柔軟的花瓣一樣緩緩打開了一道門，轉出了銀色的美麗圖騰結界，另外一端則是轉出了火焰般的色彩。

細碎的聲音出現在結界消失之後。

兩邊的結界，出現了兩支完全不同的武軍。

穿著銀色軟甲有著散出微微亮光的身體，整齊到幾乎挑剔不出毛病的精靈族捲起冰冷的風。

戴著的硬甲上面繪著黑與紅的色彩，一看就讓人直覺應該是獸王族的紅色隊伍就站在銀色的武軍邊，給人突兀但卻又極度協調的感覺。

兩支隊伍出現前，不曉得爲什麼傘董事快了一步單手解掉身上的披風蓋在我和學長的身上，然後繼續與安地爾對峙。

那兩支武軍像是沒有發現我們，從裡面走出來兩個人。

我想，我知道他們。

「我是冰牙族精靈王使者瑟洛芬。」

「我爲燄之谷狼王使者阿法帝斯。」

一前一後，近乎透明與散著血色的兵器暴出在空氣中。

那些顏色，曾在學長的兵器上出現過。

❀

所有人都看著他們。

看見了霍然出現的精靈武軍與狼王武軍之後，某些鬼族很明顯地像是失去了戰意，其中有一部分更是直接消失不見。

然後我想起來，精靈族中似乎有幾個族很擅長戰鬥，其中一個就是冰牙族，千年前還徹底打敗了最強鬼王。

「冰牙族、燄之谷、景羅天與殊那律恩……你們想要一次與所有的對手分出勝負然後再取下學院嗎？」依舊是冷冷清清地說著好像與自己完全不相干的事情，傘董事看著被包圍住的兩個鬼王，勾起了某種冰冷的笑意：「帶著你們已經快要失去身體的鬼王，離開吧。」

安地爾突然笑了。

「好吧，這次我們失敗了，敗得很徹底，不過如果我王並非這種模樣的話，我想勝負還不一定。」他蹲下來，隔著斗篷對我說了話：「褚同學，我們還有機會見面的。」

從縫口看見他很認真的表情，說老實話我還是有點嚇到：「……最好還是不要再見。」可能的話，我這輩子完全不想再和鬼族有任何關係。

「放心，很快就會再碰見。」安地爾伸出手，輕輕地摸了一下從斗篷縫露出的紅色髮尾：「亞那的孩子就先還給你們了，另外我還有點東西要給你。」

「給我？」我愣了一下，突然想到該不會這傢伙還藏了一手啥吧？

「你知道在哪裡可以找到我。」

丟下了一句讓人充滿問號的話，猛然站起身不再讓人多問，安地爾往後退開，就這樣消失了，再出現時他已經站在耶呂鬼王身旁。

「吾會再回來的！」

按著有八成已經變成黑色骨頭的臉，耶呂鬼王就像最早出現時一樣，充滿可怕壓力的聲音未減半分，讓人聽著還是感覺到一股沉重的魄力。

「所有的人，都會爲今天付出代價！」

同時，四周轉出了不同陣法。

散落在各處的袍級幾乎全都出現在水之結界。

臉上帶著血還傷了一隻眼的奴勒麗站出身，完全不懼畏鬼王就直接朝他比出中指：「有我們在永遠都不可能，滾你的蛋吧！」

然後，周圍爆出了最大的歡呼聲。

於是，鬼族消失在水之結界。

所有的一切都這樣結束了。

我在斗篷裡面抱著發涼的身體，突然有種很想掉眼淚的衝動。

「學長，我們打贏了喔。」

不過，你還是聽不見。

※

四周的聲音躁動到好像連冰面都跟著震動一樣。

就在我想拿下斗篷時，銀槍輕輕碰了我一下，「別掀。」傘董事看了我一眼，瑟洛芬和阿法帝斯從另一邊走過來，就站在我們面前。

他們兩個對傘董事做了招呼的動作，然後才由瑟洛芬開口：「我王與狼王收到了我們少主之事，曾經在千年前與我們主上訂下契約的無殿是否能告訴我們，少主如何？」

「千年以前，扇接受了那份契約，代價是兩族九成的資產，他將你們的少主帶到這個年代，直到成年之前我們都會保證他的安全，也請兩邊不要像上次一樣試圖帶人離開；既然都已經忍了漫長的時間，在精靈眼中如同眨眼的十多年還算得了什麼呢。」頓了頓，傘董事冷冷地繼續接下去說：「在成年之前，你們的少主會與學院相連，時間未到就離開的話會造成無法計算的後果，請再提醒兩位王者這件事情。」

沒有立即答話，瑟洛芬看了旁邊的狼王使者一眼，然後才點點頭：「我們明白了，既然學院方面已經無事，我們會立即將武軍帶回，少主方面也請三位多多費心了。」

「多謝了。」

在阿法帝斯道過謝之後，兩邊的武軍就像剛來的時候那麼突兀，馬上就消失在所有人面前，連一點攀談的機會都不給。

就像虛幻的泡沫，立即消失。

兩族都走之後，傘董事才拉開了白色的斗篷披回自己身上：「不能讓他們看見這一幕，會沒完沒了。」

我知道他指的是我手上的學長。

「那個……」

銀色的眼睛看了我一眼，把我要問的話給瞪掉。

傘董事伸出手拿下了銀槍上的耳飾，然後微微彎下身放在學長胸前：「鎮火。」輕輕地說著，那枚耳飾突然就沒入學長的身體裡，完全消失。

「貴學院的結界會對鬼族造成影響，我們也必須盡速離開此處。」代表殊那律恩鬼王的萊斯利亞走過來，蹲下身看著學長，然後抬起頭：「我主讓我帶來話語，不管付出任何代價，都請務必……」

止住了對方的話，傘董事點了一下頭：「一切都會平息的。」

「我明白了。」站起身，萊斯利亞轉開身體，幾乎同時，與他帶來的人手消失在空氣中。

四周鬧哄哄的。

我想問我眼前的人一些話，但我認爲他一定不會告訴我答案。

「走你認爲正確的道路。」

突然傳來的聲音讓我愣了一下馬上仰高頭，站著的傘董事低頭在看我：「時間與神不會造就出完全不被需要的種族，只要認爲是你想要的，就這樣繼續下去吧。」

「呃、我……」其實我比較想問你學長怎麼辦啊！

說完疑似勵志般的話語之後，完全沒打算要怎麼辦的傘董事用很帥氣的動作將銀槍收回，然後甩了斗篷馬上就消失在所有人面前、包括我。

你就這樣把人砍完之後丟了就跑嗎！

阿靠你的——

「褚小朋友，換手了喔！」

乒地一聲，那把骷髏的鐮刀直接劈在我旁邊，只要再多零點五公分我相信我應該就會變成此人的收藏品之一了。

九瀾一手搭在他的可怕幻武兵器上，另一隻手伸過來對我做出拿來的動作。

「……你想對他做什麼！」雖然變成紅髮，但他絕對是學長，我打賭這傢伙有百分之九百不是想救人，是想增加收藏。

「先挖出眼睛然後……不對，我是要救人啊！」差點把眞話講出來的九瀾拿出了備用眼鏡放在他的頭髮上。

你根本就是要給人最後一擊！

「別鬧了兩位！」拍了九瀾的肩膀一下，身上多了幾個大大小小傷口的輔長從後面冒出來，一看就知道他應該也是到處在支援：「冰炎的殿下狀況很嚴重，琳婗西娜雅要將他馬上轉回醫療班總部。」

看著輔長，我不知道該不該鬆手。

曾經有那麼一段時間，我以爲學長眞的不會回來了。

但是，他現在在這裡。

先不論安地爾動的手腳，他的人已經回到學院了。

「換手吧。」

九瀾跟輔長雙雙拍了我的肩膀。

「全都結束了。」

「漾～！」

目送輔長他們將學長帶走之後，某個我以爲不曉得死哪去的傢伙突然從不知哪邊的角落衝出來，直接把我撞開摔在冰面上：「有沒有看見！本大爺幹掉一個鬼王高手！」

「……啊？」你幹掉哪根蔥啊？

對不起我剛剛完全沒有注意到我們這邊以外的地方。

「那些啥袍級的動作有夠慢的，本大爺打死一個他們還在打不完。」五色雞頭完全無視於我是一種叫作重傷患的東西，拽住我的領子就把我從地上提起來。

「喔，好，我知道了。」撥開五色雞頭的手，我連忙回頭往剛剛夏碎學長他們那邊跑。

四個結界全都順利運作之後，夏碎學長應該可以沒事了吧？

好幾個穿著藍袍的醫療班跑過來，其中一個我不認識的人在經過我旁邊時突然轉回來拍了我一下：「欸！快點幫忙！」

愣了半晌，接著我想起來自己身上還穿著九瀾的衣服。

忙昏頭已經連是不是都分不出來了這樣嗎……

「要把紫袍先轉回去醫療班總部。」那個人拖著我往夏碎學長他們那邊跑。

總部？

就是說夏碎學長已經嚴重到不能就地治療？

我突然有種心臟漏跳一拍的感覺，「學、學校裡面不行嗎？」

那個醫療班白了我一眼：「你剛剛沒有看見他是接收黑刀的傷勢嗎，那把刀裡有很濃的鬼族惡氣，被砍沒當場扭曲掉就算不錯了。」

他說完之後，旁邊有個醫療班拍了他一下，說了幾句話，大概是在跟他講我不是醫療班這件事，因爲講完之後他也愣了下，跟我說句抱歉後就跑掉了。

好幾個人搶了過去，中斷了雅多的水鳴力量。

像是很疲累一樣，雅多雖然沒有鬆開手，不過整個人有一瞬間差點軟倒，被旁邊的雷多快一步扶起來往後退開。

雅多一被拉開之後，夏碎學長身上的血又突然冒了出來，就像剛剛那樣怎樣都止不住，好幾個醫療班快速展開了不同的法術，成效也很低；於是他們不知道從哪邊弄來了幾塊藥布快速將傷口緊緊纏住之後，很快就在地上畫出陣法。

「主人、主人……」

小亭撲了上去，用力抓住夏碎學長的衣服。

「不行，詛咒體不能進去急救室。」其中一個穿著藍袍的人拉著小亭，想將她拉出陣法。

猛地，小亭咧開了尖牙露出了洶洶的殺氣：「你們想怎樣！」

「等等，他們是要救夏碎哥。」一把抓住小亭的手，千冬歲揉著發紅的眼眶：「妳……先回去泡茶等妳的主人回去喝好嗎？」

「泡茶？」小亭偏著頭，眼睛還瞅著夏碎學長。

「嗯……傷好之後，他應該會很渴也很餓，妳準備好的話，夏碎哥不管什麼時候回去，都能吃到。」慢慢鬆開手，千冬歲吸了一下鼻子，「好嗎？」

將視線轉到千冬歲身上，小亭沉默了半晌，然後勾出大大的笑容：「嗯，小亭回去準備茶和點心，要叫主人好了之後快點回來喔。」

說完，她跑上前去輕輕抱了下夏碎學長，接著便立即轉身、頭也不回地消失在水結界附近。

看著小亭離開之後，千冬歲轉回過頭，拉著夏碎學長的手，之後像是想到什麼一樣突然轉過我這邊：「漾漾……如果你有看到萊恩……跟他說我去了醫療班總部。」

我可以理解千冬歲現在應該是整個腦袋都亂哄哄的一片，因爲他連可以自己傳話那種法術都忘記了，居然叫我告訴萊恩。

點點頭，我稍微後移了一點不干擾到法陣：「那個，夏碎學長一定會沒事的。」

我只夠告訴他這些。

根本已經火燒屁股的醫療班沒再多給時間，瞬間就轉移走了。

原本有好幾個人的地方立時空蕩蕩，只剩下雷多和雅多還在原地。

將兩把劍都插在冰面上後，雷多扶著自己的兄弟慢慢在地上坐下來。

「要不要叫醫療班過來？」我注意到雅多的臉色很蒼白，整個人很像脫力一樣，看起來似乎不太妙。

雷多阻止我的動作：「不用了，因為要精準控制人體的血液要耗費很大的精神力，稍微休息一下就行了。」

「嘖，真是體虛。」五色雞頭發出聲音讓我嚇一跳，原來他一直跟在我後面。

你已經決定要當背後靈了是嗎？

「西瑞～好久不見！」一看到他朝思暮想的彩色劍山頭出現之後，雷多突然咧大了笑容：「哪哪，看在這次大家一起攜手退敵的情面上，你要不要告訴我你的頭是怎樣用的了？」

我深深認為你應該要去問髮型師而不是五色雞頭，我總覺得他打死不肯說可能是因為這傢伙自己本身也不知道是怎樣用的，反正就是染完之後用髮膠豎起來……

「滾，本大爺現在神清氣爽沒心情跟你廢話。」五色雞頭用很不客氣的方式拒絕了。

「欸，別這樣——」

一如往常，雷多直接跳起來，然後我完全來不及衝過去阻止。

叩地一聲，本來還靠在他身邊的雅多後腦用很壯烈的方式直接撞上冰塊發出了聲音，然後陣亡。

雷多，你會死的……等你家兄弟復元，你一定會被打死。

看見這邊疑似在虐待傷患，某個醫療班拿著毯子跑過來，用很譴責的目光瞪了雷多一眼，然後才用熟練快速的動作幫雅多墊了毯子讓他暫時能夠在冰面妥善休息。

「這是精靈族大量提供的飲料，能夠恢復一點精神與力量，請讓他分次喝完。」好心的醫療班人員左右看了一下，大概覺得三個人裡面我比較可靠，就拿了幾瓶我很眼熟的東西放在我手上：「你們幾個也喝一點，因爲傷患和死者太多了，我們正在盡快安排醫療，請再稍等一下。」

被他這樣一說，我才注意到水結界上有許多醫療班正快速地跑來跑去，連情報班也被抓下去幫忙遞毯子和一些補充的用品。

到處都是受傷的人，已經死亡的屍體開始被拖走，大概是要早點使用復活法術之類的。

連揍自家兄弟的力氣都沒有，雅多在喝完幾口精靈飲料之後瞥了雷多一眼，什麼話都沒有講就閉上眼睛轉過頭休息。

站在旁邊的雷多尷尬地搔搔頭，也不敢再去弄五色雞頭了，乖乖地就在雙生兄弟旁邊坐下來，然後幫他拉好毯子。

把精靈飲料遞給他之後，我同樣遞給五色雞頭，然後才開始喝自己的那份。

飲料喝完之後精神也好很多。

接著我注意到一件事。

剛剛夏碎學長被送走時，我並沒有看見那隻球魚，牠就這樣神出鬼沒又消失了。

才想著要不要四處找一下以免被踩到沒人注意，另外一邊卻傳來騷動。

所有人都轉過去看。

※

「滾回去景羅天的地方。」

剛剛和奴勒麗他們一道轉來的安因皺著眉看著眼前還未離開的鬼王使者，口氣非常差，大有馬上想要將眼前女人給一刀兩斷的氣勢：「我絕對不可能跟鬼族有任何關係！」

黑髮的鬼王使者露出了嫵媚的笑容：「不過，我王的確是衝著你才不惜和耶呂鬼王作對而派遣我們過來的喔。」

「沒人要他多事！」皺起眉，安因抽出了長刀：「馬上滾離學院，不然你們也不用再回去了。」

「呦呦，好凶啊，套句人類說的話，還眞是好心沒好報……雖然鬼族沒有好心，哈哈。」鐮足在空氣中勾了勾，然後翻出一張黑色的請帖：「不管你怎樣覺得，你們學校還是欠了我王這次喔，我王邀請你到這個地方碰個面……」

話還沒說完，那張黑色的請帖突然化成碎片。

「不可能。」打斷對方，安因很堅決地說：「我永遠不可能跟鬼族有關係，除非景羅天拿他的命來賠，否則總有一天我會將你們全都消滅。」

「我王也說過你會有這種反應啊，還好請帖我有帶了備份。」再次拿出相同的黑帖，鬼王使者左右張望了一下，然後走了兩步把黑帖遞給就站在旁邊的賽塔：「精靈應該不會做出撕毀別人信件的動作吧。」

賽塔看了她一眼：「如果這信件對我們無害的話，直到原主打開之前它都會完好無恙。」

「精靈果然是能夠放心託付的種族。」鬼王使者露出微笑。

「不，我的意思是說，如果原主永遠不打開的話，這封信件可能就會在學院的力量中直接風化了，至於在哪邊風化也不一定，可能就這樣掉在某個角落直到消失了。」賽塔也用很眞誠的微笑回敬她。

「……好吧好吧，反正就看天使的決定了。」聳聳肩，鬼王使者勾了勾髮尾：「我們也該告退了，這學院的結界眞的一點都不友善，才站一下就感覺力量開始減少。」

「如果不是鬼族就不會有這種作用。」安因冷冷一笑，帶著強烈的快滾意味。

「看來我們眞的很不受歡迎，那就等您的消息了。」

拋下話之後，鬼王使者送了個飛吻然後就帶著自己的手下直接消失在水結界之中。

鬼族消失後，安因才憤憤地將長刀給收起來。

看樣子，安因可能有好一陣子身邊又會出現上次我在他房間裡看過的那些東西了。

騷動只維持了一小下，那些有袍級比較沒事的人重新被召集起來不知道在開什麼小型會議，說完之後有部分人就直接原地消失，看樣子應該是另外還有任務。

「學弟。」

有人從我後面拍了我的肩膀，轉過頭，我看見的是在白園裡的阿斯利安和萊恩一起出現，「看來你們這邊解決得挺漂亮的。」

擦著臉上的血痕，阿斯利安微笑地說著。

「唔……大家都很厲害……」偷偷瞄著他的眼睛，我想著不知道要從何問起。

注意到我的視線，他聳聳肩，做出一個沒事的表情：「聽說是送到醫療班時眼睛的機能已經不行了，他們沒辦法醫治『死亡』的東西，而且又受到黑氣的污染，只好將毒素都抑制在這邊……可能之後再想想其他辦法吧。」

「嗯……」

說眞的，其實我對阿斯利安的眼睛有點內疚，如果可以的話我希望他可以完全被治療好……

「你不用爲這件事覺得有什麼責任。」一眼看穿我的想法，阿斯利安這樣說著：「早在接受袍級時我們就已經有準備，不管失去眼睛或什麼，總有一天都一定會發生。說眞的，一開始有點不習慣，不過現在已經沒什麼特別影響了，不用在意；你看洛安不是也這樣嗎，他現在也同樣好好地在執行任務喔。」

「話不是這樣說，我覺得不管怎樣……」

阿斯利安豎起手指搖搖頭，淡笑地打斷我的話。

交談告一段落之後，在附近應該走了一圈的萊恩才從旁邊冒出來：「歲呢？」

「啊，千冬歲去醫療班總部了，因爲夏碎學長的傷勢很嚴重。」看來千冬歲眞的嚇到忘記要先自行和萊恩聯絡這件事。

點了下頭，萊恩表示知道了：「我去找他。」說完，人很快就跑掉了。

「啊啊，這樣就打完了喔。」走來走去的五色雞頭把手背在腦袋後，發出某種疑似很惋惜的聲音：「鬼族比本大爺想像的還不耐打，本大爺還以爲這次可以打到爽的說。」

……我覺得如果持久的話，應該是你被人家打到爽。

「這場可不簡單，光是黑袍就有十幾個人受傷，紫袍、白袍就更不用說，短時間我想公會那邊的任務都得拖延了。」阿斯利安露出苦笑，和我們一起環顧著整片冰面上的情景。

紅色的血慢慢沉澱到水結界的最下方，顏色從紅又被洗淨。

登麗他們在傷勢好轉一點之後帶著幾個雪國的人加強了冰術，讓水上亭暫時固定在半空中，讓臣他們盤算著要怎樣修復。

咚地一個聲響，我看見腳側的冰面下有個黑色的東西貼在那邊看我們。阿斯利安揮動了下他的軍刀，那裡被挖開一個洞，老頭公才從那個洞浮上來。

一上來之後，黑色的形體掉出個東西，果然是眞的掉到水裡的米納斯，她還維持著掌心雷的型態，濕淋淋地躺在冰面上。

我連忙讓老頭公與米納斯回到手環裡。

這次也眞是辛苦他們了，尤其是米納斯還被放了那麼多次強力子彈，不曉得這樣對她會不會有什麼影響。

「漾漾～！」喵喵從遠遠的地方朝我們跑過來，她手上有著一個很大的竹籃：「這是後備人員幫大家做的一些簡單食物，喵喵還要發送給大家。」她打開竹籃，裡面放著很多飯糰餅乾和蛋糕，揀選了幾人份交給我們之後，她露出笑容。

「啊，辛苦了。」看他們還要發東西、要治傷，突然覺得前面袍級戰爭打完，後面醫療班和情報班才要開始眞正的忙碌。

「不會的，完全不辛苦，喵喵很強壯。」彎起手臂，喵喵愉快地說著：「只要大家都沒事，怎樣都不會辛苦，那喵喵要繼續去發東西了喔，你們先吃點東西，賽塔和臣他們說會先把部分宿舍和校舍釋出，大家馬上可以有地方休息了。」

語畢，她揮著手提著那個竹籃，才跑開兩步，又突然停下。

像是約好的動作一樣，好多人一起抬頭看著原本被遮蔽的黑色天空。

一點光線透亮進來，然後是雲層慢慢飄過。

有人在那上面將黑暗慢慢驅逐開來，之後看見的是我們最熟悉不過的藍色天空，就像很多時候在學校裡會看見的那種大晴天一樣，湛藍得讓人有種很想掉眼淚的感覺。

喵喵伸出手放在臉上方，陽光從她的手指縫間映射下來，將她的笑臉照得燦爛發光。

「全都結束了喔。」

第四話　妖師們

地點：Atlantis

時間：上午十一點零八分

之後，事情全都平穩了下來。

帝和賽塔重新將部分校舍、宿舍安排回原地，各結界也開始將人群疏散安排前往休養，只留下一批人繼續警戒著，以防有鬼族回頭襲擊。

「那個，我可以去醫療班的總部嗎？」靠近了正在安排事宜的賽塔，我小心翼翼地詢問，已經確定認識的人都沒有事情後，現在就剩比較讓人擔心的學長和夏碎學長他們兩個人。

尤其是學長，我無法確定他是眞的回來，或者只是死去。

帝和賽塔同時轉過來，然後開口的是帝：「我們都知曉你心中在想著什麼事情，若是你想要過去的話也能夠立即將你送到那邊去，不過在去之前，我想有另外一位或許你須要先和她談談。」他微笑著，視線放在我身後遠一點的方向。

我轉過去，看見了一襲紫袍站在我後面。

和所有人一樣，她身上只在比較重的傷勢上簡單纏了點布料，一些擦傷什麼的都還沒處理。

「漾漾，跟我來。」冥玥抬了一下頭，完全不理會附近朝她投來的畏懼眼光，大部分袍級看見她馬上就閃開，活像看到什麼鬼似地……不對，我覺得鬼搞不好還比她和藹可親。

「你們要去哪裡啊？」現在變成背後靈的五色雞頭搭在我肩膀邊，囂張地問話。

你敢這樣跟我姊講話，我覺得你很快就會後悔了。

冥玥挑起眉瞄了五色雞頭一下，似乎是懶得理他又轉回來：「然要跟你說一些話。」

「然有沒有受傷？」他們就這樣直接衝去翻了鬼族的老巢，那時候在影像中我似乎沒有看見很大量的人數，雖然隱約知道妖師一族力量足以與鬼王抗衡，不過多少還是會有點擔心。

「呵……妖師首領會受傷嗎？」冥玥冷笑了一下，「放心吧，你最愛的表哥可是連根頭毛都沒少，他人可非常好咧。」

「是喔……」雖然很想反駁冥玥不要故意損我，不過根據過往經驗，還是不要隨便回嘴會比較好。

「喂喂，雖然本大爺認識妳，不過你們到底想幹啥啊，妖師來妖師去的，不怕旁邊有人會說話嗎。」五色雞頭打斷我們對話，發出了幾個不爽的噴氣音。

他口氣不是很好，不過聽得出來應該是叫我們不要公然討論妖師話題。

知道妖師是另外一回事，但是就像其他人以往所知道的，妖師一族是禁忌的種族，我不曉得現在有多少人知道我們的身分了，也不知道其他人會有什麼感想。

「算了，帶上你朋友一起過來吧。」看了五色雞頭一眼，冥玥腳下畫出移送法陣。

一聽到可以跟，五色雞頭很爽快地直接踏進去。

「啊，可不可以等一下。」我轉開頭，四處張望了半晌。

「幹嘛？」瞇起眼睛，冥玥踏著陣法讓它暫時維持著。

「等我一下下就好了。」

找到我的目標，不太遠，在水上亭的另外一邊。

「給你五分鐘。」冥玥踩著不敢亂動的陣法，還真的開始看手錶。

看她真的在算時間，我連忙用最快的速度衝到我要找的那個人那邊去。

就像所有正在療傷的人一樣，從醫療班那邊借來了些藥品後，尼羅仔細地打點著他家主人的傷勢，就連最細微的擦傷都已經上過藥了；不過自己的卻都還沒處理，就算旁邊的伯爵瞪到眼珠都快掉下來了，他還是很認真地在檢視自家主人，完全忘記自己身上也有傷的事。

我快接近時，剛好看見伯爵把藥罐搶過去然後丟回他身上的這一幕。

「煩死了，你快點自己整理好然後去給我做其他的事情。」還附帶以上非常不耐煩的這句話，接著兩人一起轉過來看著很冒失衝出來的我。

「呃啊，不好意思可以找尼羅嗎？」糟糕伯爵的樣子看起來很缺血，應該不會突然就撲過來吧。

收好摔在身上的物品，尼羅走了過來：「請問有事情嗎？」

看到他血淋淋的樣子有點嚇人，我稍微咳了下：「那個……我要往妖師一族那邊去，想向你道謝……」

勾起淡淡的微笑，藍色的眼睛很溫和地看著我，「原來如此，您已經決定好了嗎？」

「其實還沒有，可是我想慢慢地看，然後慢慢地去走自己想要走的，這樣子。」搔搔頭，雖然現在我很沒有想法，不過我想等到我接觸了更多之後，應該可以知道往後要怎麼辦了吧。

「一切會沒問題的，雖然由我來說或許不太合適，不過神會賜予每個種族各種不同的身分就是有其用意所在，或許是被排斥的一族，也或許像是我們一般在不同的世界立場就不同的一族；不管是怎樣的種族都不會是多餘的存在。就像每個生命誕生必有其用意，沒有人是多出來的，世界一分一角、不多但是也不少。」再度告訴我其實很多人都說過的話，尼羅彎起唇角：「請去追求您想知道的，如果又有事情，也歡迎您再來找我們。」

「好、好的。」用力點點頭，和尼羅講過話之後感覺上好像也比較安心了。

「我的主人也爲您留下客房，請不用客氣。」追加上這句，尼羅看了一眼後方的伯爵，這樣告訴我。

「嗯，謝謝。」

「請代替霧金狼人向妖師一族傳遞問候，多年前我們曾接受過幫助，也希望妖師一族能夠安好。」

點點頭，我回以笑容：「我會的，再見喔。」

「請慢走。」

結束了對話之後，我跑回冥玥那邊，幾乎在同時她也剛好收下手錶。

「剛好五分鐘，我們走吧。」

然後，陣法被啓動了。

※

周圍重新換上新的景色時，是眨眼後。

我一直以爲我們應該會被傳到鬼王塚，因爲最後的畫面就是在那邊，不過等四周景色確定之後，我才發現這裡不是鬼王塚，但也不是之前然住的地方。

那是一座非常有規模的巨大樹林附近。

樹林是幽暗的深邃叢林，到處都是深淺不一的綠色，在那些濃淡的綠之間隱約可見有小小的流光，像是螢火蟲散落在四周飛舞。

一瞬間，我突然知道這是哪邊了。

螢之森，辛亞的舊居。

我們被傳送到的地方就在這片樹林外圍處，不太接近，但是也不太遠。

「小玥、漾漾～」一看見我們到達，辛西亞立刻就跑了過來，接著也看見後面的五色雞頭：

「嗯……西瑞．羅耶伊亞同學對嗎？」

「精靈族？」五色雞頭哼了聲，稍微打量了下眼前的人之後轉開眼睛。

仔細一看，其實附近的精靈算多了，大概五、六個左右，另外一些就是七陵學院的人，從打扮可以看得出來，這兩種之外還有一組和我們一樣，看起來就像人類。

那些是妖師一族。

「是的，很榮幸能認識傳說中的殺手一族。」辛西亞帶著友善的美麗笑容稍稍打了招呼，然後才轉向我們：「請過來這邊吧。」

她帶著我們，穿過了剛剛才從鬼王塚那邊得勝歸來的隊伍，然後走到了那些看起來就像一群人類的人群中間。

那些人大約總數是在十五、六個左右，有老有少，有男也有女，或坐或站；然就坐在那些人中間的大石塊上。

在一群多少都受傷的人之中，他看起來乾淨得特別顯眼。

「這些人就是都還擁有部分妖師一族能力的人。」冥玥小聲這樣告訴我：「其實人數應該再多一點，還有一些留在鬼王塚那邊。」

「喔。」

看著那群視線都往我這邊來的人，說眞的我有點怕怕的。

「這位是褚冥漾，如同我之前發出過的訊息，他是妖師先天能力的繼承者。」和之前不太一樣，然的聲音很沉穩，先向四周的人介紹了我。

話一說完，我馬上聽到一小陣竊竊私語的聲音。

其中有個比較老，老到和我阿公可以拚的老人走了出來，用很蒼老像是磨砂紙一樣的聲音開口：「我們有疑問，雖然不是想質疑首領，不過爲什麼您遲遲不將先天繼承人的事情告訴我們這些同有妖師力量的血緣者？」

「因爲我認爲先天繼承人太早曝光，沒必要。」看了那名老人一眼，然毫不猶豫地回答他：「一直以來，除首領繼承者之外最危險的就是力量繼承者，我認爲能少一人曝光就少一人，對於這件事，您有任何疑慮嗎？」

「如果是首領的決定，我們沒有任何異議。」老人看著我，眼神似乎不太友善。

「反正呢，首領是繼承那一位記憶的人，他當然老早就知道先天力量和後天力量是誰嘛，執老您就別多事去問了，人家本來是同一個人的東西，當然不會跟我們這些天生只有小力量還要自己努力的人說。」站在老人附近有個挑染金髮的傢伙，可能比我們大一點，在老人沉默之後馬上就用某種很挑釁的語氣開口說話：「人家繼承了傳說中最強妖師的力量，地位和權力可比我們大很多。」

「期模，請記得你口中說的那位最強妖師的記憶現在是我繼承的，而我是當代首領。」冷冷地看了一眼那個傢伙，然語氣也不怎麼客氣：「與其有想法要抱怨，不如去想想有沒有什麼方法讓你下輩子被指定爲當代繼承者。」

那傢伙聳聳肩，露出一個「反正你說是就是」的表情，接著用很懷疑的眼神看我：「冥玥就算了，雖然她也是後天能力者，不過她在公會中的作爲大家都知道，但這個看起來就像路人甲的小鬼眞的繼承先天能力嗎？看起來就一臉沒種沒種的樣子，該不會到了這代我們就直接消滅在他手上了吧。」

我大概知道這些人爲什麼看我的視線都不太對勁了。

凡斯留下來的先天力量，我想應該和然的首領能力是相當的吧，他們對於我的不信任來自於我能夠跟然對立。

可能只要我和然背道而馳，他們就會受到很大的威脅。

不過那是在我可以熟練力量之下而言。

眞想告訴這些人，你們以爲是我自己想要的嗎！

要是沒這種帶衰的力量，我搞不好過去十幾年可以活得更快樂自在！而且也不會有那麼多人因爲這種力量受傷——

「漾漾或許比我還要值得讓人信任。」然無視於那人的語言挑釁，仍舊很沉靜地說著：「到目前爲止，除了他給自己生活中帶來陰影之外，你們可有聽見妖師的力量造成什麼不幸嗎？」

周圍的人兩兩相望，倒是說不出什麼來。

其實，然你太抬舉我了，剛剛才有個王子因爲力量不幸摔倒。

「是沒有，不過看見這小鬼身上有妖師力量就會讓人不爽。」挑染的傢伙朝我走過來，散出一種讓我覺得很不妙的氣息：「至少我得試試看他的能耐有多少。」

就在那瞬間，我只看見一堆黑影在我面前閃過，然後我本人因爲嚇到連一步都沒有動，瞪大眼睛之後那些影子就全都停下來了。

「喂喂，本大爺不吭聲你這傢伙就越來越囂張了喔，連本大爺的僕人都敢動手，信不信宰了你種在這邊當天然肥料。」伸出了還傷痕累累的獸爪將我前面的彎刀擋下來，五色雞頭露出了馬上可以將對方撕裂成十幾塊的凶惡警告。

「打狗也得看主人吧，別忘記我褚冥玥還在這邊。」瞬間就將幻武兵器放在手上的冥玥瞇起眼睛，月牙色的冰冷十字弓已經搭上了短箭指著挑染傢伙的後腦勺，氣氛立刻變得一觸即發。

是說……我應該不是狗吧……

挑染傢伙吹了聲口哨，然後直起身體收回彎刀，做出了投降的動作：「好吧，我承認這個路人甲至少有點勇氣，被砍還連半步都不動。」

這位老兄你搞錯了，我這個叫作反應不過來而已。

看著收回的彎刀，我偷偷鬆了一口氣。

在他撤走之後，冥玥和五色雞頭也都收手，這時候我才發現旁邊有好幾個人也都做了要拿出兵器的動作。

修正一下，原來妖師一族還滿神經質的。

短暫的衝突後，四周又安靜下來。

「下次如果要動手的話，不要在我面前自己人對付自己人。」終於開口的然露出了微笑，是那種會讓人覺得血液頓時冰冷的可怕笑容：「否則我會讓雙方都後悔。」

他說完之後，那個挑染傢伙明顯有瞬間臉上露出了畏懼的表情，不過只在瞬間而已，馬上又恢復那種欠扁的跩樣。

稍稍放柔了笑意，然環顧了下四周的妖師血緣者：「總之，我會讓冥漾過來主要是讓大家見見他，就像大家都在各自領域生活一樣，若往後有困難也請互相幫助。」

「既然首領這樣說了，我們也沒有理由將族人排斥在外，畢竟妖師一族原本就要互助才不會被消滅。」旁邊一個看起來有點像是坐在辦公室吹冷氣的上班族大哥這樣說著，還調整了一下他的西裝領帶，一副公事公辦的樣子。

……

等等，你剛剛穿西裝攻擊鬼王塚？

再修正，妖師一族搞不好比我想像的還要奇怪。

穿西裝的上班族說完，有幾個人也跟著紛紛點頭，算是同意了說法。

氣氛緩和下來之後，開始有人走過來向我打招呼順便介紹自己，大部分都是用白陵的諧音作為在原世界那邊的姓，就像我媽媽一樣。穿西裝的上班族還給我名片，上面居然印著某集團的董事，據說他還有幾棟透天厝和別墅，偶爾會開放給暫時移動的妖師居住或是度假，如果哪天我想到也可以過去。

地址幾乎遍布了北中南，連國外也有，台中那裡居然還是在我家附近的某座知名花園別墅，

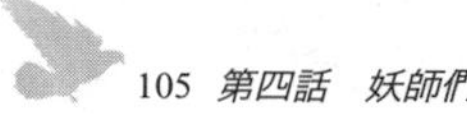

一棟都要喊價近億、平常路過只能很貧窮地羨慕看一看，加快腳步離開的那種。

眞可怕，這傢伙的滲透力比我想像的強。

另外有幾個的職業就正常很多，大致上就是經營小商店或者是一般公務員，國內外都有，感覺很不起眼，就眞的和平常人沒有兩樣。

完全沒分別。

「對了，我另外有些事情想拜託你們。」

大概在所有人招呼告一段落之後，然微笑著開口：「因爲冥漾是在最近才眞正知道妖師能力與妖師一族的關係，所以我想要請幾位在有空的時候可以輪流教導他一些關於我們的事情，包括只有妖師一族才會的簡單術法。」

「我都可以，來之前記得先跟我的祕書預約，時間會優先排出來。」穿西裝的有錢老兄第一個開口，算是很豪爽地答應了。

「我們這邊也都可以幫忙，輪流的話，來之前打個招呼就行了。」另外大概還有兩、三個媽媽級的阿姨也開口，算是都很友善。

「嗯，冥漾你方便嗎？」然轉過來看著我。

……是說既然你都開口了，我還有什麼不方便的嗎？

「如果不會打擾到的話。」那個挑染傢伙還在瞪我，而且那個老人也一直用奇怪的視線在看我，感覺很不舒服。

「那就這樣決定了。」冥玥轉過來，露出了可怕的笑：「有空的時候，記得來我房間啊。」

我覺得妳房間比那些人都可怕。

不自覺打了一個寒顫，我有種好像之後會被整得很慘的感覺。

「既然沒問題，那我就要離開了，這次鬼王塚打得眞不起勁，害我以爲突然召集血緣者有天大的事情。」穿西裝的有錢老兄彈了一下手指，腳下出現了法陣：「先這樣，我下午還有兩個會議要開，下次見。」說完，他人瞬間就消失了。

人走了差不多一半之後，剩下的也散會了，自行在附近閒蕩。

見人散得差不多後，然微笑地朝我們招招手，辛西亞先走過去，在石頭邊的草地坐了下來。

冥玥推推我，然後我們跟一臉想去找剛剛那個挑染傢伙打架的五色雞頭也在旁邊跟著落坐。

「不好意思，嚇到你了。」站起身後，然坐到辛西亞旁邊，露出了我熟悉的溫和笑容：「首領不怎麼好當哪。」

「呃，我知道。」其實沒有很嚇到，最近在學校遇到的嚇人事情太多了，現在反而不會嚇到了。

我突然爲了我提早退休的心願感覺到悲哀。

之前那個覺得處處是火星的我突然不存在了，眞可怕。

「對了，妖師一族和精靈族……往來這麼密切？」偷偷瞄了一下辛西亞和附近的螢之森精靈，我小心翼翼地偷問。

「其實是和七陵學院往來比較密切，螢之森是七陵學院贊助者之一，另外他們對於妖師一族並沒有任何成見，在時間經過那麼久之後，螢之森比任何一個種族都還要快接納一切，雖然並沒有人知道這些關係。」辛西亞用著像是在唱歌一般的優美聲音回答我，然後稍微歛起了眸：「就像流水會帶走所有的悲傷，時間會帶走深刻傷痕，所以世界上的朋友們請不要仇視任何敵人，那或許亦是朋友，請讓我們傾聽他的心聲。」

聽見辛西亞細細的歌聲，比較遠一點的森林好像也傳來幾個應和的聲音，接著另外一邊就自己唱起來了，都是聽不懂的語言，不過讓人感覺很舒服，在附近走動的人也紛紛停下腳步聽著從森林深處傳來的歌。

像是清澈流水一樣，將戰後的緊繃都給洗淨了。

我想，就是這樣了吧，維持著自己的步調慢慢走，就算身分與以往不一樣了，那也無所謂，因爲現在已經不是千年以前，或許凡斯他們做不到的事情我們可以做到。

「漾漾。」然看著我，就像之前一樣不曾改變：「有空請多來找我玩喔，以前你常來的，我會在本家準備好綠豆湯和其他的東西。」

旁邊的辛西亞握著他的手，露出美麗的笑容。

「我一定會去。」那裡是本家，我是妖師，所以一定會再去。

「本大爺也會跟著去。」完全不知道啥叫作客氣的五色雞頭很爽快地拍了一下草皮，自己決定好了。

「當然歡迎。」

精靈的歌聲維持了很長一段時間，像是撫慰疲憊一般，雖然他們一直沒有從森林裡面露臉，不過已經給人很友善的溫暖感覺。

大家一起聚在這邊聽了一下後，冥玥說晚點她有監視的任務，所以大概等等就要離開了，讓我和五色雞頭四處晃晃，時間到就先送我們回去。

好像對森林裡面的東西很有興趣的五色雞頭跳起來，直接殺過去了。

不好意思打擾然和辛西亞，我看了下，稍微走遠了一點，看著冥玥與幾個袍級商議事情，有瞬間這畫面讓人感覺到很突兀，可是卻又好像很和諧。

一年前的我，應該不會站在這邊。

我改變了嗎？

我也不清楚，或者是身邊的東西改變了吧。

正打算稍微靠近一點森林時，我發現有隻巴掌大的黑色蜘蛛從我腳旁走過去，那隻蜘蛛有著藍色的眼睛。

「……重柳？」

他們在附近？

※

像是故意等我似地，那隻有藍色眼睛的蜘蛛走得一下快一下慢，馬上就偏離然他們有段距離。

可能我看起來也很像在閒晃，居然完全沒有人注意到我。

……該不會其實我被萊恩傳染了吧？

一邊這樣想，一邊讓那隻蜘蛛把我帶著繞過去一塊很大的石頭，石頭後有幾棵獨立而出樹木，有點大、像是樹齡千百年的老樹一樣層層糾纏在一起。

蜘蛛一到這邊就停了。

下意識，我直接抬起頭，果然看見在樹葉之間隱約有道黑色的影子。

「呃……不好意思，我爬樹爬一半都會摔下來，那種高度我上不去。」看見對方快到樹頂了，我只好很誠實地告知我的困難。

唰地下，那個黑色的東西直接出現在我面前，完全沒有任何聲音，根本像個鬼。

與我預料的差不多，是上次攻擊我老媽的那個人。

黑色的蜘蛛看見人下來之後，很快地爬到那個人的身上，可能因爲是在精靈族附近的關係，暫時沒有做出任何事情。

「請問你有事嗎？」說實在的，雖然我有點同情他上次被砍成重傷，不過一想到他攻擊我老媽的事，我還是有點火氣想要朝他腦袋來一槍。

「殺妖師。」青年依然給我很冰冷的回答。

「請啊，那裡有妖師首領。」不過他殺不殺得到可能要看運氣了，我猜辛西亞應該不會待在那邊看人被殺。

「……」他沉默了。

「就像你攻擊我老媽一樣，現在這裡這麼多妖師，你大概會很高興一次殺個痛快吧。」看著眼前獵殺妖師的一族，我突然有種很想一次把狠話說完的衝動。

不知道是不是因爲戰爭結束了的關係，現在看到這傢伙讓我倍感火大。

「我無法理解，失控的黑色種族與其他人聯手的原因。」或許觀察戰爭有一陣子了，青年緩緩開口：「補償？」

「補你個骨頭。」想也不想，我直接罵回去：「你以爲全部人都像你們族一樣啊。」

「……你們在屋子裡設下結界，除了我之外不會再有第二個人找到。」

「然後呢？」該不會他想告訴其他人吧？

我鄭重考慮要說服老媽搬家。

「我……先觀察一陣子，這次戰爭出現妖師的事、七陵與螢之森我也會假裝不曉得，只是來說一聲，若是之後斷定妖師出現破壞時間秩序的行爲，我就不會再客氣了。」

愣了一下，我沒想到他會這樣說。

這個重柳族的人在戰爭裡看到什麼？

或許沒人知道吧。

我想，他可能比楔想像的還要和善一點，至少有瞬間我是這樣覺得。

「漾～你躲到哪裡去了～？」五色雞頭的聲音打破了安靜，從遠遠的地方傳過來。

青年看了一下外面，哼了聲。

「漾～」

「這裡啦！」探出頭回了一聲，轉回去時已經沒有看到那個神出鬼沒的黑衣青年了，其實我不太曉得他刻意來打招呼是怎樣。

該不會是要表示以後他會經常出現在我附近吧？

……重柳族是跟蹤狂嗎？

「喂，你躲在這邊幹嘛！」五色雞頭從石頭後冒出來，抬頭看了一下糾纏的大樹：「你老姊說啥要滾了，限你一分鐘之內回去，不然你就不用回去了。」

我突然覺得全身發毛。

「馬上走吧！」

❀

冥玥把我們傳回學院後，自己就匆匆忙忙離開了。

回到學院，大部分人都已被疏散、各自去休息或是返回，只剩少部分人還在附近一帶走動。我們一到的時候看見的就是這樣。

「你們回來了嗎？」還在原地等我們的賽塔看見我們微笑了下，他旁邊的帝不曉得去哪裡了，變成一張臭臉的臣：「我請臣帶你們到醫療班總部。」

「你們一直在這裡等喔！」要死了臣的臉看起來很像想要把我和五色雞頭拖出去暴打一頓，不知道在這邊站了多久。

「不是的，我們方才都在安排休息地點，冥玥傳到消息之後才到這邊等的。」露出了溫暖的笑容，賽塔這樣告訴我。

那還好……

「兩個都要去？」臣瞄了我們一眼，問道。

「廢話，不然本大爺要種在這邊嗎？」不用我回答，五色雞頭就直接給他一個超衝的答案。

「你想被種——」

「啊，我們快點去醫療班吧，我擔心夏碎學長和學長。」直接橫在五色雞頭面前，我陪笑地看著他們兩個。

可惡，爲什麼每次五色雞頭去惹別人都要我收尾。

臣瞇起眼睛看我：「你記得我之前說過的話嗎？」

愣一下，我想起來之前他曾和我講過關於妖師的事情。

「等所有事情都結束之後，我會再去找你。」

語畢，臣在下方畫出了有點不太一樣的陣形，只隔了眨眼的時間，我們已經被傳到醫療班的大門口。

與之前看見的狀況不太一樣，這次被傳來之後，我大吃一驚。因爲原本看起來像是很悠閒的醫療班總部外牆血跡斑斑，黑色與紅色的血像是廉價的顏料被潑灑在牆上、地上，種植的樹木也大多被折斷，草地燒焦坑坑疤疤，看起來一片慘狀。

「沒什麼好驚訝的，剛剛不是有傳情報過來說公會和各地種族都被攻擊嗎，當然醫療班一定首當其衝，先斷絕後援他們才可以攻擊前面。」臣用著很淡然的語氣說著：「所以剛剛在學院裡醫療班才未第一時間到達，之後來的人就是直接從鳳凰族出動了。」

我們跟在他後面踏過了被破壞到凹凸不平的道路，四周有一些袍級在走動，也還留有一些鬼族，那些袍級正在將殘留的黑色鬼族給清理乾淨，看起來也是差不多衝突告一段落的樣子。

走到了醫療班大門，臣告訴了門邊的人，我們便順利地進入到裡面。

像是整個世界的嚴重傷患全送到這裡了，濃濃的血腥味飄散到整個空氣之中，才踏出第一步那味道就已經迎面撲來，滿漲的氣味讓人忍不住皺起眉，有種想要反胃的感覺。

走沒兩步，旁邊的五色雞頭發出了聲音。

「喂喂!你誰啊!本大爺是你可以碰的嗎——」

我轉過頭，看見一個藍袍的醫療班正在拉著五色雞頭說他傷勢很嚴重，要快點就地解決……不是，要先做療傷。

接著是五色雞頭完全不肯配合地掙扎。

安安靜靜地走過去，臣在我完全沒注意到時候突然抽出不知道從哪裡冒出來的銀色花瓶，用很有氣勢的方式朝五色雞頭的腦後砸下去。

「阿靠……你襲擊本大爺……」

匡地一聲，花瓶滾了兩圈，五色雞頭也跟著昏倒滾了圈。

……

……

鐵的？

你太狠了居然拿鐵花瓶打人！這是謀殺吧！

我看著眼前的臣，突然覺得這傢伙無限可怕。

那個醫療班朝臣比了拇指，把人拖走了。

「走了。」拍了拍手，臣撿起鐵花瓶放回旁邊的柱子上：「還是你也想順便在這邊一起治療？」他瞇起眼睛，讓我感覺到後面好像有好兄弟一樣，氣溫瞬間驟降。

「不麻煩您了，謝謝。」我還想活，而且我覺得我的腦袋應該一被打下去腦漿跟腦骨都會飛走。

我沒有五色雞頭那麼強壯啊！

臣瞄了我半晌：「開玩笑的，你該去的那裡有安排醫療班幫你治療。」

……你安排好你還用鐵花瓶打昏五色雞頭？

這眞的叫作開玩笑嗎！

懶得跟我多扯什麼，臣領著我繞了好幾個通道後，轉到了一條乾淨到幾乎透明的白色長廊上，然後在長廊的盡頭，我看見了早一步來到這邊的千冬歲，他的衣服還沾著血沒有換過，身上的傷口也未包紮，而萊恩就站在他旁邊，罕見地沒有消失在空氣中。

空氣中充滿了不安，就算是我也可以感覺出來。

臣就站在走道入口，停下腳步，轉過來看著我：「要換地方時我再來接你。」說完，他轉頭就離開了，完全表示出他「帶路者」的身分。

我站在最前面，看著最後面那兩個人。

沾血的紅袍幾乎染成深紅近黑的顏色；白袍上則斑斑點點的、黑色紅色交錯，在這種乾淨到連空氣都像是沒有雜質的地方看起來格外突兀。

雖然，我也差不多是這樣子。

用力深呼吸一下，我小心翼翼地走過去。

在我踏出步伐時，他們已經注意到我，兩個人都轉過頭。

「漾漾。」千冬歲擦著臉，看起來還是很疲倦也很焦急，「不好意思……」

「夏碎學長呢？」遞了手帕給他，我轉過去看著萊恩。

「還沒出來，聽說傷勢很嚴重，剛剛有進去另外一個鳳凰族的人。」拍了一下自家搭檔的肩膀，萊恩顯得比較沉穩了一點：「不過應該是有救。」

「我哥絕對要得救！」千冬歲猛然瞠大眼睛，然後抓住萊恩的手：「明明那時候該死掉的人是我吧……為什麼他跟他母親一樣都要多管閒事……父親被殺死就算了，我也沒有關係……根本沒有人跟我說過我哥要當我的替身……」顫抖著語氣，抓緊了白色布料的手指鬆了又放，像是承受太大壓力無法解除。

「為什麼他要當替身……」

走廊上迴盪著千冬歲的問句，我跟萊恩都沒有開口，或許他和我一樣不曉得要怎樣跟千冬歲說話，而且我們也沒有辦法接話。

該怎樣說？

我突然想起了在湖之鎮那天晚上，夏碎學長告訴過我的那些話。

然後，所有人都沉默了。

第五話　兄弟的事

地點：Atlantis

時間：下午一點三十分

不知道時間過了多久，也或許其實並未過很久。

白色走廊盡頭的牆面突然畫出了銀線，然後拉出了道像是門一樣的框，線畫完的同時那面牆也開出了口。

「跟紫袍來的幾位嗎？」有個藍袍從那個口探出來。

「我哥怎樣了？」

千冬歲直接搶過去，差點把那個人給揪起來，不過被萊恩制止了。

「呃，請冷靜點。」那名醫療班人員咳了一聲，然後攤開手，有顆小小光球出現在他手掌上跑出了很多文字：「是這樣的，那把黑刀鑑定爲高等鬼族兵器，是用詛咒與黑暗氣息鍛鍊而成的，目前這位紫袍傷勢太過嚴重且黑暗氣息難以拔除，我們暫時將那些東西包含詛咒封在他的右手，至於其他的傷勢必須休養很長一段時間。」

「那代表什麼？」萊恩瞇起眼，開口詢問。

「這位紫袍可能必須長時間在醫療班中進行調養，黑暗氣息有很大的機率會留下了後遺症，而且我們必須追蹤他身上的邪氣和詛咒，避免他成爲鬼族的一員。」說完，醫療班人員收起了手上的光球然後讓開身體：「在轉換房間前，你們可以先進去看看他，我想他應該還未入睡——」

話還沒說完，千冬歲直接把擋路的醫療班給推到旁邊，人就衝過去了。

「呃，不好意思。」一邊道歉，我和萊恩也追著跑了進去。

踏進了不同空間後，我先看見的是很多透明的球體飄浮在半空中，大概都是巴掌再大一點，有的裝著濃濃的血液有的裝著不明黑色液體，有的裡面是別種顏色的，也有什麼都沒有的到處飄著，快碰到人之前便自動閃開。

四周氣溫偏低，比外面更冷了一點。

在那些球體之後，我看見的是床紗，白色的連著天花板的長長床紗一層又一層，上面印著銀藍色屬於醫療班的圖騰，隨著空氣流動像是無重力般稍稍飄浮著。

早一步進來的千冬歲拉開那一層層白紗後，突然放輕了腳步，小心地走到白色的大床旁。

看著床上躺著的是與自己一樣的面孔，那瞬間眼淚從千冬歲的眼睛掉了下來，無聲無息地滴在紅色的布料上。

原本像是要入睡的人被驚動了下，緩緩地半睜開眼睛。

「哥。」在床旁邊坐下，千冬歲抹了抹臉，放低了聲音。

眨眨眼，像是覺得光線很刺眼似地，夏碎學長閉上眼睛別開頭，整個人的臉色幾乎要比床單

還白，透明到像是隨時會消失一樣。

四周變得很安靜，異常地安靜，靜到讓人不太敢用力呼吸。

「你可不可以，不要再當我的替身？」

過了很久，都沒有人再說話。

直到我們都以爲搞不好睡著的夏碎學長慢慢睜開眼之後才打破沉默：「抱歉……我很累……請出去吧。」

他的聲音很小，小到幾乎聽不清楚。

擦了擦眼睛，千冬歲在床邊半坐了下來，並沒有照他的話出去，「求求你好不好……」接近哀求般的話語散出在空氣當中。

然後，夏碎學長轉回過頭，半睜著眼睛看著他。好半晌了，才開口說話：「雖然血緣上有兄弟關係……但是實際上我們並未眞的相處過……」

「很久之前，我一直希望屬於我的兄長可以回到雪野家。」打斷夏碎學長微弱的話語，千冬歲緊緊抓著白色床單，然後堅定地看著對方：「無關繼承人，爲什麼不是繼承人就不可以在一起？我不明白，我也不想要自己的兄長當替死鬼，就像我不想聽見大姨爲了雪野家而死的訊息。」

頓了頓，千冬歲完全不給對方開口的機會，情緒開始顯得有點激動：「藥師寺家族是替身一族，我知道黑歷史中一定需要替身家族，可是我不想我唯一的哥哥去當別人的替身，光是想到爲了陌生人去死，我怎樣都不願意。但是……但是……如果你要爲我去死，那還不如我自己面對死亡來得好一點……我並不怕任何方式的死去……你這樣當了我的替身，讓我覺得比最殘酷的死亡方法還要可怕……」

「我拜託你，如果討厭我……請完全拒絕我，在任何地方自己活著、跟別人在一起都好，不要用這種方式幫助我。」

抬起手，不知道第幾次用力擦著眼淚，千冬歲的臉整個被擦得紅紅的，看起來很狼狽。

然後我想起來，其實千冬歲也不過和我是同年的學生而已。

他們都太成熟，想的東西遠比我們要多很多。

其實現在想起來，我突然覺得夏碎學長會這樣刻意和千冬歲保持距離，該不會是因爲想要讓當替身的事爆發時，千冬歲可以不要這麼在意呢？

如果夏碎學長自己不說，應該也不會有人知道是否如此了。

他一句話都沒有回答，就是靜靜地看著眼前的千冬歲，直到醫療班的人員走進來打破這種詭異僵持的沉默氣氛。

「不好意思，我們要將傷患移入追蹤房間，再來有短時間不會客，請各位先暫時離開吧。」醫療班人員這樣告訴我們：「另外，我們在隔壁房間爲各位安排了治療士，請先前往治傷吧……戰爭讓這裡一片混亂呢。」

萊恩走過去，把千冬歲拉起來。

「等等，等我一下。」拉著萊恩，千冬歲轉回頭看著已經把眼睛閉起來的人，放大了音量：「哥，我會再來看你！我帶很多東西來看你！你等著吧！」

說完，他才擦了臉自行走出房間。

「那個，夏碎學長，學長已經被帶回來了……也在醫療班裡，現在很多人正在救他。」趁著唯一短暫的空檔，我很快地吐出了想說的話。

像是聽到什麼天大消息一樣，夏碎學長突然睜大眼睛，掙扎著想要爬起身，不過被那個醫療班按回床上。

「所以，請你要快點恢復健康。」

大聲說完話也騷擾完傷患靜養之後，我在醫療班瞪視之下抱著頭逃出房間。

還好，他沒丟鐵花瓶。

※

逃出了房間之後，我走了兩步，看見千冬歲他們就在附近等我。

萊恩不曉得在跟他講什麼，聲音小小的，注意到我也出來之後就打住了：「我們先去找治療士吧。」

他們轉過頭，原本空無一物的旁邊牆壁就像剛剛一樣拉出了入口。

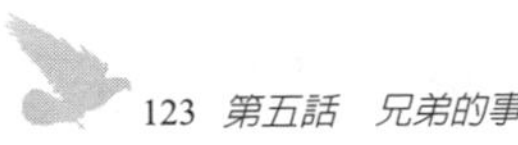

我實在是很想問他們爲什麼都知道房間門在哪邊，基本上這種東西從牆壁外表根本看不出來吧？還是其實我們的眼睛構造不一樣，他們連這種跟變色龍相同道理的僞裝物都可以識破是吧？

踏入那個房間之後，果然就像剛剛醫療班說的，裡面已經安排了另外一個人和一些藥物，因爲我之前多少曾接受過治療，所以傷勢反而沒有千冬歲他們那麼嚴重。

先讓萊恩治療，千冬歲和我在旁邊的位子坐了下來。

盯著他，我知道他想說點什麼。

而，他也開口了，聲音並不大，有點距離的治療士應該聽得不太清楚：「我哥……當初他們離開雪野家時，我只敢偷偷在旁邊看著。他們從偏門離開，沒有人去送他們，父親連看也不看一眼……到現在我還是不明白，明明是兄弟，爲什麼不是繼承人的那個人必須離開。家族的規定又怎樣，規定的人都死了，管他們幹什麼。」輕輕抹著手腕上已經乾涸的血跡，他微微瞇起眼，「即使被許多人排斥，但是雷多與雅多他們都還可以這樣在一起互相扶持，爲什麼我哥要用這種方式刻意區隔我們……」

看著手腕，千冬歲的聲音慢慢變低。

他在等我說點什麼，不過這種狀況下我可以跟他說什麼？

不過，我還是開口了，像是下意識一樣，根本沒有計畫說什麼就拉拉雜雜地自己開始講了：「我姊，其實平常滿悍的，跟我媽媽很像；有時候我真的會搞不懂她在想什麼，從以前到現在我都覺得我姊很奇怪，經常不在家，回家時看起來也好像什麼都沒在做……不過我認識和我姊有熟的大部分人如果不是很怕她就是很喜歡她。」冥玥其實本身就是個問號，跟她住在一起那麼多年，我還眞的一點都不瞭解這個人，「後來，我知道她和然的關係之後……其實有點生氣。因爲他們都在狀況裡，我在狀況外，可是我想然和冥玥應該都一樣只是不想要我踏進來這裡而已。」

仔細想想就會知道了，很小很小時候的我很喜歡然，我們都玩在一起。

那時候的然也很喜歡我們。

因爲妖師一族的關係，他可以把我們的記憶都修正了，也不再來找我們，一個人和式神住在那種大房子裡，只能用冰冷的態度帶領族人。

冥玥一個人和我們在一起，她什麼都知道，什麼都沒有說，從以前到現在不知道翦除掉多少像鬼族、重柳那樣的東西。

她一個人，在保護那個家，所以我們什麼也沒有感覺。

他們都只是要其他人好好地過著生活。

後來，冥玥還另外幫我找了學校，但是我想有時候命運這種東西還是不能忽視的，該來的應該還是得來。

我無法想像，那時候然是怎樣用「初次見面」的心情來找我。

「你的家人都對你很好。」千冬歲偏過頭，勾起淡淡的笑：「如果我有機會可以和我哥一起生活在一起，我會很珍惜很珍惜他，因爲我只有一個兄長，再也沒有其他人了。」

「你們現在也生活在一起了，不是嗎？」明明都在學院了，不就都在同一個屋簷下？

「可以這樣說。」像是思考著什麼，千冬歲突然笑開了，「對嘛，我們早就生活在一起了，爲什麼之前我要尊重他的看法，他說不回去就不回去，我管他那麼多幹嘛，他是我哥對吧，沒道理弟弟不能對哥哥做任性的舉動。」

看著千冬歲突然表現出豁然開朗的模樣，我有點愣了一下。

這位老兄，你剛剛是下了什麼危險的決定嗎？

「呃……你想開就好。」咳了咳，我有種好像把誰推入火坑一樣的感覺。

「那你們兩個準備去治療了嗎？」

出現了詭異的結論之後，萊恩突然從我們兩個中間浮出來，把我和千冬歲嚇了一大跳，接著我們才發現不曉得什麼時候萊恩已經包紮好了，旁邊的治療士還在泡茶兼看報紙等我們講完。

「漾漾，你先去吧。」千冬歲推了推我，露出了某種笑容：「我必須好好擬訂一下計畫。」

……你想擬定什麼計畫？

最後，我還是沒問出口。

總感覺那種計畫應該不是人類可以聽的。

※

做完簡單治療之後，那個治療士硬是把我們三個各自分派了一個房間，說什麼因爲打戰時吸了黑暗氣息或者傷口裡還有毒素，得待個一天休息養身體之類的。

「所以就是以上這樣。」把我抓到一間看起來很像懺悔用的白色小房間後，治療士完全省略了解釋，很卑鄙地用簡易文字敘述混過去：「請在這邊休息一晚吧，明天我會來開鎖。」

「開鎖？」

還沒明白對方話裡的意思，我看見那扇房門就當著我的面前被甩上，接著是某種成串的聲音，很像是——

「喂！打開門啊！」他居然在外面上鎖了！

這個房間是拿來鎖會逃院的人是吧！

我打賭被趕到其他房間的千冬歲和萊恩應該也沒有好到哪裡去，不過他們都好一點，萊恩可能去發呆還是睡覺都沒關係，千冬歲有了詭異的計畫之後搞不好想他個十天半個月都不會有問題。

「開門啊喂！」我還要去看學長啊！

而且臣還在外面等我，我不想把人放完鴿子之後一出去就被鐵花瓶招呼啊！

整個被鎖緊到怎樣敲都不會動的房門上突然開了一個小洞口，那裡出現了剛剛治療士的眼睛：「死心吧你們這些有袍級無袍級的人，每次住進來還沒有根治就想逃跑造成我們第二次的麻煩，你以爲我們會眞的每次都讓你們逃成功嗎！把我們醫療班都當成病人逃跑班嗎！這裡加了三道鎖三個法陣，你給我乖乖在這邊待到完全復元我才會放人！」他很憤慨地這樣一口氣說到完。

基本上你不用那麼麻煩，你只要加一道鎖我應該就逃不出去了……問題不是這個啊！

「不是啦，還有人跟我一起來的，你至少要讓我出去打個招呼吧！」我不想被臣給剝皮然後棄屍啊！

「你以爲我會被這種理由給騙去嗎，我現在去找你說的那個人，你給我乖乖在這邊休息別想溜走。」外面的治療士丟了一個盒子進來，接著啪地一聲直接把洞口給關了，完全漠視人類自由權離開了。

我要告你們妨礙自由……

愣愣地看著門消失在白色的牆裡，我才驚覺這個好像就叫作非法監禁。

……不知道米納斯有沒有辦法轟掉這個房間？

就在我考慮應該是犯罪的事情的時候，我旁邊的牆壁裡隱隱約約傳來某種奇怪的聲音。這有點問題，因爲我直覺這一帶應該都有隔音，會有聲音就太不對勁了。

某種好像有東西在撞擊的聲音遠遠傳了過來，一開始是悶悶地響，後來是逐漸逼近的聲音，接著牆壁開始震動。

即使是再怎麼遲鈍的我，也馬上感覺到危險逼近了。

休息用的房間其實算大了，大約可以放上四、五張病床大小，所以那聲音突然逼很近時我馬上貼到最後面的牆邊，就如我所料的一樣，白色的牆面出現了紋路，像是初生的蜘蛛絲一樣開始蔓延增加；不自然的灰色爬滿了白色牆面。

大約在幾秒之後，可怕的事實成眞了。

砰地一個巨大聲響，我看見白色牆壁在我面前爆開了一個大洞。

「欸？原來隔壁還是房間喔？」

把醫療班的牆打破一個大洞的某位破壞公物者甩甩手上的灰塵然後搔搔臉，用一種很可惜的語氣嘆了下，接著才發現我的存在：「喔啊，你也被關起來了啊？」

那個在校牆上拉開大弓的黑袍現在穿著一套最平常不過的短T恤加牛仔褲，像是隔壁小鬼一樣爽朗地跟我打招呼。

「呃……您好。」瞄了眼他短袖外面的手，手臂部分全包了繃帶，應該也不是什麼輕傷。看起來比我還要嚴重，結果他居然朝醫療班的牆壁打洞？

我突然覺得剛剛那個治療士會有那種反應是很正常的了。

如果說你看到一個黑袍在醫療班休息房間裡很輕鬆地挖牆壁，就會跟我有一樣的想法……你們這些受傷的袍級到底都在幹什麼啊！

「身體有好一點嗎？」黎沚拿了幾塊比較大的石頭塞回洞上，堆著笑容走到我病床旁邊，像是在自家一樣非常自然舒適地坐上去。

「治療過，應該有比較好。」只是被醫療班關起來比較不平衡而已。

注意到我的視線往他手上的繃帶瞄，黎沚伸出手揮動了兩下：「還有點痛，我拿手去直接揪出鬼王高手的命核，有點灼傷。」

看他的樣子，我覺得應該不是有點而是很大點。

「嗯……你在這邊挖牆壁打算做什麼呢？」不會是純粹無聊做運動吧？

「喔，我想說出去散步一下，順便看看隔壁可以通到哪邊。」黎沚用著可愛的笑臉給了我一個可怕的答案：「剛好遇到你，順便幫我個忙吧。」

「可以不要嗎？」我不想成為破壞醫療班牆壁的共犯。

「唉呀，人生就是要多多冒險才會成長的。」從床邊跳起來，黎沚很歡樂地瞬間出現在我面前拉住我的手：「讓我們前往下一個未知的地點吧。」

下一個未知地點我覺得會是公會耶！被抓去賠錢的！

就在我想抽回手抗議時，我突然感覺好像有某種奇怪的……不知道要怎樣形容的東西從身上抽走，從被黎沚抓的地方流了出去。

「借我點力量吧。」

他笑得很燦爛。

※

我深深認為，有時候認識太多黑袍並不是一件好事。

怎麼說呢，他們在某部分與別人不太一樣，尤其是腦袋思考的這個部分。雖然這世界裡很多人腦袋思考部分都有些問題，但是我覺得，黑袍根本是劣化版了。

一個很大的聲音在加害者燦爛笑容之後，從另外旁邊的牆壁傳來，這次就不是一個洞了，是很多個洞連成長長一直線，轟隆隆地直接轟到底。

那種效果眞的很驚人，當你看見了牆上瞬間出現了很多連結洞之後，就會這樣覺得了。

黎沚鬆開手，突然露出一種很抱歉的笑容：「那個……我們走吧。」

有一瞬間，我覺得不太對勁，就算是學長也不可能抓著人隨便就可以使用對方的力量，之前在混亂時沒有注意到，現在就覺得有問題了。

「走啦走啦，不然會被抓喔。」爬過第一個牆洞，黎沚偏著頭看我。

「你不是風屬性。」雖然他很像，也可能是，不過我覺得他應該不是像阿利他們一樣屬於特定全屬性。

「……」

「你在本來那個世界是羽族的人，之後呢？」我總覺得他有點怪，那種怪與我之前剛到這邊的時候很像，似乎有點和其他人格格不入的樣子。

「夏碎不是跟你說過了嗎，我不知道喔。」靠在洞口的牆邊，黎沚眨了眨眼睛：「我醒來之後就被送到翼族了……其實這兩族是一樣的，只是不同世界叫不同名字，我聽說好像是羽族之前的族長發生什麼事情……好像是叫作天將的，他們沒有講得很清楚，反正醒來之後他們就說我叫黎沚，以前在羽族有很高的身分，現在要在這邊生活，我只知道這樣。」

「沒有人說之前的事情嗎？」我印象夏碎學長說過他是什麼長老親近的人，可是如果有很高身分的話，應該就不像是親近的人吧？

而且送往這邊……？

「沒有耶，我只知道我可以很方便使用他人的能力喔，所以如果有得罪的地方，就請你原諒吧。」露出討好的微笑，黎沚聳聳肩：「所以我現在一定得從這裡出去了，不然有些事情會來不及。」

「什麼……」

還沒把話說完，我聽見連出去的牆洞外有人的聲音。

「黎沚嗎？」

很熟悉的聲音。

「這裡喔，馬上過去。」轉回過頭，黎沚拉住我的手，然後開始越過一個個牆洞。

不曉得他要做什麼，不過我的確也不想待在裡面，就隨他去了。

房間外還是房間，被打穿的牆洞大概有七、八間，都是空的，之後有幾面是牆和一個很像小型倉庫的地方，陰暗暗的擺放著幾樣東西。

走過小倉庫又通過兩面牆之後，我才看見最盡頭的地方出現了洛安的臉。

「快點，提爾他們等很久了。」洛安看見我完全沒有表現出意外的樣子，而且好像對於打破醫療班牆壁感覺很習慣了，只催促著，其他什麼都沒有說。

「都是你叫我先來找治療士的，結果越見突然把我關起來，還放了十二道鎖跟十八道陣法……到底是誰給他那些封魔陣的，讓我只能打牆壁。」一邊抱怨，黎沚一邊拉著洛安的手從最後一個牆洞爬出來。

「……上次安因畫給他的，他抱怨經常有病人逃走，總共向安因要了七十二個陣法，鎖應該是找奧瑟拿的。」很冷靜地回答完他問題，等到我們兩個都出來之後，洛安從腰際小袋子裡拿出了一小撮粉末，然後將粉末吹往牆上。

我看見一點點柔和的光芒，下一秒那些牆壁大洞居然瞬間被修補好了。

「這是障眼法，可以讓這些洞比較不引人注目。」黎沚朝我眨眨眼，還故意把手伸透牆壁表示那些洞其實還在。

洛安拍了一下他的肩膀：「別玩了，走吧。」

左右張望了幾眼，我發現我們現在所站的地方是另外一條走廊，有點透明，隱隱約約可以看見外面的景色；這邊完全沒有人，所以打破牆壁這種誇張的舉動才沒有被當場發現。

沒有解釋任何事情，他們兩個領著我走過長長的走廊繞過了很多轉彎，越走越有一種冰冷的感覺，四周太過於安靜而給人一種這裡應該是很深入、祕密得不讓一般人走進的地方。

最後，他們走到了一扇藍色大門前面，那扇門與我之前所見的都不一樣，上面雕刻著奇怪的圖騰還寫著文字，有的看起來像是某種法陣但又不太像，材質像是水晶一樣深沉的藍門散發出一種能逼退人的壓迫感。

走上前去，洛安弓起了食指在門上敲了三個短音兩個長音。

接著，深藍色的水晶門打開了。

我看見的是，如同祕密基地一樣的寬大空間。

※

「喔，果然也跟來了。」

一開門，先傳到我耳中的是某種肯定的聲音，感覺上裡面的人剛剛好像打了賭還是做了什麼猜測，所以有人發出「就在我意料之中」的答案。

我看見的那個人，就是輔長，然後九瀾站在他旁邊，接著是琳婗西娜雅，另外她的旁邊有一個我沒有見過的人，應該也是鳳凰族；是個直金髮的女人，身上穿著奇怪的服飾，白色寫著紅色符咒的布條將她的臉與部分身體全都纏了起來，只看見了一張形狀很美的唇。

另一邊的人我就認識了。

「伊多？」沒想到他會在醫療班總部，見到的第一眼我愣了一下。

坐在一張椅子上的水妖精微笑地向我點點頭，他旁邊站著的是大競技賽時我曾見過面的飛仙播報員、軒霓。

這種組合在某種程度上相當怪異。

然後我的視線往後面一點移去，看見了火焰般的色彩。

「學長……」

被帶走的人沉在淡紫色的水裡。

室內的正中央有顆像是玻璃還是水晶材質般的圓形大球，大球幾乎佔據了半個室內空間，上面與下面寫滿了一圈一圈的文字紋路。

像是時間靜止了一樣，我最熟悉的人就睡在那裡面。

火焰色的髮散開在紫色的液體中，經常發狠揍人的臉像是小孩子一樣閉著眼睛安穩地沉沉睡著，連一點顫動也沒有，看起來好像比任何人都要小、都要年輕。

感覺上，像是如果圓球破掉了，裡面的人也會跟著碎掉一樣地脆弱。

「這只剩下軀殼而已。」像是盯著我看，九瀾走上前摸了摸光滑細緻的球面，那裡倒映出我們全部人的影子和輕輕闔上的門扉：「裡面連一點靈魂都沒有，我們仔細檢查過了，完全都空了，安地爾那傢伙不知道把靈魂藏到哪邊。」

握了握手掌，我不知道我現在的情緒應該叫作難過還是憤怒。

琳婗西娜雅看了我一眼，然後瞄了下兩旁的白色大理石椅子：「大家坐下來談吧，今天事情夠多了，讓人疲累，我不想就這樣站著浪費體力談論重要的事宜。」

被她這樣一說，幾個人才各自坐到附近的位子，我挑了伊多旁邊的空位，黎沚則蹦過來坐我旁邊，軒霓則和洛安坐在一邊，最後只剩下那個臉上纏著符咒的女人還站著，不過這裡的人好像也習慣她的樣子，沒人催促她。

「那，該到的人都到了，我們也直接進入正題吧。」輔長抓了抓蓬鬆的頭髮，他的臉上還有一些灰塵和擦傷沒有整理乾淨，不過似乎也沒影響到他，「現在收回來的只剩下身體，接下來應該要怎麼辦？」

「如果靈魂拿不回來的話，可以送我，我會幫你們保存得很像他生前的樣子。」九瀾發出無意義的話語，顯然他也對學長……的屍體垂涎很久了。

「在那之前，我想冰牙族和燄之谷會很樂意來銷毀我們。」琳婗西娜雅冷冷淡淡地說著，然後交疊起修長漂亮的腿，優雅地稍稍傾著身體，「沒有靈魂，沒有死去的方向，就算是鳳凰族竭盡自己的生命也無法使人復活。」

「他的身體中有著黑色的陰影。」軒霓蹙起漂亮的面孔，給人一種憂傷的氣質，「即使有我與洛安的仙氣暫時保護，也仍舊無法長時間拖延陰影的傷害，會如同傳說一般，重新踏上三王子的路。」

「這種事情不能發生。」伊多的聲音雖然有點微弱，不過已經比之前好很多很多，堅強地讓人聽得非常清晰：「爲了精靈族與燄之谷曾經的犧牲，我們必須保護這位後人。」

「當然，不然我們幹嘛偷偷在這邊商量要怎樣做。」咧開了笑，輔長突然轉過來盯著我看，「你怎麼說？」

沒想到他會突然轉來問我的意見，我愣了一下，無法馬上開口回答。

我怎麼說？

無論付出任何代價……

「學長身上、我記得有詛咒。」吞了吞口水，我看著注視這邊的一堆視線：「妖師賦予的，可是我……我們首領也說過，他沒有辦法解開。」

「這是個問題，詛咒還在，人救活了可能也很快就會再出事。」摸著下巴，輔長皺起眉：「所以一直以來他都不用自己的名字在這個世界啊……」

「詛咒方面的事情我應該可以解決。」黎沚突然舉起手，露出笑容：「這不就是你們找我回來的目的嗎？」

琳婗西娜雅看了他一眼，點了點頭。

可以解決？

看著黎沚，我突然覺得眼前這群人溝通得太快了，我都還沒弄清楚，他們就好像已經解決一部分事情了。

轉過頭，黎沚握著我的手腕：「哪，可以解開的，只要你借我力量。」

我突然恍然大悟。

他要用我身上的妖師力量解決詛咒？

怎麼可能？

連然都沒有辦法，借用力量的人怎麼可以？

「我們嘗試看看吧，就算失敗也無所謂的，不會比現在更糟糕了。」完全樂天派的黎沚補上這句話給我。

……原來你已經做好失敗準備了啊。

「應該不會這麼簡單的，且詛咒是附在靈魂之上，在尋回靈魂前我想我們應該先做的是將身體上的黑暗氣息分離。」洛安開了口，很沉穩，讓人不由得靜下來仔細聽他的話，「深植在身體的黑色氣息，還有被打破平衡的兩種力量，目前來說這個身體上剩下炎的力量，不難猜到靈魂上應該也只有冰的力量，鬼族爲了方便在最短暫的時間內操作身體，必定是硬把平衡給撕裂了……這種狀況下貿然將靈魂放回去也會引起大問題……」

「瞳狼和賽塔無法協助平衡嗎？」軒霓轉過去看著他。

「如果只是小部分、像是些微失衡可以處理，不過要將被破壞的平衡重新連結應該沒辦法。」閉了閉眼睛，琳婗西娜雅嘆了口氣：「這種程度也沒有辦法在醫療班做，須要回到燄之谷與冰牙族請求精靈王和燄之谷的主人協助了。」

「然後更好玩的來了。」九瀾發出了陰惻惻的笑聲：「就我們知道的，這位王子的兩邊家人與董事他們有協議，成年之前王子殿下和兩邊的人馬是不能主動回去那邊，精靈族不知道是多大算成年喔？」

「一般精靈族一百年後才算是脫離了少年時期。」琳婗西娜雅瞄了他一眼：「獸王族則是與人類差不多。」

一百年！

我還以為學長明年就算成年了！

原來他還是小孩子。

偷偷看著玻璃球裡的人，我突然有種很難調適的感覺。

學長是小孩子啊……

「所以果然現在還是得把第一重心放在尋找靈魂和逼出黑暗氣息這兩件了。」輔長伸展了一下長手長腳，然後站起身，「既然這樣，得請情報班幫我們了。」

幾個人分別點了頭之後，短暫的對談就這樣告一段落。

其實我不太曉得他們讓我加入這個很像是機密會談的原因是什麼，不過隱約可以知道或許大部分是因為我的身分。

「我和軒霓會暫時在這邊用仙氣鎮壓黑暗氣息。」同樣站起身，洛安這樣告訴我們：「時間不長，還請各位盡早想出解決的方法。」

「這是當然。」

有了共識之後，九瀾與琳婗西娜雅率先離開這間房間。

那個纏著符咒的女人從頭到尾都不說話，只是靜靜地站在那邊，偶爾注視著大球裡的動靜。

後來伊多才告訴我，她是這個房間的高級治療士，只聽從琳婗西娜雅的命令，和輔長、九瀾他們一樣都有著很高的地位，是高等鳳凰族的一員。

留下洛安和軒霓之後，我們也陸續從這個房間走出來。

「漾漾，可以麻煩請你和我去找雅多他們嗎？」微笑地看著我，伊多溫和地問著。

「喔，好啊。」原本想攙扶他不過卻被拒絕了，伊多走得比我想像的還要穩，看起來似乎已經康復了，除了多少還是有點虛弱以外。

「那我要先回病房休息了。」剛剛才打出連串洞的黎沚朝我們揮揮手：「順便找人來修牆壁，不然琳婗西娜雅一定會把帳算在我頭上。」

算在你頭上是正確的，因爲那些洞全都是你打出來的。

「啊，對了。」像是突然想起來什麼，原本要往另外一端走的黎沚靠了過來，「水妖精族的水鏡使用者，我聽說了之前湖之鎮的事情，如果你們可以找到五顆以上的水精之石，搞不好我可以幫你修好水鏡喔。」

伊多彎起唇：「我明白了，黑袍果然有著許多難以預料的人。」

「好說～下次再找你們玩，可愛的小朋友們。」比我們還像小朋友的人歡樂地揮了揮手，很快地消失在走廊的最末轉角。

「我們也走吧。」

「喔。」

第六話　約定

地點：Atlantis
時間：下午四點二十分

我們在長長的走廊上沉默了一段時間。

偷偷地瞄了一下伊多，他似乎沒有主動開口說話的打算，感覺起來很像是在享受散步一樣，悠閒的步調和完全沒改變的步伐速度。

「那個、伊多……」

「嗯？」

「水精之石是什麼東西？」可以修水鏡？

我記得先前他們曾說過，水鏡重鑄幾乎不可能，得等待漫長的時間……

「是過往自然之水所累積下來的純粹力量，據說很久很久以前在水之地四處可見，也是提供水系生物休息、增進修行的最佳地方，不過傳說在兩千多年前中斷出產，現在水精之石罕見難尋，在地下交易中的喊價幾乎可以買下一座城市。」頓了頓，伊多無奈地笑著：「這也是沒有辦法的事，收藏者與購買者日益增加，水之地的天然力量早已被破壞。當初我從安息之地被帶回時，雅多與雷多深入了水妖領地找到一塊，冰炎的殿下與夏碎先生則是進入了魔王城市找到另一塊，這兩個分別用在我與水鏡的身上，所以水鏡才能以目前的樣子出現。這樣已經是極限了，我想就算是情報班，也找不到第三塊的下落了。」

「喔……」看樣子果然很困難。

我們又走了一小段路，伊多對這裡像是很熟悉……其實我覺得每個人好像都對這邊很熟悉，唯一不知道往哪邊走的那個人就是我。

大約過了幾分鐘之後出了醫療班，外面已經被收拾得差不多了，某些被破壞的地方用很神奇的速度在復原。

伊多弄出個移送陣，我馬上就知道他要去學院。

就像來的時候一樣，在陣法轉動後我們眨眼已經回到了學校。

在最熟悉不過的黑館前，雅多與雷多站在一起，安因不曉得在跟他們說些什麼，一注意到我們出現之後就中斷了話語，兩人很快朝這邊跑過來。

「雅多好一點了嗎？」拍了拍自家兄弟的肩膀，伊多一開口就是先詢問剛剛使用幻武兵器特殊力量的人。

「那不算什麼。」立即就回答了，雅多的表情沒有太大的改變：「一下子就沒事了。」

「騙人，雅多剛剛差點昏倒——」正打算窩裡反揭自家兄弟底的雷多話還沒說完，就被人轉頭轟了一拳。

有時候歷史總是教訓不到人，我眼前就有血淋淋活生生的例子。

抱著臉的雙胞胎兄弟一左一右別開，完全不跟對方講話，其實比較像是痛得講不出話，我打賭雅多那拳絕對有把剛剛摔到頭的怨恨都放進去了。

「已經商量完了嗎？」安因走了過來，稍微向伊多打了招呼。

「是的，就如同您所知道的，現在必須先把重心放在不見的靈魂與黑暗氣息上了。」伊多微微皺起眉，嘆了口氣。

「嗯……果然還是必須想辦法嗎。」像是已經把醫療班發生過的事都弄清楚，安因同樣也無奈地一嘆，然後轉過來看我：「我想，你應該需要先回房間休息。」

「現在可以進去了嗎？」看著黑館，我突然有種好像很久沒有看到這地方的感覺。

「可以的，賽塔已經將裡面全都整頓好了，不過有幾個人在這邊借宿，或許會有點不太安靜，不過因爲是非常時期，也請稍微忍耐吧。」勾起微笑，安因這樣告訴我。

我曉得，接下來的事情他應該不願意我繼續聽下去了。

「嗯，那我先進去了。」拉了拉破了一個洞的背包，我向伊多點了下頭。

「下回見。」伊多伸出手做了一個像是禱告般的動作，溫柔地說著：「願風中的女神將安眠帶給你，洗淨污穢與疲憊，我的朋友。」

「呃……」又是這個！我該回媽祖保佑你嗎？

「快進去吧。」安因適時打破了尷尬，讓我先行離開。

一如往常，我踏上了黑館的階梯，推開黑門，熟悉的館內空氣立即迎來，就像是戰爭不曾存在一樣，這裡連一點灰塵都沒有被變動過。

接著，我想起一件可怕的事情了。

我把臣放鴿子在醫療班裡面。

※

匆匆撥了通電話請輔長轉告臣之後，我一邊戰戰兢兢地收線一邊往樓上走。

不曉得下次見面他會不會直接來取命……

臣對我沒有好印象，這次還把他給放鴿子了，我看下次還是稍微避開校舍負責人好了。

繞過層層樓層，我似乎感覺到好像有一些視線，不過轉過頭又什麼都沒有看到，那些視線好像全都隱藏在影子中讓人無法察覺。

之前在黑館也會感覺到不明視線，不過大部分都是那些奇怪擺飾傳來的，這次我很確定是人，不曉得爲什麼，總之就是有把握有人就對了。

我想應該是安因說的那些在這邊暫時休息的人，既然他們不出來，我也沒有必要去找出來。

快步回到房間後，一打開門，裡面完全一樣什麼也沒有改變。

將背包與身上的東西都拿下放在桌上後，我直接倒在地板上看著天花板，感覺好像很久沒有

這麼悠閒一樣。

四周靜悄悄的。

安靜的空間，什麼聲音都沒有。

不知道過了多久，可能五、六分鐘左右我才從地上爬起來，整理了衣物看著我進來之後幾乎完全沒有碰過的浴室。

我想，一個人偶應該不會比鬼王更可怕了吧。

但是爲了預防一開門就有東西撲出來，我還是先喚出米納斯預備著，如果眞的不幸一開門遭到攻擊也可以即時反應。

不過他如果是用那種一秒百步的速度，我看我今天還是得再去醫療班報到了。

將衣服放在旁邊，把堵在浴室門口的一些雜物搬開、拍開電燈後，我小心翼翼地站在門後慢慢將門拉開，槍口對著浴室裡。

兩秒過後，我立即知道這些動作是多餘的了。

浴室裡完全空蕩蕩的，什麼東西也沒有，一開始見過的那個人偶也不見了，連點痕跡都沒有留下來，好像那玩意從來沒存在過一樣。

他是被別人弄走還是自己跑掉……

一想到後面那個答案，我突然有種毛骨悚然的感覺。如果可以，拜託是誰發了好心移走他的吧。

還是有點害怕人偶不知道會從哪邊衝出來，我用很快的速度洗了澡，跳出浴室之後重新把雜物給堵回去。

那東西到底跑到哪裡去了？

我決定不去想，以免自己越來越膽顫心驚。

大約整頓好之後，我爬上床什麼也沒想，就這樣把下午跟晚上全都睡過去了。

第二天早上醒來時，房裡還是安靜的，完全沒有聲音，連窗戶外也沒聽見那些小型幻獸還是鳥類什麼的聲音。

醒來後整個人已經變得輕鬆許多，一些小傷口完全都不見了，果然醫療班不愧是醫療班，結果到現在我還沒買到我想要的夢幻藥啊。

盥洗完之後大約十點半左右，在我想下去找點食物一打開門時，門口剛好也有人要抬手敲門，接著我們兩個都被對方嚇了一跳。

難得露出錯愕表情的尼羅用不到半秒時間就把臉給恢復原狀了。

「我想說您應該會需要一點食物，黑館現成的食物差不多都沒了，得等到中午才會提供午餐。」端著銀盤，他輕輕咳了下，這樣告訴我。

「呃，謝謝。」感動地接過來，也只有尼羅會這麼貼心，還宅配到府。

「另外，賽塔先生似乎有事找你，上午時來過，不過他說你還在睡，所以暫時又離開了。」將話傳給我後，尼羅勾了淡淡的笑意：「如果吃過飯後你想找他，他會在肯爾塔。」

「我知道了。」道過謝之後，尼羅就說他還有事情不能久留，然後就離開了。不曉得賽塔在這種時候突然找我做什麼？

咬著高級飯菜，我滿懷感激地吃飽後再度把隨身物品整理了一下，因爲之前的包已經殘破不堪，只好挑了比較重要的放在口袋，其他就暫時放著。

「請等等。」

水珠從我旁邊旋了出來，然後是熟悉的大蛇尾與美麗的面孔，「帶上那位吧。」她指著桌面上一個正在發揮最大力量跳動要我們注意它的東西。

瞄過去，我看到我刻意不想帶丟在桌上的數字正在很活潑地彈來彈去，就是不彈到地上飛到角落終結它的一生。

「會有用的。」說完這四個字，米納斯也沒再討論什麼，就這樣消失在空氣中。

……既然她都開口，那就表示我一定要帶去了。

轉回身，我把數字塞進口袋後感覺那東西安靜下來，就這樣前往水晶塔。

❋

那棟建築物依舊在太陽底下閃閃發光。

出了宿舍後，我發現外面和我睡前完全不同了，建築物、花園，甚至步道全部都回到原本的位置，除了學生還沒回來之外，這裡變得與戰爭前完全沒有兩樣。空曠、緊張的氣氛一點不留，行政人員們用最快的速度將場地清理乾淨，恢復原狀到毫無痕跡。

這樣一來我反而比較容易找路了，要知道太空曠反而會迷失方向感。

順著記憶來到水晶塔前，我看見賽塔已經站在外面等我不知道多久了，也可能是他們說的大氣精靈有先來通知，總之他帶著溫和的笑容站在這裡，好像早就知道我會在這時候到了。

「我想去一趟鬼王塚。」沒有任何開場白，他直接這樣對我開口，似乎也知道我想過這件事、還打算這兩天偷偷跑去：「或許，您願意一起同行？」

在來之前，我的確有想過要去鬼王塚看看，不過沒想到賽塔會這麼直接地詢問。

或許，他也覺得客套話太過多餘。

「在去之前我可不可以先轉到另外一個地方。」就像某個人說的，我一直都知道要怎樣找到他，現在也是。

除了那裡與鬼王塚，我實在想不到哪邊了。

「湖之鎮嗎。」他是用肯定句。

輕輕點了頭，我直接默認了。

「那我們就走吧。」

賽塔動了動手指，與移送陣不同，四周颳起了很輕柔的風，連眨眼都不到的瞬間，我所看見的景色已經全部改變了。

眼前是一整片國外街道的景色。

從我初次踏進這邊到現在，它似乎沒有太大改變，就這樣安靜地隨著水位高低繼續度過每一天。不過失去居民之後變得沒有人管理，稍微荒涼了些，有些比較容易壞掉的東西也碎開了，高處的招牌上結了蜘蛛網，一些死去的小蟲卡在上面沒有人去清除。

上午的時間，地面上還有點來不及乾涸的水窪倒映著陽光閃閃發亮。

「這裡將會在時間過後再度改變爲另一個全新的城鎮，很快地人們就會忘記這裡曾經有過誰與發生過什麼事。」賽塔做了個祝禱的動作，「就像千年以前一樣，埋藏屍骨無人知曉。若您不將您的武器移開，精靈則會視狀況而做出反抗。」

他後面講的話與前面接不起來，我愣了一下馬上轉回頭，看見賽塔身後不知道什麼時候站了人，黑色的長針就抵在他頸側。

「我並不記得我有邀請精靈參與我們的事。」站在後面的安地爾瞇起了眼睛，黑色的長針慢慢按進了白皙的皮膚裡，「尤其是在戰爭結束之後，你想當作這一戰撫慰鬼族怒氣的祭品嗎？」

我轉動了一下手腕，拿出米納斯指著他的頭：「賽塔是跟我一起來的。」

拿開了黑針，安地爾勾出一點微笑：「首先我必須說明，即使跟你一起來，也不在我手下留情的範圍；如果你夠聰明，應該要單身赴約。」

「我覺得我就是不夠聰明才會被你耍得團團轉吧。」收起了米納斯，我知道他不會動手了。

「說得也是。」安地爾聳聳肩，然後推了賽塔一把，算是不想管多了多餘的人這件事情：「不過我沒想到你會這麼快來，我還以爲你應該會多等幾天、甚至一週才決定要過來。」

「我也這樣想。」如果是以前的我，我想肯定拖他個半年再來會比較好，不過現在我開始覺得，有些事情好像怎樣都逃不過，乾脆直接主動點比較好。

瞄了賽塔一眼，安地爾環起手：「那麼，我想告訴你的事情還有點東西要給，你認爲讓這個精靈知道沒有關係嗎？」

「賽塔一定不會有問題的。」

站在旁邊的賽塔勾起了微笑，稍微彎了彎身：「我向主神發誓，不會做出不利於兩位的舉動，風的精靈在侍，能爲我一同證明。」

「既然這樣，那就算了。」安地爾抬起手，指了指他身後的地方：「我們到那裡面談話吧，這附近有幾個讓人覺得礙眼的傢伙，我不想要被打斷。」

他指的那個地方是一處民房，看起來沒什麼特別的。我也知道他說的礙眼傢伙指的是附近顧守這裡的公會袍級，湖之鎮事件之後，公會在這邊設立了監視點，不過連續被我們跑進來兩次，可見公會某些監視者還是挺鬆散的。

隨著安地爾走進民房，可能是因爲這次賽塔跟著我，所以感覺比較沒有上次那麼可怕。我相信賽塔其實比鬼王還要厲害，只是他一直沒有眞正表現出來，連戰爭時也沒有，原因我不太清楚，不過這也不是我可以探問的範圍。

那間房子被收拾得很乾淨，就像其他地方一樣，好像主人隨時會回來一般，連電器都還維持著通電的狀態。

安地爾像是走進自己的家一樣，從櫥櫃上拿下了幾件東西，居然泡起了咖啡。

這讓我和賽塔有種不知道應該說什麼的感覺。

※

「我跟亞那其實在之後還見過一次面。」

看見我們兩個都確實坐到沙發上之後，安地爾才開始講話，一邊端著咖啡一邊走了過來，將三個冒著虛弱白煙的杯子放在桌面上。

「……你與殿下還見過？」賽塔的表情很意外，綠色的眼眸緊緊盯著眼前的鬼族。

「回答問題之前，說出你的身分吧，精靈。」端起了自己面前的咖啡杯，安地爾像是優雅的紳士一樣開了口。

「我曾經爲三王子導師之一，隱約知道殿下與您們相交的事情，雖然他並未說過。」並沒有隱瞞，賽塔相當直接地回答了他的問句：「這件事情並非什麼祕密，當時王子的導師們全都睜一隻眼閉一隻眼，我們相信主神會帶領祂的孩子走著正確的道路。」

「……時間過太久了，競技賽時我連亞那的孩子模樣都忘了，碰上之後才想起來；當然你也差不多，原來你就是那時候其中一個。」輕輕搖晃了杯子，安地爾還是維持著不變的笑容：「真是的，過往的記憶多少造成一些困擾。」

「呃，中斷一下。」卡住了他們兩人的對話，我發出了疑問：「我覺得如果要討論這件事，你應該去找然才對，他是現任妖師首領，而且也繼承了凡斯所有記憶。」對我來說，我覺得然其實跟那個人差不多吧，安地爾不找他都來找我讓我覺得很奇怪。

「記憶那種東西，算什麼。」冷冷地笑了聲，像是對這件事感覺到不屑，安地爾再度開了口：「如果我願意，那份記憶我也可以全都收到手中，不過就是個能夠擺放記憶的容器，頂多就只能拿來當作力量的棋子。對我而言，那傢伙跟凡斯還差得遠了。」

他的說法有點微妙，不過卻和然說的有點相似。

然曾經說過，他並不是那個人，只是收著那份記憶而已。

「您在尋找波長相同的人。」賽塔盯著他看，接著這樣說了：「過往的人帶給您的記憶與熟悉，讓您尋找了相同的人，並非繼承者也並非帶著力量，只是有著相似的感覺，但是這位並不是您所認識的那一位。」

我有點被賽塔很像繞口令的話給弄迷糊了，什麼一位一位的聽不是很清楚。

「或許是這樣吧。」沒有反駁賽塔的話，安地爾看起來心情好像變得比較好一些：「你們應該慶幸凡斯的後人在千年之後選擇的是幫助你們，不然這一次這個世界絕對就會在我們手中。」

「世界上發生的一切事情都必定有他的意義，我們不會違逆主神的安排，即使是鬼族，也無法完整地操縱命運與時間。」沒有退讓，賽塔提出了自己的看法：「世界屬於所有的生命，並非誰能單獨掌握。」

安地爾看了他半晌後沒繼續，我想大概是懶得跟他多說太多，因爲他們兩人的認知本來就不怎麼一樣，還有可能繼續說下去就直接打起來。

「你和三王子之後是怎麼見面的？」咳了一聲，我試著打破若隱若現的火花，重提剛剛中斷的話題。

他轉過來看著我，「就是某天我四處逛逛時，偶然遇到的。」

這不是廢話嗎！

動了一下手指，安地爾手上轉出了一顆黑色帶著微光的小小光球：「那傢伙還是一樣的可笑，都快要死於鬼族氣息之下，還是認爲我們始終都是他朋友，眞是到死也不太容易覺悟。」他把黑球拋給我，我接住之後發現那是一顆像是扭蛋一樣的硬體物，上面有著某種記號，隱約地裡面好像有什麼東西，不過看不太清楚。

「這是……妖師的？」似乎知道是什麼東西的賽塔露出有點驚訝的表情。

「吶，凡斯的身體就還你們妖師一族了，反正被毒藥破壞成那樣子也沒有辦法繼續使用。」安地爾瞇起眼睛，這樣說著。

被他講完我才注意到，裡面那個東西的確很像個人形，不過因爲太小了不太明顯。

這個不知道要怎樣打開？

還是這世界的骨灰罈就這麼環保節約？小小的一個空間就可以直接埋下去了？

……眞是値得讓人學習的好技術。

「暫時沒事我們就不見面了，我現在還得幫耶呂找個新身體。」站起身，安地爾用著與以往相同的輕鬆語氣這樣說，好像就是在談論天氣一樣地平常：「你們的運氣很好，至少有很長一段時間可以鬆口氣了，這次兩大鬼族被重創之後再來得等上一段時間，不過只要耶呂復元到最完整狀態，你們就要開始祈禱以後可以轉生在別的世界上。」

「我想，在鬼王復活之後，每一個種族都不介意再讓他死亡一次的。」散出溫和的淡淡笑意，賽塔也很不客氣地這樣告訴他。

我坐在他們中間，感覺好像有種隱形的暗黑決鬥黑雲在背後飄過來飄過去。

因爲在學院待久了就明白，通常這種時候我只要做一件事就好，不會兩邊都招惹到也可以等他們自己解決完畢。

拿起了還在冒著熱煙的杯子，我突然發現原來安地爾給我的這杯不是咖啡而是可可。

……應該說他偶爾也會轉彎嗎？

※

看了看沒有想喝的慾望，我將杯子放回桌上，他們兩個也停口了，似乎沒有打算繼續下去。

那應該換我問正事了，「你把學長的靈魂放在哪裡？」雖然我隱約大概有個底，但是我決定直接問眼前這傢伙比較快。

「爲什麼我要告訴你？」安地爾勾起笑容，回了我這句話。

「我們想讓學長重新活過來。」蹭著手上的小球，我偷偷做了個深呼吸：「如果他是你朋友的小孩，照理來說你應該是長輩，將人還給我們也不爲過吧。」

「鬼族沒有長輩之分。」很愉快地說著，安地爾跺著步走過來，就坐在我後面的椅背上，感覺到後面好像有東西下沉之後他也同時開口：「如果要我說出祕密，你有什麼東西要交換呢？或者你們加入鬼族，我當然也可以把靈魂還給你。」

「……我自己找好了。」跟他問的我是個笨蛋。

「大氣精靈會指引我們道路，若您不願意說明也無所謂。」賽塔補上這句給他。

安地爾聳聳肩，「當然，一個精靈加上一個妖師，如果找不到就太可笑了。」他站起身，拍了一下我的肩膀，用某種含笑到讓人發毛的語氣說：「等我有空時，再來找你們玩了。」

可不可以不要。

有那麼一秒，我很努力向我身上傳說中詭異的妖師力量祈禱最好不要再碰到這個傢伙。

「再見囉，凡斯的後人。」

轉過頭之後，安地爾已經消失在空間之中。

四周瞬間安靜了下來，剩下咖啡和可可的氣息若有似無地飄散在空氣中。

我偏過頭，看見賽塔有瞬間露出若有所思的表情，不過一下子就消失了，「我想，我們也該往下一個地方前進了。」

連忙站起身，我走到他旁邊，想到另外一件事：「賽塔你也是冰牙族的人嗎？」說是三王子的導師……我突然有點想知道他活多久了。

「我是侍奉者，嗯、或許依照你們的說法我也算得上爲冰牙族一員，畢竟我在那裡度過了相當漫長的時間，不過我並非冰牙精靈，而是更久遠以前的，屬於白精靈的一員。」他輕輕地開口說著很像歌聲的話：「是在冰牙族的精靈王邀請之下擔任了殿下的導師之一，後來三殿下離開精靈族傳來死亡訊息，雙方的王者們與董事們訂下契約卻仍然感到憂心，才祕密拜託我與瞳狼來這裡照顧殿下的孩子，我並非眞的冰牙族人，所以契約中的規定與我無關。」

「這樣說起來，鬼……瞳狼也不是燄之谷的人？」

「嗯，瞳狼閣下算是但是也不是，他在遙遠之前曾經是燄之谷的人，但是在大戰之前就已經不是了。」賽塔頓了頓，「他爲守護者，您所見到的孩子不過只是他靈魂意識之一，本體必須到一個地方才能看見。」

……意思是他眞的是鬼了？

我搓搓手，突然覺得有點毛。

不過不知道爲什麼，在學園戰之後我就再也沒有看到瞳狼了，也不曉得有沒有發生什麼事情……

「其實並不複雜，若是燄之谷方面允許，您便可以知道並非您想像中那樣了。」賽塔露出微笑，這樣告訴我。

不，你講完我已經覺得複雜到家了。

並不打算進一步將這些事情完全說清楚，賽塔動了動手，四周的景色也跟著改變，這次的時間稍微長了些，他解釋說是因爲這地方的術法問題，影響了進入時間。

一開始我看見的是黑色的空間。

在四周景色固定之後，到處都是黑黑暗暗的，什麼都看不太清楚。

空氣是潮濕帶著些許還未散開的血腥氣息，另外有種讓人不禁感覺到噁心、像是泥沼混合什麼腐爛物散出來的味道，全部都混在一起到處飄著。

我一站穩後差點被那種味道弄得吐出來，敲了兩下老頭公之後它很快地幫我做下了結界，味道馬上就消失了。

黑暗中，賽塔變得格外明顯，因爲他四周有微弱的小小光芒，讓他整個人看起來更有點不像是活在這空間的生物的感覺。

他像在空氣中凝結的光球，很可能馬上就會消失。

「看來妖師一族已經全員離開了。」賽塔左右張望了一下，這樣說著：「有公會袍級的感覺，我想也許我們應該往下走。」

「爲什麼往下？」

精靈轉過來看著我：「您認爲應該往上嗎？」

看了一下四周，我咳了兩聲：「呃……我們往下吧。」

這裡沒有傳說中往上的樓梯。

※

我想起來第一次到鬼王塚的事情。

那時候不過就是個老頭課上的校外教學，結果到後來變成一系列的亂七八糟跟逃命。

走在黑色的狹小道路上，現在唯一的光源就是賽塔身上的微光，我沒有用光影村的附屬法術，因爲精靈牌電燈泡說眞的其實還滿亮的，尤其一片黑暗時除了亮還有某種方面的賞心悅目，開了燈之後大概就沒有了。

像是對這裡很熟悉似地，賽塔帶著我在小路裡左右繞，還繞到幾個像是殿堂一樣的地方，四周擺放著古老的石雕，還有一些上面是刻圖，不太像是鬼族的產物。

「這些是以往西之丘最後所留下的。」抹去了旁邊牆上的灰塵，那裡露出了失去頭顱的精靈畫像，賽塔低低地說：「在鬼族之前，西之丘曾經是個美麗的地方，我與三殿下來過此處拜訪幾次，也曾自己單獨來過，這裡的精靈兄弟們熱情且熟知許多歌謠。」

後面的事就算他不說我大概也都知道了，後來因爲妖師的詛咒與鬼王的關係，這裡變成鬼王的根據地，原本住在這裡的精靈幾乎無一倖免，最後精靈大戰結束於此，在另外一座大廳中還有著死去的精靈們的遺體。

不過這樣也說得通了，以前三王子常常來的話，難怪之前學長會說他對這裡熟，大概是全都從他老爸那邊聽來的。

對於那個人有著聽看過絕不忘的能力，我還是覺得他很可怕。

而，我們現在正在尋找那個人。

「賽塔先生。」跟著精靈輕快到和鬼沒兩樣的虛浮腳步，我試著開口打破安靜，要知道這裡已經夠黑了，沒有說點什麼東西的話我會一直覺得後面好像有什麼會隨時把人拖走，「爲什麼你肯定學長的靈魂在鬼王塚？」

他未說出口，不過不曉得爲什麼，我知道他很肯定這裡有。

「那，爲什麼您會認爲在這邊呢？」沒有回答我，賽塔也對我發出了相同的疑問。

爲什麼我會覺得學長的靈魂在這邊？

搔搔頭，我用有點不太肯定的語氣回答他：「因爲我總覺得安地爾既然要把人還給我們……應該也不會做太多多餘的事情。」身體都還了，依照他那種奇怪的性格，不知道爲什麼我就很肯定靈魂應該也會在這邊。

他給我的感覺，好像打從一開始就沒有想要置我們於死地。

而且更可以說，其實他一直在煽動我和學長加入他們，類似可以掌握世界還是什麼〇〇〇之類的說了一大堆。老實說，安地爾除了學院戰之外，並未眞的做過什麼不利於我們的事情，那種他覺得是惡作劇的應該也不太算，更可以說還有幾次被他幫忙……

我越來越搞不懂這個鬼族的腦殼中裝著什麼。

「精靈有種直覺。」勾動了唇，賽塔幽幽地說著，然後帶我拐了幾個小彎，「我們能看透很多事物，還有沉睡中即將消逝的靈魂，我能夠感覺到我們在尋找的靈魂需要往這個方向。」

……直覺是吧。

我完全不懷疑精靈的直覺，那是未知的東西，有時候不要深入去想對自己會比較好。

「對了，你和學長的父親很熟嗎？」

「算是很熟的。」

「那可不可以說一點以前的事情？」按著冰冷的牆壁，我轉開了剛剛的話題：「之前我在安地爾那邊聽到了一些，是不是可以再多知道一點？」

千多年前，那個能夠接受妖師以及鬼族的人是如何？

我很好奇。

賽塔輕巧地看了我一眼，開口：「我由衷地慶幸我曾在主神的安排下教導了三殿下，雖然時間並未久遠而緣分僅淺，他仍是最出色的學生。我與另外四位同爲精靈王所請教的久遠者，指導著三殿下學習一切。」

他的聲音不大但是也不小，像是風一樣迴盪在走道中。

賽塔在說著。

許久許久之前，他教導了亞那瑟恩．伊沐洛，在一片晴空之下他們認識他。

那時候的精靈族還未隱世而與各個種族相處融洽，亞那帶領著許多人幫忙周圍一切。年輕的精靈有著活力與靈巧，他們在各地都廣受所有種族的喜愛。

久遠的精靈知道任何事情。

有天晚上，三王子怯怯地從窗戶攀入，與平常沉穩的模樣不太相同，雖然賽塔一直都曉得那個樣子是在人前刻意做出的。

有著坦率銀色眼睛的年輕精靈問他借了書本，然後拿著白花編成的夜燈在他的窗台邊坐下。

「那時候，三殿下問我精靈爲什麼不能夠與妖師來往，風的精靈帶給我的訊息告訴我一切，但是我未揭穿他，就像其他導師做的事情相同。」短暫時間中，那些導師幫著三王子隱瞞了妖師的事情，甚至精靈王也未察覺。

他們都知道，三王子其實也還年輕，他需要更多東西。

古老的智慧令他們曉得妖師並非什麼窮凶惡極的黑暗種族，但是除了他們之外，不會有人這樣覺得，也無法接受那些背後的眞實。

他們也都知道，只要時間川流經過，妖師會離開，不可能被接受的朋友們得不到永恆；而友情也將會隨著記憶被遺忘。

這些事情都不會存在世界上。

直到有一天，另一位導師阿比莫亞告訴他，他們的王子殿下認識了一名鬼族。

賽塔告訴我，那是一種很難解釋的複雜感覺，因爲他們必須要假裝不知道但是卻得迂迴地告訴王子必須遠離那名鬼族。

他想，其實三王子對於對方的身分應該隱約有底，雖然他一直假裝不知道，但是在他向阿比莫亞問書本時，那上面大量記載的鬼族事記已經說明了一切。

亞那瑟恩雖然單純，但並非人們想像的那樣全然不知。

如果時間倒流，或許那時候他們都能夠阻止一場悲劇的誕生，只是當時的他們選擇了在旁邊默默地等候著，等著王子來詢問的那天。

後來，王子與他的朋友們起了誤會，他們的王子逐漸失去笑容，但是仍然打起了精神繼續負擔著身爲王子應該有的一切責任，也因爲那些必須，讓他重拾微笑。

精靈大戰開始之後，當時的賽塔並未參戰。

古老的精靈不被允許直接至最前線，雖然他渴望著能夠與那些兄弟們一起深入鬼族，一起回到主神的懷抱。

大部分參與大戰的精靈最後都沒能回來，除了被殺害與重傷，黑暗的氣息一點一點剝奪他們的生命以及被賜與的祝福。所有人在出發之前都已經知曉或許不會再看見故鄉，聽不見流水的聲音、再也聞不到第一朵綻開的白花芬芳。

大氣精靈一次一次地將戰場上的消息傳達到各個地方，吟遊詩人也不斷編寫著任何一切，儘可能地讓所有種族都知道，讓越來越多人能夠支援他們。

三王子與燚之谷的公主就是在這種情況下認識的。

燚之谷的狼族遠比任何人都驍勇善戰，他們有著精靈所不具備的特質也不害怕黑暗氣息，天生戰士的血液讓他們從遙遠的東方來到了西方，戰勝了許多鬼王高手而成爲精靈聯軍強而有力的幫手。

他們互相吸引著，在戰場上成爲了搭檔，相互背對著卻能夠除盡一切。

共同將鬼王的屍骸封印在鬼王塚中後，三王子身上的最後一點微光也完全消失，黑暗氣息開始滲透他的生命，如同妖師的詛咒般，痛苦的窒息將會扼殺精靈。

所有人都想盡方法要治癒這位王子，但是精靈只要一墮入黑暗就無法回去。

亞那瑟恩開始將自己獨自鎖在無人樓塔中，他不讓精靈踏入那裡，孤單得只剩下大氣精靈可以自由來去。

賽塔與其他導師則是輪流著進入那裡，但是到後來同樣逐漸被拒絕。

有一天，精靈王與大王子終於忍受不了，強行進入了樓塔，這才發現他們深愛的王子殿下不知何時已經消失在冰牙族的領土當中。

沒有留下任何線索，沒有大氣精靈知道，也沒有任何法術能夠找到他。

他們的第三王子離開這裡，而且不會再回到他所喜愛的地方。

當時他們儘可能地搜尋了所有地方，甚至連獄界都請人尋找，但是亞那瑟恩就像是空氣一樣消失了，無法捕捉，沒有人能知道他在哪裡。

後來，燄之谷的公主前來也同樣聽見了這個消息，毅然決然地離開這裡，四處找尋著那位消失的王子。

隔了一段時間，有人謠傳著在遙遠的邊境地帶看過三王子以及公主，但是仍然沒有人可以探知他們的下落。

這件事情，就隨著季節變化而逐漸沉寂了下來。

精靈的數年等於眨眼，在他們為了祈禱精靈大戰亡者們而編歌的時候，抱著孩子的公主進入了冰牙族的土地。

她帶回了一個有著冰與炎能力的孩子，而那孩子繼承了公主與王子的所有，深邃的紅色眼睛中有著同齡孩子所沒有的成熟以及智慧。

然後，飛狼替他們運回了存放在水晶中的遺骨。

將孩子交予精靈王之後，燄之谷的公主從此長眠在王子美麗的墓園之中。他們在那裡栽種了許多漂亮的冰花，在那裡寫上所有關於王子與公主的故事，再也不會有任何事情打擾他們。

被留下的精靈王與遠道而來的燄之谷主人展開了幾日的深長對談，沒有人知道內容，等到他們從門扉後出來時也做出決定，必須將因身上先天力量因素，所以無法生存在兩個相對環境中、且擁有會被鬼族追殺的王子血脈的幼小孩子送離族中。

他們找上了時間之外的殿所，那裡只要出得起價錢就能夠做出一切。

冰牙族與燄之谷付出了巨大的代價，但是沒有人有怨言，他們由衷希望三王子與公主唯一的血緣能夠躲過一切，遠遠地離開戰爭的陰霾。

幼小的孩子被隱瞞了姓名，被送到了遙遠的千年之後，在成年之前兩族的人不得自行接觸他，也不能讓鬼族注意到他。

但是就算這樣，千年之後鬼族仍舊找上他們了。

第七話　時間之流

地點：Atlantis
時間：中午十二點二十七分

「我想，這一切都是主神的安排吧。」

踏過了冰冷的岩石土地，賽塔停下腳步，轉過頭看我：「如果三殿下是出生在這個年代，或許他們一家現在仍能很幸福地生活著。近年來已經很多種族開發出壓抑黑暗氣息的術法以及藥物，只要堅持下去便能夠繼續活下去。」

我曉得他的意思，就和夏碎學長差不多的狀況吧，那時候無法治療的東西現在都還能夠想辦法處理。

如果他們是活在這時候，是不是就像所有的家庭一樣？

然後，我和學長還有其他人就會在另外一種狀況下認識？

例如，他們將會是妖師一族最好的朋友，而妖師一族也不用躲藏著生活。

那些都是，很久很久以前的事情，不可能到現代了。

賽塔停下腳步後不到幾秒，我聽見了一股小小的流水聲還感覺到四周氣溫驟降，就與我初次到這時很像，冰涼得讓人開始覺得有點冷。

站在我前面不到三步的距離，賽塔摸索著已經是死路的盡頭牆壁，「看來休狄殿下的爆炸將整個下方都坍方掩埋了。」

那下面我曾去過，是埋藏封印著鬼王屍體的地方，後來我更在這裡看見千年前應該死盡卻被再度利用的屍體。

站在前方的精靈試圖推移了幾下，封鎖的岩石塊紋風不動，無法移開。然後他叫我退開點距離，抽出了自己的兵器之後朝岩石揮動了幾下。

某種悶悶的響聲傳來，那些擋路的岩石突然被削成好幾小塊，切面平滑得詭異，像是鏡子一樣紛紛全都往下掉。

然後是水聲，它們全都掉進水裡，引起了好幾個打破寧靜的聲音。

賽塔彈了下手指，幽幽的光線便在黑暗中擴展，很快地外面全部被照亮了，無數光點飄浮在水上。

我們所在的位置很高，可以說應該是在頂部，不過下方整片全都是水，滿滿的很靠近頂部，就在我們踏的地方不到一人的距離下，看來應該是爆炸時把冰川炸斷還炸壞了水源，讓下方全都淹滿了，像是一座大型蓄水庫。

水面上飄浮著白色的霧氣，帶著寒冷，將下面的景色都隱藏了起來。

收起兵器，賽塔揮了下手，那些白霧突然緩緩跟著散開，不知從何處來的氣流盡力撥動著那厚厚一層冰冷，逐漸讓水面下的事物顯露出來。

我看見一張臉。

不對，不是我熟悉的那個人。

應該說，那是好幾張臉，漂亮的、精緻的，像是很多沉睡的人偶靜靜地固定在冰冷的水中，他們一點生命都沒有，許久之前就已經不會再動彈。

倒退了一步，有點被水面下的無數屍體嚇到，大概過了幾秒之後我才分辨出那是很多古代精靈的屍體，就像上次我們在另外一邊看到的一樣，但那時候看見的是很整齊地排放著，甚至有著棺材收容，不像這裡只是凌亂地散放著。

接著，我看見賽塔的肩膀在顫動，他的臉上出現了悲哀的神情。

沒有開口詢問，看著他我立即反應過來——這些是被鬼族刨出來丟棄在這邊的精靈屍體，耶呂鬼王復活後他們破壞了其他地方的封印，將下面沉睡著等待回歸的精靈遺體全都丟到這邊了。

無法開口抱怨，一張張美麗的面孔緊閉著眼睛，在水面下等待著緩慢腐化。

「賽塔……」我想和他講點什麼，但連我自己都很震驚，一開口才發現自己的腦袋裡亂哄哄的，別說是安慰的話，接下來要講啥我也沒個底。

「沒關係，我沒事。」牽動著唇，像是要讓我安心一樣，賽塔拍拍我的肩膀：「一切都會沒事的，現在先讓我們找到殿下的靈魂吧。」

說著，他別開臉，這動作讓我覺得他似乎不想讓我看見其他悲傷的神情，說完話後就逕自往下跳去。水面上一點聲音都沒有，我看見精靈輕巧的身體就站立在水面上，一點波動都沒有引起，無聲無息地開始走動。

他忘記一件很嚴重的問題，就是非精靈的我跳下去應該就直接沉下去了吧。

看著好像會凍死人的深深水潭，我吞了吞口水考慮著要不要自殺式地直接往下跳。

是說，溺水時的水母漂是臉朝下還是朝上……

正當我努力回想著水母漂而賽塔已經走遠有段距離的時候，我突然看見水底下似乎有幾雙不同顏色的眼睛同時睜開，那些身體出現了小小的波動。

然後，我看見了名爲辛亞的熟悉面孔。

白色的霧氣從他們身上散出，眨眼間我看見幾乎透明的軀體站在我面前，他們在朝我招手，指著水面深處底下，那裡有著一抹不太顯眼的微弱光芒。

其實我不太清楚那時候發生什麼事情，等我回過神之後，我已經整個人摔到水裡了，冰冷的水流瞬間鑽入我的嘴巴鼻孔，完全無法呼吸。

掙扎著想往上游順便溫習水母漂，然後我很驚悚地發現腳下有拉力正把我不斷往下扯，轉頭我就看見那些在水裡呼吸根本沒問題但是沒想到別人有問題的精靈鬼努力地把我扯下去。

起碼先讓我換口氣啊！

不知道是第幾次了，我深深認爲總有一天我翹掉絕對不是翹在敵人手上而是莫名其妙地翹在自己人手上。

摀著鼻子，嗆入大量冰水之後我開始有種意識渙散的感覺。

模糊之中稍微好了一點，我想大概是老頭公發現不對勁設下結界，不過我還是眼前一片白花花，隱約看見辛亞的輪廓在附近漂浮。

像是原本就生活在水裡的魚一樣，他從這邊進入了最深處，然後慢慢再次浮出。

我看見他手上有著一小團銀色的東西，冷冷地散著光芒。

那瞬間，我知道那是什麼了。

那是一抹小小虛弱的光。

帶著冰冷卻溫柔的銀色光芒落在我手上的那瞬間，我最想做的事情叫作……

放我出去！

完全已經憋氣到一個極限了，我打賭我現在一定整個人快翻白眼了。

可能是已經結束了任務，那些不用呼吸的精靈鬼魂終於放開拉力，隨便我要怎樣浮上去了。不過重點來了，我在收到東西之後也差不多暈了，於是直接往下沉——

迷迷糊糊之際好像看到一股弱光，在水中特別明顯，接著開始有股力量拽住我的領子直接向上扯，大概不到幾秒我就被送出水面，冰冷的空氣猛然竄進鼻子嘴巴。

嗆咳了好一下之後我才看見把我拉出水底的是賽塔，他全身也都濕淋淋的，長髮貼在臉上身上，微弱的光在靠近之後格外明顯。

他的眼睛正注視著我的手。

於是我張開手，我們兩個都看見了那小小的銀色光芒，是顆半透明的圓形球體，大約是乒乓球的大小。

「你找到他了。」

很輕很輕的聲音，像不過是在談論什麼無關緊要的事情一樣，很平淡的語氣。

我找到他？

手上的東西很輕，輕到幾乎沒有重量，讓我很難相信原來精靈的靈魂就只有這麼一點點而已，搞不好瞬間就會被壓散，然後不見。

按著我的肩膀，賽塔瞬間翻身上去我們剛剛站著的地方，然後對我伸出手把我拉上去。

「這個地方已經不是鬼王塚了。」看著底下的水面，賽塔揮了手，那上面立即結上了冰霜，一層又一層很快地疊高了起來將這裡完全封住，什麼都看不見了，「精靈沉睡的地方不容任何事物侵犯，坦斯亞。」

我愣了一下，他不是在跟我講話。

那瞬間，突然有個東西從我旁邊擦過把我嚇了很大一跳，因爲我根本沒想到這裡還有其他人，仔細看清楚之後居然是個尖耳的精靈，他身上散發著與賽塔相同的光芒。

「這裡將由精靈接管，我們與公會協調了全部的事宜。」那個活像鬼一樣從旁邊冒出來的精靈看也沒有看我一眼，端正的面孔有著某種嚴肅，而且說起話來非常認眞的感覺：「我們將不會再讓任何勢力侵犯西之丘的土地，就算是鬼王回來我們也會誓死作戰。」

他穿著輕鎧甲，感覺上好像也是哪邊來的武軍，不過和賽塔不太一樣，可能是不曉得哪個分族吧。

「這位是風之深淵的坦斯亞，他們將會保護精靈沉睡之地直到主神將這些過往的武士們帶回永恆之地。」稍微幫我介紹了下突然冒出來的人，賽塔輕輕地說著。

那個精靈輕輕朝我一點頭，接著兩人用我聽不懂的語言交談了一、兩分鐘之後，風精靈才又像剛剛來時一樣無聲無息地離開。

說真的，要是精靈每個都這樣，多來幾次的話我應該會被嚇死。

這種出場方式和書上那些夢幻般的出場完全不一樣啊！

「我們也該出發了。」用與外表不同的動作直接抓住自己的頭髮擰出水，賽塔鬆手時整個人已經完全乾了，連衣服都鬆鬆軟軟的根本像是沒有沾過水一樣。

「出發？」

我聽見一個詭異的詞，照理來說不是應該要講我們該「回去」了嗎？

「接下來要去冥府與時間之流交際……精靈死去之後要復活並不容易，就算是鳳凰族也無法從絕對的沉眠當中喚回我們，我們並非任何一個安息之地能夠帶領，我們安息於主神的懷抱。」像是在向我解釋他們死亡的不同，賽塔這樣說著：「沒有精靈曾被鳳凰族復活過，我想他們不懂其中差異之處。」

「咦？鳳凰族沒有復活過精靈？」我突然想起來在醫療班時提爾他們似乎很煩惱的樣子。

「是的，曾經有人嘗試過，但並未成功。」賽塔拿出一個小小的透明管子，那裡面裝著微帶翡翠綠的液體，感覺上像是會流動的寶石一樣閃閃發亮：「我們無法被復活，只能被重新喚醒時間。」

他說完後我就知道他想做什麼了，他想重新讓學長的靈魂清醒——如果我沒有會錯意的話。是說，爲什麼我會覺得冥府和時間之流交際的這個名字很熟悉？

似乎哪時候聽人家講過……？

沒有給我多餘的時間思考，賽塔拔開了瓶塞之後將裡面的液體直接潑在牆上，然後朝我伸出手：「千萬別放開，進入交際處很容易被時間潮流沖走。」

我連忙抓住他，然後把光球塞到背包裡，不過我還是滿好奇的：「被沖走會怎樣？」

「……你可能會發現突然快速老化成骨頭或者退化成胎兒。」

「我一定不會放開你的。」太可怕的地方了！

「不過請不用擔心，據說通常還沒感覺到人就已不存在了，所以不會有什麼深刻的痛苦。」

我不曉得賽塔這些話是在安慰我還是恐嚇我，總之我已經完全不敢鬆手了，如果可以我眞希望我有帶條繩子直接把我們兩個打死結比較保險。

灑在牆上的液體發出強烈的光，很快地我看見在那些光之後出現了一道開口，大小剛好可以讓一個人通過，另外一端傳來某種極其詭異的呼呼聲。

握著我的手，賽塔毫無猶豫地走入那道開口裡，接著我跟在他的身後。

那瞬間，四周靜寂無聲。

※

我看見了一整片黑暗。

黑暗中，有很多銀色的絲線，打個比方來說就像用慢速快門拍攝著高速公路遠瞰圖一樣，銀色的流光布滿四周，條條線狀有的清晰有的卻很黯淡。

四周張望了下，什麼也沒有。

「賽……」

正想問他這裡就是我們要來的地方嗎？賽塔先搖頭打斷了我要說的話，然後對我豎起了食指示意噤聲，拉著我往某個方向直走。

那些銀色的絲線飄在空中，很像怕碰到我們一樣，在我們走過之前就紛紛讓開了，然後繼續不斷流動飄浮著，呈現一種安靜卻又詭異的空間感。

這裡很黑，是完全漆黑的顏色，如果不是因爲腳踏在地上，光看我還眞不知道天與地的分別在哪裡……也很有可能我們並不是踏在地上而是踏在半空中，因爲我看見腳下的空間也有那種銀色的東西飄來飄去。

安靜到讓人窒息，那種東西連聲音都沒有，默默地在空氣中飄移。

我們就在這些東西的中間走動，感覺很像是漫無目的，不過賽塔顯然知道道路，因爲在必要時他還會轉彎和換方向，似乎是有什麼東西在引導的樣子。

大概就這樣走了一陣子，可能有五分鐘、十分鐘……也或者更久，在這裡沒有辦法感覺，太黑也太靜了。

在這種地方走總是會走著走著就讓人有點全身發毛的感覺，不管走過幾次都是這樣，而且這次我總覺得這裡也太長了一點，走了很久都沒有盡頭。

像是很自然的動作一樣，我轉頭看向旁邊。

那時候，走在旁邊的人也看向我。

而，精靈的身影總是維持在前面一點的地方。

一個灰色半透明的人穿過了流光，然後他的旁邊又出現了一個一樣的人，我的視線是穿過他的身體看見另外一個，馬上腦袋裡就充滿我又遇到鬼的這種想法。

握著我手的精靈放慢了腳步，直到貼在我旁邊走：「那些是時間的記憶。」他的聲音很低，只有我們兩個才聽得見的音量。

記憶？

瞇起眼睛，我看見更多類似的東西浮現出來，並不全部都是人，有的是動物有的是我沒有見過的東西，接著還有一點花草與建築，一一出現在流光裡然後又消失，變化很快，不過顏色都很黯淡且半透明，穿過一層層的東西之後我還是可以看見深黑色的空間，怎樣看都覺得怎樣詭異。

那些東西都沒有聲音。

「曾經發生過的事，在時間中多少都會殘存一點記憶下來。生命強烈地存在世界上綻放各式各樣的光芒，那些光或多或少都會不自覺地刻印在時間的長流之中，直到時間用罄還依舊存在，就這樣被時間之流沖刷著，直到消失才會眞正結束所有。」賽塔輕聲說著，附近有些聽到聲音的人或者動物轉過頭看了我們一下，有瞬間他們眼中好像閃過了什麼，不過卻又似乎沒有興趣般地離開了。

只是些許時間，那些形體越來越多。

我注意到賽塔微微皺起眉。

根據經驗法則，當他們這種強到不像話的角色開始變臉時，就代表事情也差不多有某程度的嚴重性了。

「那個、我不會尖叫逃跑的。」可能之前會，不過現在的我應該不會了。

賽塔看了我一眼，勾起淡淡微笑：「生人的氣息會吸引這些過去的記憶，我們加快腳步吧。」

生人……

我旁邊那個應該叫作生精靈，所以是指我嗎？

難怪從剛剛開始我就一直覺得那些東西很像是在往我這邊靠！

這種事情應該進來之前就要說了吧！

「呃……慢慢走會怎樣？」小聲地詢問著，我縮了一下脖子，反射性地躲過一個灰色飛過來又離開的東西。

這裡已經變得有點擁擠，雖然還是有種空洞的感覺。

「你可以想像一下有幾百個人的記憶一下子衝進去你的腦袋那種感覺。」賽塔很含蓄地打了個比方，不過我從他臉上讀到了「腦袋會爆掉」的這種訊息之後，我決定馬上加快腳步。

一邁開腳步之後，四周的東西又變得更多了。

就在那瞬間，透過一層層的形體之後，我驚愕地看見一張應該在很久很久以前曾存在過的臉，而他現在已經不在。

灰色而透明的臉，他專注地看著眼前。

等我回過神來之後，我已經掙脫掉賽塔的手往那個方向跑去。

無論如何，我有話很想要當面跟這個人說，我、我們身上都有他遺留下來的東西，他還有很多事情沒有交代清楚。

「漾漾！」

賽塔的聲音好像被什麼蓋住了，變得很小。

我往前跑，那個人的形體若隱若現的，好像停下腳步他下一秒就會不見。

就在四周那些奇怪東西也跟過來時，注意到這場騷動，原本正在凝視某一點的那個人緩緩轉過頭，而我們的視線對上。

剎那間，我本來匆促想到的事情全都忘了。

他的眼神很銳利，和其他形體有點不太一樣，似乎他本人在這邊、但是又不像在這邊。

那是曾經活在大戰中而消失的人。

「你害亞那的小孩、我的學長死掉了！」

看見他的時候，我只想到說了這句話。

※

凡斯看著我。

也許他並不是眞的在這裡，只不過是一個如賽塔所說的記憶殘像。

「死去了嗎……」

他的聲音很輕很輕，等聲音過了之後我才看見他開口，表情一點波瀾也沒有，驚訝震驚全都看不出來，像是什麼感覺都無法擁有：「我沒見過他……」

我無法理解他到底是不是殘存的幻象，但是他顯然對我說的話有反應。

「他跟亞那長得很像……」

「那、就是個笨蛋了……」

接下來要怎麼接他的話？

幻象說學長是笨蛋，可是我本來應該是要來跟這傢伙抱怨抱怨的。

「這個，是你的。」我拿出安地爾給我的那顆很像轉蛋的東西攤開在掌心上，站在前面的幻象緩緩地伸出了手。

那一秒，他的手穿透我的掌心，什麼也沒有碰到，我感覺到有種難以言喻的冰冷感從那個地方猛地傳來，差點就把手給縮回來了。

愣愣地，有種很像記憶的東西從那邊傳來。

我似乎看見不屬於我的東西，那裡有人跑過去，模模糊糊的樣子看不太清楚，那是屬於他們過去的事情，透過了眼前這個殘存幻象進到我的腦袋中。

勾動了僵硬的淡淡笑容，凡斯把手收回去，輕輕地嘆了口氣：「所有的……他們……都不存在了……」

那瞬間，我眼前的幻象整個炸開全都崩散了，粉塵變成流光，重新回到黑暗中的那一大片光點。

他消失之後我還沒從震驚中回過神來，我只看見了很多那種半透明的東西在凡斯的幻影消失之後突然爭先恐後地朝我伸出手，全部擁過來。

沒想到這堆東西會突然有這樣的動作，我有種被嚇傻的感覺，前後左右全都是滿滿的透明形體，完全沒有地方可以讓我躲避。

第一個奇怪的影像傳進來時，我整個耳朵都聽到有女人在尖叫，聲音非常大，大到我頭都跟著痛起來。那是個老婦人在淒厲地號叫著，她的公主被沼水中的鬼給拖走了，那美麗的公主連水之術都來不及施展，就讓水中的惡鬼徹徹底底拉走了、永遠不會回來了。

我看見美麗的公主圖像，生動的微笑還留在眼前，下一秒馬上又被另外一種記憶取代，勇敢的騎士從牠面前走過去，而牠不過只是隻松鼠，在許久之後騎士倒在牠們的樹下，滿身鮮血地仰望著牠們，在無法理解之中騎士的瞳孔漸漸放大而葉子覆滿了他的身上，直到牠死去之後身軀落在白骨的盔甲上、落在那個人的身邊，慢慢地遺忘世界上所有一切。

無法拒絕，那堆東西開始像是有自己的生命一樣竄到我腦袋裡，有瞬間我覺得我的腦袋好像已經不是我的了，差點沒整個炸碎。

模糊中，我看到發光的東西跑過來，那些形體一看見便突然全都讓開了，讓我得以喘口氣。

「快點離開這裡。」賽塔連忙把我從地上拽起，他身上的光與平常很不同，是冰冷幽暗的顏色，那些形體一見全都避開了，完全不敢觸碰。

我按著頭，被連拖帶拉地站起身，離開前我好像看見了凡斯的那個幻象站得遠遠的，對我們點了頭，然後消失在黑暗之中。

走了好一陣子之後我的腦袋還是嗡嗡響，那些亂七八糟的記憶一時消化不掉且還有點錯亂。

「他們原本沒有任何惡意。」精靈的聲音在我頭上響起，淡淡的有些悲傷，不過還是異常地溫柔：「很多消失在歷史中的記憶只是渴望有一天能夠藉由點什麼讓世人知曉，所以他們經常被迷失在時間之流的生人吸引，但這些記憶太過巨大了，無人能夠負擔，即使是精靈在閱讀過程中也會因為心痛而逝去。」

聽著他說話，我感覺有好一點了，就點了點頭表示理解。

避免再度被包圍，賽塔維持那個樣子很長一段時間，我也不敢再亂跑還是開口了，乖乖地由他拉著走，又繼續往前了很長一段時間。

然後，精靈停下腳步。

※

「應該是在這一帶。」輕輕說著，賽塔左右看了下，接著他的手按住了眼前的黑色空間，那裡好像有個什麼實質物品，發出了小小的聲響。

大約幾秒之後，我看見在我們面前出現了很像一扇門的東西，先是冒出有兩樓高的四條銀線然後旁邊鑲上了圖騰，接著是兩片緊閉的門扉，中間有著沒見過的大型野獸頭部銜著籃球大的銀環。

拉著銀環叩了門發出幾個聲響，那兩片門扉發出了某種沉重又古老的聲音，慢慢從裡面被拉開，一張老人的臉半探了出來。

「時間之流裡不應該有訪客。」他的聲音有點尖銳，感覺上好像是在逼問什麼。

「現在有了，我們有急事尋找這裡的主人，請為我們開門。」

老人眯起眼把我們兩個上上下下掃瞄一遍：「一個精靈、一個人類，你們有什麼資格要見——啊啊啊啊——」

他的話還沒說完就跟著門板一起往後飛出去了。

出腳踹開門的賽塔很優雅地放下了衣襬，拍拍上面的灰塵：「門房要用打的才會讓開，如果可以的話眞希望能盡量不要動手。」

你已經動手了！

錯愕地看著剛剛踹開門的精靈，我深深認爲這個動作在通用語上應該叫作踢館，你不是專程來幫學長做復活前準備的嗎！

來踢館幹什麼！

我突然覺得該不會這個人其實不是我認識的精靈吧？

其實我們剛剛在跟安地爾聊天時，他已經把我的同伴給吃了！現在抓住我手的這個叫作改良版黑色精靈對吧！

「賽塔你來過這裡？」震驚歸震驚，我還是注意到他對這邊太熟了，熟到有點讓人感覺到不自然。

「嗯，非常久之前與三王子殿下來過一次。」賽塔彎起懷念的淡淡微笑：「那時候，門是他踢的——」

眞是夠了，這裡是精靈鍛鍊腳力的好所在嗎？

「爲什麼三王子會來這裡踢門？」被拉著走進去，我看見老人被壓在門板下，他另外一半身子都是白骨，看起來相當詭異地在門下掙扎。

「他從一個鬼族朋友的手上拿到一卷地圖，沒多久就說他來過這邊了，找我再次來訪，不過那時候我們並未見到這裡的主人，喝了茶就離開了。」賽塔稍微解釋了一下，雖然我不覺得他那個叫作解釋。

我比較想知道的是，爲什麼安地爾會有這裡的地圖，還拿給精靈來這邊踹門！

世事果然很難理解。

拉著我走進去之後，沒多久我看見原本空蕩蕩像是庭院的廣大土地上開始浮出了一塊塊白色地磚，很有秩序地急速拼出步道，兩旁出現了石燈籠、假山、流水，然後是無數的奇異花草樹木，白色的鳥飛過來站在很高的樹枝上，兩隻眼睛直勾勾看著我們。

這條步道很長，環繞出各種不同景觀，直到最後出現了階梯，連向一座巨大的古老宮殿，黑色的透明玉石幾乎消失在空氣之中。

有個小女孩從遠處的宮殿裡跑出來，小小的頭顱兩邊紮了馬尾，用鈴鐺束起，她讓我想到了小亭。

女孩穿著很像是古代東方的衣飾，但又不像任何一個國家，淡青色的繡上了奇怪的花紋。

她直直跑到地上門扉那裡，抓住門像是抓住餅乾一樣往上一拋，門馬上被她丟回門框上，完全無誤地鑲回原本的位置。

原本還有些跟著我們飄進來的流光也完全被隔絕在外了。

「那裡有兩個外來者——」一半老頭一半骷髏的怪人指著我們叫。

「喔。」女孩很可愛地應了聲，然後轉頭往我們走來：「一個精靈、一個人類，你們來這裡找誰喔？」她仰起可愛的小臉，露出有點傻傻的笑容。

「請問黑山君還在嗎？」賽塔輕聲詢問著。

「黑色的主人在家喔，白色的主人不見喔，黑色的主人有吩咐讓你們先去休息，晚點可以準備去見他，可是下次進來不可以踢門喔。」煞有其事地對我們說了一下教，女孩轉身，髮上的鈴鐺也輕輕地響了一下，她蹦蹦跳跳地哼著歌往前走了。

無視於還想大呼小叫的骷髏老頭，賽塔拉著我跟著女孩踏上步道。

「白色的主人還沒找到嗎？」走在女孩身後，賽塔開口打破沉默詢問著。

女孩轉過來看了我們一眼，笑嘻嘻地說：「沒有喔，找不到了，白色的主人還沒有找到喔，黑色的主人說下次找到他要把他打斷腿喔～」

「原來如此。」

然後他們繼續往前走。

走上步道之後我注意到這裡有點奇怪，附近好像有不少生物跑來跑去，不過下一秒又不見了，明明有看見很像白狐狸的東西蹭過我的腳，瞬間就消失在空氣之中。

幻影？

可是卻又很眞實。

看著四周，我開始覺得這裡是很奇妙的地方了。

第八話　交際之處的宮殿

地點：？
時間：？

女孩領著我們往前走。

實際上我們並沒有走很長時間，不用多久，看起來好像很遙遠的黑玉宮殿已經出現在我們面前了，近看更是壯觀，感覺頗像中國古代皇宮，高大的門上兩邊懸掛著黑色的紙燈籠……這該不會是鬼屋吧？

和剛才一樣不費力氣就打開兩扇偌大的門板，女孩繼續爲我們領路。

宮殿裡有不少精巧的擺飾，庭院也很多裝飾，每樣看起來都非常費工，感覺上很像古代皇族居住的地方，嚴肅卻又奢華非常。

大概又走了一段距離，側邊出現了通往外面的陽台與窗戶，從那邊我可以看見隱約好像還有座大型的白色宮殿隱藏在霧氣之中，朦朦朧朧的看不太清楚，又像是個幻影，相當不眞實。

「那裡是白色主人住的地方喔。」女孩立刻注意到我在看外面了，蹦過來拉著我的手介紹著，有瞬間我好像把她和小亭重疊了，不過其實她們是完全不同的兩個人，「白色主人的地方跟黑色主人的地方其實在同一個地方裡面喔，可是又不能同時出現在同一個地方裡面喔，如果白色的主人有回來的話，通常會看見白色的主人和黑色的主人在一起喔，可能在這裡也可能在那裡喔。」

……其實我聽不是很懂她的重點在哪邊。

看著外面，霧氣稍微散去了。

接著，我看見庭院裡隱約好像有人影，一個穿著黑色衣袍的人站在那邊，黑色的長髮幾乎拖地上，衣服是金線繡工，感覺上很有價值感。

瞬間，我四周的聲音好像變得很遠，回過神時那個小女孩與賽塔居然不見了，走廊上沒有任何人影。

他們也走太快了一點吧？

這是傳說中的瞬閃嗎？

因爲完全看不到任何東西，我盯著庭院裡的那個人，硬著頭皮往前走了兩步，隔著走廊陽台向他揮手，一邊考慮要不要爬下庭院。

像是慢動作般，對方緩慢地抬起頭看了我一眼。

說眞的，那瞬間我突然感覺到全身發毛，立刻覺得我應該自己去找路好過問路了。

「你就是外來的人類嗎？」

霎時，陰冷的聲音從我背後傳來，我一轉頭整個人差點沒被嚇到往陽台外面跳。剛剛那個還

在庭院的人現在已經站在我面前，有點蒼白的臉孔給人陰森森的感覺，不過仔細看會覺得其實他長得還算不錯，黑髮下的紫色眼睛盯著我，給人發毛的不安感。

「不、不好意思打擾了，我好像和我的同伴走散……」

可能比我長了很多歲不過外表是青年的人抬起手讓我停止說話，他的樣子看起來好像不太對勁，「你走到時間的錯落點了，往回走之後會遇到你的同伴。」

錯落點？

我剛剛應該只有看到走廊一條吧？

而且往回走好像應該會走到大門去，所以他的意思是叫我可以轉頭滾蛋嗎？

「走回去就對了。」瞇起紫色的眼睛，青年不太客氣地冷冷說著。

「呃、好吧。」偷偷瞄了他一眼，我還是覺得他有點怪怪的：「請問你是不是哪裡不舒服需要幫忙？」

「……外來者將時間擾亂就是造成不舒服的主因。」說完，他轉頭就走，給人莫名其妙的感覺。

意思就是我們還是及早滾蛋就是了吧……

他一走掉之後走廊上立即變得陰森森的，我想我還是乖乖照著他的話往回走比較好，前面感覺不太對，如果要逃命當然是離門口近一點好。

剛一轉頭走了三步，賽塔和那個女孩子突然出現在我面前。

※

「你差點掉到時間夾縫喔。」

女孩一看到我之後馬上這樣說。

「咦？」愣了一下我立即轉頭看著賽塔。

「我們剛剛一回頭你就不見了，眨眼之後你就出現在前面。」他這樣回答，我也聽不出個所以然。

「快到休息的地方了喔。」打斷我們的說話，女孩愉快地宣布著。

在她說完之後沒多久，我看見走廊像是有什麼光影變化，一瞬間不遠處出現一道門，門扉半掩好像已經準備好讓我們進去一樣。

正要前往那地方時，四周景色像是閃了一下，很沒有真實感，接著有隻黑色的烏鴉從外面飛進來，停在陽台邊張開嘴巴——

「莉露，直接把人帶過來大殿。」

烏鴉的聲音是個年輕人的聲音，牠開口後女孩愣了一下，轉過來時烏鴉已經從她身後飛走了：「奇怪了，剛剛黑色主人明明說要先給你們休息的喔，怎麼突然又要改了哪……算了，請兩位跟著我走喔，這次不要走丟了喔。」

說完，也不讓我們多問，轉身就往另一邊走。

我與賽塔對看了一眼，他聳聳肩表示不曉得是怎麼回事，我們也只好跟上去了。

一邊走著，四周的景色開始用很詭異的速度變化著，一下子是長廊一下子是各種不同的庭院風景，好像穿過了好幾座不同年代的宮殿，每個都美麗到有點可怕，而且還充滿久遠無法靠近的氣息。

我們走過長廊後，女孩領著我們直接踏進了某個非常非常大的地方，像是殿堂，兩邊全部都是黑石雕，有的是幻獸有的是妖魔鬼怪；四周充滿了沉靜死寂的氣氛，在這裡連呼吸都讓人感覺到有種可怕的沉重感。

女孩跑進去之後站在殿堂中間：「我把客人帶來了喔！」

於是，我們發現不知道什麼時候殿堂最高位上坐著一個人，賽塔有點驚訝，可見他剛剛進來時也沒有發現還有第四個人存在。

在那裡，我看到剛剛才碰見的人。

黑色長長的髮隨意披散在身上，黑色繡著金色圖騰的寬大袍子下罩著精緻的服裝，與女孩的有點像，但高貴許多。

那個人坐在大大的黑玉椅子上，椅背很高，縷空雕的是凶猛的麒麟扯開獅神的頸子，寶石鑲在兩頭幻獸身上，看起來可怕但又有種詭異的美感。

室內有點幽暗，不過一下子就適應了，我看清楚那張就和剛剛一樣好看的臉上什麼表情也沒有，有點像高貴的石雕像，感覺幾乎與這座大殿融為一體了，也或許是他們一開始就是一樣的東西。

「您好，司陰者、黑山君。」賽塔緩緩鬆開我的手，半躬了身向那個很像帝王高高在上的青年行了禮。

一看到賽塔有點戰戰兢兢的態度，我連忙也把頭和身體都彎了下來。

原來他就是賽塔要找的人，不過剛剛在走廊上幹嘛不表明自己的身分還要別人特地走到這裡，看起來這位的性格應該也很「不錯」就是了……

過了有一下，青年紫色的眼睛轉過來注視著我們，聲音在空氣中響起，正好就是剛剛烏鴉嘴巴裡那個年輕的聲音：「莉露，給他們休息的位子。」

「好喔！」女孩蹦跑開了，接著搬了矮桌子和坐墊與茶水過來，布置在台階近一點的地方。

領著我坐下之後，賽塔才繼續開口：「冒昧前來，我想應該對您造成了困擾……」

青年揚起手終止他的話，就像剛剛在走廊一樣的動作：「我曉得這次你們來是為了什麼，但是為什麼我要如此做？這裡是時間之流與冥府的交際處，我們不管任何事情而任何事情也不歸我們管，已經知道這些的精靈要做出什麼要求嗎？」

「不是冥府、不是安息之地也不是主神、創世神，所以請您幫助我們讓一個精靈甦醒，因為這裡與任何時間都不相干，與無殿是相同的立場，只有這裡可以讓精靈重新醒來。」

「那，你們要用什麼來換？」青年支著下頷，靠在黑玉椅子的扶手上：「一個精靈醒來，一

個精靈就必須代替他繼續沉睡，這樣才不會擾亂既有的時間。」

「如果必須一個精靈醒來而一個精靈沉睡，那就由我代替殿下沉睡吧。」賽塔輕輕地說著，好像從一開始就已經做好這個決定了，毫不猶豫。

「等等，這樣是賽塔死掉吧！」看他們的交易好像往某種不對勁的方向直直衝過去，我連忙打斷，打斷之後兩個人同時看過來我才覺得不妙。

接下來我要說什麼？

……天氣不錯。

「如果是妖師也可以。」青年勾起了冰冷的笑意，那種感覺就像是皮笑肉不笑的樣子，給人很不舒服的心理壓力：「妖師與精靈在本質上差不多，一個精靈清醒而一個妖師沉睡，你們可以有兩種選擇。」

也就是說，不是我死就是賽塔死吧？

還真是簡單易瞭。

「那我——」

正要搶名額的時候，賽塔突然帶著優雅笑容冷不防地給我一個肘擊，快狠準完全不猶豫，接著把痛彎腰的我給拉回座位，表現得好像不是他動手的一樣：「我想，我們可以繼續剛剛的話題。」

我覺得我之前都被精靈騙了，賽塔一定是那種笑著捅死人的傢伙！

「你旁邊那個妖師哭了。」青年瞄了我一眼，懶懶地趴在椅把上。感謝你還有注意到我痛到掉眼淚。

「他只是爲了即將清醒的朋友而感到快樂，落下愉悅的眼淚。」

爲什麼賽塔你可以睜著眼睛說瞎話，我明明是被你打哭的啊……而且你下手太重了，我覺得好像有根骨頭被打斷了，卡在肉裡面痛到說不出話來。

「一個精靈的清醒交換一個精靈的沉睡，這樣應該就沒有問題了。」賽塔轉過來看我，「請把靈魂交給黑山君吧。」

……你把我骨頭打斷還叫我交出東西？

舉起手，我咬牙忍過劇痛，另外隻手壓著被打斷的地方：「我抗議……應該投票決定。」

大概是第一次聽到有人說要投票決定，有瞬間我好像看到青年紫色的眼睛睜大，不過就只有一瞬間，眨眼之後他又懶洋洋地趴回原位：「不要在黑山君的殿堂中討價還價，你們兩位並未溝通好，請先去休息把你的骨頭接回去後，晚一點再到這裡來吧。」沒有給我們反駁的餘地，青年看著那個小女孩，「莉露，讓他們回去休息的地方。」

「好喔。」女孩跑到我們旁邊：「給你們準備好休息的地方喔，請跟著我走喔。」

見青年不打算繼續討論下去，賽塔先站起身，雖然很痛不過我也勉強跟著爬起來了。

出了門後，叫作莉露的小女孩送我們到剛剛那個原本要進去的房間就跑開了。

整個房間很大，大得幾乎沒有任何聲音。

我坐下來，呼了一口氣。

※

「我沒想到您會與我爭論這件事情。」

賽塔在我旁邊的椅子上坐下，伸過手用了治癒的法術幫我接好那根被他打斷的骨頭：「年輕的學生不應該與漫長的精靈爭執生命的問題。」

說真的，我也不想爭執，不過完全就是覺得與其賽塔死還不如我去換得好，賽塔比我有用很多，如果他代替學長會損失很多很多的事情。

換成我大概就和拍死一隻螞蟻沒什麼兩樣吧。

剛剛真的有瞬間我是這樣想的。

「如果要兩個選一個，我覺得妖師會比較適合，反正大家都討厭嘛……哈哈……」感覺到骨頭被接上之後痛楚也消失了，我這樣告訴眼前的精靈，對方不贊同地搖搖頭。

「年輕的生命需要更多時間去探索世界，你會發現其實妖師的身分並不會造成太大的影響，除了精靈之外，世界上有很多人不介意這些事情，只要你願意對世界走出第一步。」收回了手，賽塔像是歌一樣的聲音輕輕地隨著空氣飄了過來：「漫長的精靈並不在乎死亡與否，我們渴望著永遠沉睡在主神的懷抱之中，我已經活了非常久遠的時間，從白精靈開始到消失，從黑精靈遊走到隱居世界之後；阿歐力薩的神話已經不再被傳唱，繁盛的伊多維亞年代已經消失，而現代的世界適合更多年輕的孩子們，別輕易放棄自己的生命，年輕的生命值得更多美好的故事來伴隨而不是放棄之後的死亡。」

看著賽塔，我第一次感覺到他有種漫長的蒼老感。

他的外表很年輕，可是他的靈魂很古老，深遠的時間讓我無法想像。

「繼續邁向更多故事的地方吧，那屬於以後的你們。」彎起了溫柔的微笑，賽塔摸了摸我的頭，像是長輩一樣：「傾聽風精靈的聲音，他會帶領你們尋找更多美麗的事物；接受水精靈的建議，你們會得到更多的智慧；與地精靈對話吧，他會告訴你們更多久遠的歷史；讓火精靈對你提出挑戰，人在經過考驗之後會變得更加勇敢；所有的大氣精靈都存在對生命的祝福，年輕的孩子們即將在世界上跨出更多第一步。」

我擦了一下眼睛，臉上有點濕濕的，我知道我沒有辦法跟賽塔爭那個名額。

我說不過他。

而他也早就做好準備。

就像許多事情都早就被安排好一切。

「所以，你們已經做好決定了嗎？」

猛然響起的聲音讓我們兩個嚇一跳。

如果只有我就算了，但是坐在旁邊的賽塔很明顯也有半晌的錯愕，瞬間出現在房間窗台邊的黑色華服青年把玩著自己及地的長髮，悠悠哉哉地好像他不過只是在那邊曬太陽。

可見這傢伙特別喜歡這種突然出現的嚇人方式。

「是的，就如同我剛才所說，一個精靈的沉睡換取一個精靈的清醒，我們已經取得共識。」賽塔這樣告訴他，仍然毫無遲疑。

我想，如果賽塔有那麼一點點猶豫，我絕對會搶在他之前，可是他太過於堅決，讓人沒有辦法贏過他。

在這種時候要比賽這種事情讓我感覺有些悲哀。

轉開頭，有瞬間我覺得外面的風景好像又變了，雖然與剛才一樣可是看起來好像又不一樣，不曉得是不是我的錯覺，我覺得外面的庭院好像變得有點荒涼，剛剛明明還是很茂盛的樹景……

「那就跟我來。」

青年說著，就像剛才一樣沒有給我們任何猶豫的時間，逕自往外走。

我和賽塔對看了一眼，立即跟上去。

外頭的走廊在我們走出去那瞬間像是碎片般全都崩毀，然後又開始重新拼成另外一種空間。

在我們面前形成的是一座黑玉的拱橋與水潭。

就和電視上看過的那些古代場景很像，拱橋被雕飾得高雅，雖說兩旁的雕刻裝飾很華麗，但不會讓人感到一點俗氣。

黑玉全都是那種幻獸的模樣，在水上的影子波動飛舞。

青年走上去橋的最高中心，然後向我伸出手輕輕地說了一句：「給我吧。」

看了看賽塔，他點點頭，於是我也跟著走上去，拿出了那抹銀色的微光放在青年手上。

他的手很蒼白也很冰冷，感覺有點透明、不似活物。

接過銀色光球後，青年趴在橋邊上，然後鬆開了手讓那東西落到水裡，一切動作都很自然也很安靜，他就像個正在看水裡的普通人一樣，看著銀色的東西像是某種種子開始發芽，一瓣一瓣透明像是花瓣的東西開始往外生長。

水面上靜靜地蔓延出白色的霧氣。

「巴斯特。」伸出白色的手，青年輕輕朝空氣喊，眨眼間空氣中搭出了黑色的大鳥停在他手上，像鷹一樣可是又不太像，黑色的頭顱有著突兀的獨角，身體上掛著小而精緻的金色飾品。手指蹭了蹭黑鳥的頸子，青年看著大鳥紅色的眼睛：「我要喚醒精靈的靈魂，可以幫忙的傢伙不在……」

「你要拿什麼交易？」不等他說完，黑色的鳥就張開嘴巴，發出一種奇怪的音調詢問。

「你要寶石嗎？」

「不要，夠多了，給我你身上的東西，任何一件都可以。」

不曉得他們在談什麼，我悄悄後退一點距離，剛好撞到在後面站著的賽塔。

他低著聲音跟我說：「那是神獸巴斯特，穿梭在時間之中的一種聖獸，擁有和鳳凰類似的力量，但是牠卻是死神那裡所出。」

這樣說我大概就知道了，黑山君是在跟這隻鳥……這隻神獸交換什麼條件，可能是要幫學長的靈魂清醒之類的吧？

「我身上並沒有太多東西，衣服與飾品，你要哪一種？」讓鳥跳到橋上，青年詢問著：「或者你需要死神贈與的飾品？」他翻開髮，右耳上掛著只小小的黑色耳飾。

黑鳥叫了一聲：「給我頭髮。」

「恕我冒昧……你要做假髮嗎？」

我愣了一下，剛剛黑山君在說笑嗎？

我覺得他應該不是會說笑的人啊，怎麼剛剛好像聽到他在說笑話的樣子？

「你管我有沒有要做假髮！」直接凶狠地往青年的額頭用力啄去，黑鳥聲音變得尖銳了些。

揉著頭，黑山君聳聳肩，放下手的時候他的額頭已經變回了白皙光滑的樣子，然後他也挺爽快地抓起了及地長髮，右手轉動之後出現了把彎刀。

「不要那麼長，差不多我這個高度就可以了。」黑鳥阻止他直接自己削成妹妹頭的動作，比劃了下，大概切到大腿的地方。

依言把黑髮束好裁下來一整把交給對方，青年收起彎刀後靠著橋邊看著黑鳥的動作，「這樣可以了嗎？」

「行了。」

轉動了下身體，下秒我們看見的是黑色的大鳥突然消失，然後取而代之在那邊的是個女人，有著濃濃的黑眼影與唇，穿著黑色的衣服裝飾著羽毛。

她拿起那束頭髮很珍惜地放進了袖袍裡，恭恭敬敬地朝青年行了一個大禮：「多謝您的割捨，時間交際之處的主人身上之物會帶給我們更多修行力量，現在一切事情就等您吩咐了。」

「不太多事，我只要讓那個精靈的靈魂重新銜接起時間聯繫，從死亡睡眠回到這裡。」指著橋下的變化，青年輕輕說著：「如果是在平常白色那傢伙還在，根本不需要借用到妳的力量。」

女人笑了一下：「我曉得，這次是撿到了。」說完，她往後翻身，輕柔的衣服布料用很漂亮的角度在空中畫出弧度，一瞬間給人的感覺好像畫冊上的那種仙人，落地時巴斯特已經站在水潭的另外一端了。

站在橋上，青年朝水中揮了一下手，那些白色霧氣迴旋著繞出奇怪的形狀，然後水面波動一圈一圈，細小的光影錯落在其中。

透明的花瓣揉合了黑色的東西，然後散開，又重新組合，模模糊糊聚成一個形體。

「莉露，讓靈魂固定起來。」趴在橋邊，青年喊著女孩的名字。

不曉得什麼時候出現在水潭邊的女孩高舉了手：「好喔。」一說完，她拿著塊白布撲通一聲就跳了下去，像條魚一樣連換氣也不用就鑽到那個形體旁邊，然後輕巧地將那個東西抱出來。

脫離水的那瞬間，我看見的是銀白到幾乎透明的髮，白皙的皮膚還有緊閉的眼睛，原本的紅色已經不見了，這時候應該是全都在醫療班那具身體裡。

女孩只扶起了他的肩膀，露出了頭和一點點身體，不過已經夠讓我們確定這真的是他的靈魂了。

安安靜靜地沉睡著，一點動作也沒有。

精靈的靈魂散著微弱的光，就像每個我看過的精靈一樣。

學長在我們面前，出現了。

「是他要下去還是你要下去？」

轉過來看著我們，青年發出了謎樣的詢問。

「請讓他下去吧。」賽塔在我還未發出問句之前已經回答了。

「嗯。」

什麼下不下去？

我根本完全不曉得他們在討論個什麼鬼，下一秒我突然感覺到有人從我的屁股踹下去，接著我整個人被踢得翻出拱橋，摔到底下的水潭。

有沒有搞錯啊！要踹人之前也得先給我個準備啊！

隨後跟著跳下來，黑山君抓住我的領子轉向巴斯特：「請幫我們打開結界。」

巴斯特躬了身，很快地做出了幾個空中畫符的動作。

四周的冰冷霧氣立時蔓延開來，隨即水潭上、橋上的人全都看不見了，只剩下模模糊糊的影子。

霧氣越來越濃，直到什麼都看不見為止，這裡只剩下我們。

這時候我發現水潭其實浮力很大，下面很深完全看不見底，不過我們卻自然地浮在水面上，連水母漂都不用，輕輕鬆鬆地就在原地晾著。

「那麼，雖然時間很短暫，你可以稍微與靈魂交談。」看著我，青年淡淡說著：「也許不到幾秒，或許眨眼就不夠用了，他現在還不能清醒，很勉強的，你能明白我的意思嗎？」

我點點頭。

得到我的回應後，青年把手放在那抹還不是很穩固的靈魂上，輕輕地像是在唸著什麼咒文一樣，聽不太懂，不怎麼悅耳但也感受不到任何惡意。

「你知道他的名字，在時間的水潭中，重新讓這個人、這個精靈擁有他的名字，現在已經不用擔心有鬼族會再追殺這禁忌之名了。」青年另外一邊的手指畫過我的額頭，然後這樣淡淡地說：「再次清醒之後，他會擁有，而使用你的力量讓他重新取回這個名吧。」

我知道學長的名字，那時候他曾親口告訴我。

看著水面上蒼白到幾乎透明的面孔，我想起了那天，學長自己說過的——

「颯彌亞·伊沐洛·巴瑟蘭。」

那是屬於他的名字。

「前面是冰牙的精靈名而後是焰火的獸名。」青年伸出手，張開了手指，一點一點亮亮的黑色東西從他掌心落下，浸入了水中：「颯彌亞．伊沐洛．巴瑟蘭，沉睡在時間當中的逝去者，從死亡夢中清醒，這是司陰者黑山君的聲音。聽見之後，穿過死亡的歌而醒，只聽著司陰者的召喚，輕輕地睜開眼睛，重新感受風的流動、大氣精靈的聲音，就像以往一樣再度接受世界上的一切，直到生命完全終結。」

他才剛一說完話，我就看見女孩抓著的半透明身體開始有點像在掙扎，無意識的面孔露出很像是痛苦的神色。

我幾乎沒看過學長露出這種表情，下意識後退了一點，但又想上前去幫忙他。一伸出手，掌心從對方身體當中劃過去，和那個女孩不一樣，我完全碰不到這個我認識的人。

四周捲起了風。

在這種時候，我看見在我們旁邊不遠處突然切開一條黑色的線，還來不及意識到那是什麼，線裡面已經先伸出一隻黑色、看起來不太像是人手的東西。

「莉露。」

「好喔。」

女孩在青年喊了她之後，就鬆開了手，無聲無息地滑水游往那隻手附近，接著從水底拿出一顆亮亮的東西放在那玩意的掌心上。

那東西收起了手指、然後又張開，不曉得爲什麼給人一種好像不太滿意的感覺。

「把耳飾也給他。」騰出手，青年拿下剛剛本來要給巴斯特的耳飾，接過東西之後女孩放到那隻手上；收起手指後，那隻手又毫無聲音地從那條縫離開了，就像從來沒有出現過。

這幾個畫面讓我看得一愣一愣的，完全不曉得意思。

「剛剛那個……」

「那是時間的告密者，我們的立場基本上與無殿一樣不能隨意影響時間的流動，通常做這樣的事情會賄賂一下告密者，否則以後會很麻煩；而告密者收了物品之後也絕對不會將事情洩露，否則等待他們的只有永遠的消失。」看了我一眼，青年從水中將學長扶起，從自己的袖子裡拿出一小塊透明的東西擦燃。

四周立刻出現一股異樣的香氣。

「時間的影響比你想像中的還要巨大，即使只是一小部分都會造成可怕的後果，所以如果可以我們會盡量不介入這樣的事情。」正在介入的青年輕輕地說著，然後朝我伸出空著的手。

小心翼翼搭上他的手那瞬間，我突然整個人被拉出了水面，脫出水面時連衣服頭毛什麼的也跟著全乾了，然後我們就在水上了。

「我說過了，時間很短暫，請好好把握。」放開我的手，青年往後退。

在揚起的黑色衣料隨風又落下之後，我看見那個人就站在我面前。

「……褚？」

※

那瞬間，其實我覺得好像有種叫作理智線的東西崩斷了。

還來不及說任何話，我只感覺到鼻子一酸，盯著我看的學長微微顫動了銀色的眼眸，然後一如往常一樣往我頭上巴下去，力道很小、幾乎完全沒有任何感覺。

「白痴。」

他嗤了聲，像平常一樣帶著不屑。

「白痴、白痴還不是來到這裡了……」用力揉揉眼睛，我突然有種怨氣全都散盡的感覺，他居然開口就罵人白痴，還不知道白痴的是誰！

擦了擦眼睛，反正學長就是學長，我也不指望他會說什麼好話來鼓勵我了，這種寶貴的短暫時間他還寧願用來巴我頭！

正常人應該都要把握機會說兩句鼓勵的話吧！

……算了，我還是別指望得好。

「既然都走到這邊了，你還有什麼好埋怨的。」勾起了淡淡的冰冷弧度，學長這樣說著：「你是笨蛋嗎，既然都已經走到這種地方了，有什麼好哭的。」

「你管我哭不哭！」

伸出手，那個還是靈魂的人直接往我額頭一推：「該做的事情還有很多，現在哭完了，以後就少浪費時間做這種事情。」

「人這個種族，再站起來之後會比以前更勇敢。」

「我是妖師吧。」聽說最近大家都這樣叫。

「妖師也是人，不然你回去之後拿把槍對著腦袋開看看，不死的話就不是人了。」講話仍然沒半點溫馨的學長冷漠地建議我。

「開了應該會直接噴出腦漿吧……」

爲什麼我們現在要討論這種問題，我有種無力感。

「那就是了，不用管別人多說點什麼，既然你已經走到這一步代表你已經有所覺悟，你所走過的痕跡都會有改變的印記，那是屬於你的而不是別人的。留下來、逃回去，以後都會讓你面對，你可以有很多朋友幫你建議你也會從此很多敵人針對你，我的代導人身分很早以前就已經卸去了，從現在開始你要學會分辨你的路途，直到該來的那一天……」他勾起笑容，不是經常出現的那種冷冷又恐怖的笑，而是和那時候在鬼王塚的非常相像，帶著點柔和的眞正笑容：「不要忘記你曾經擁有過的選擇。」

「學長……」

我們的交談就到這邊結束了。

青年無聲地走過來，扶起了往後倒下的人，讓跑過來的女孩接過手。

閉上眼睛後學長就再也沒有醒來了，任由那個孩子將他帶回水潭深處，靜靜地沉睡過去。

「你能明白他想告訴你的話嗎？」看著我，青年淡淡地問著。

「嗯……」

默默點點頭，我看著在水裡慢慢被白色霧氣遮掩的面孔，不想移開視線：「我知道……」

「那就好了。」青年朝我伸出手。

碰到他的那瞬間，我們四周的霧氣像是爆炸一樣發出了某種奇怪的聲響，接著猛然散開。再看見四周景色時，我們已經不是站在水上而是回到了橋面，賽塔就站在旁邊看著我們，彷彿我們沒有離開過一樣。

「這樣就可以了嗎？」恢復成大黑鳥的巴斯特飛了過來詢問著。

「是的，非常謝謝您的協助。」禮貌性地對黑鳥點了頭，後者發出了幾個叫聲之後瞬間就消失在我們面前。

「這個精靈就暫時先放在這裡吧，一年之後再來取回去。」等黑鳥消失之後，青年這樣告訴我們。

「咦？不是要先帶回去嗎……？」我愣了一下，有點疑惑地看著他。

「最快的……燄之谷是一年後才成年，他的靈魂中還有著詛咒，雖然你們那邊有羽族的古神，但是他無法將詛咒負荷在身上，他已經不是過去那個人，用不了古老的法術，想靠妖師的力量解決問題勢必得付出性命。」青年漫不經心地說著話，不像是在說重要的事情：「這池子可以修復被損傷的靈魂，但是我無法替你們照顧身體，那邊的世界有鳳凰族可以保護身體，一年之後等到詛咒在池子中散盡後，你們再來將他帶回去吧，那時候，只要將失衡的問題重新讓兩大族的王平衡過就行了。」

「你要幫學長解除詛咒？」

我以爲我聽錯了，沒想到青年居然要幫我們處理這個東西。

那時候，連凡斯都不行。

「靈魂中的損傷，那個詛咒持續傷害著生命，但是在池子中有無數的光能夠替他修補靈魂，詛咒的缺口會慢慢消失、直到完全不存。」青年看著水中，女孩在下面穿梭了一會兒後布置了點線絲上去，然後才從下面浮上來對我們招手：「時間，會帶走很多過去的傷痛，直到約定的那天，讓錯誤重新開始。」

「你與誰約定了？」賽塔看著他，遲疑地發出了詢問。

青年眨了眨眼睛，臉上沒什麼表情：「那時候，哀傷的生命到處亂竄，冥府、安息之地還有更多地方他都不願被召喚前往，在時間之流與冥府的交際處，來不及實現心願的妖師讓他的祝福留在水池之中。就像許多曾經錯過的人一樣，這裡充滿了那些無法在世界上實現的希望，那些希望僅存著的力量聚集於此，是給予每個人最後機會的一個約定。」

他轉過來看著我，扯動了淡淡的微笑：「不是我要幫他解除詛咒，是過去的妖師希望能爲他解除詛咒，即使那位妖師已經永遠不在了，但是他的希望還未消失。」

看著青年，我突然有種衝動想問他一個問題，而我也眞的問了：「鬼族眞的會永遠消失嗎？消失在時間當中？」

那是一個眾所皆知的問題。

鬼族沒有靈魂。

「每個生命都會消失在時間當中，但是最後會回歸屬於他們的地方，鬼族也是這樣，他只是回到世界任何一個角落而已。」輕輕地說著，他伸出右手，掌心放在空氣上：「即使是罪惡的存在，世界還是會擁抱他們，他們散落在空氣中、在陽光中，在水中、風中，還有人們傳唱的詩歌之中。即使沒有靈魂，最後他們的去處就在他們永遠無法擁抱的光明世界當中。」

於是，我們的交談結束了。

時間到了。

第九話　球魚的祕密

地點：？

時間：？

賽塔按住我的肩膀。

「請你讓我與亞殿下交換吧，一個精靈的清醒而一個精靈沉睡，這是我們的決定。」靜靜地接受即將來臨的死亡，賽塔這樣說著，毫無任何波動。

青年偏著頭看他，然後唇角突然勾動了小小的弧度。

「我騙你們的。」

不用抬頭看，我敢打賭賽塔現在的表情一定很精采，因爲我也差不多。

我整個人都錯愕了。

他騙我們？

他說謊？

「你們被騙了喔。」女孩從水裡喊著，發出了大笑，她四周都是小小的水紋，笑得很快樂：「黑色的主人不喜歡太多人喔，你們被騙了喔，時間交際處不是冥府也不是其他地方，我們才不用管靈魂要誰換誰喔。」

我還是很震驚地看著完全不像在開玩笑的青年，如果他眞的是騙我們的，那我們剛剛是在掙扎個啥啊！而且還因爲這樣我被打斷骨頭，被直接打斷骨頭耶！

賽塔好像一時沒有反應過來，整張臉呈現了兩個字叫作「空白」。

女孩又嘻嘻哈哈地笑了，水潭附近冒出許多小小的動物，一下又消失。

笑聲差不多停了之後，青年才又開口：「我有個夥伴欠了你人情，所以這點事當作償還。」

「咦？」他有個夥伴欠我人情？

可是我完全沒有印象我有和什麼時間交際的人打過照面，挖空了腦袋還是完全想不出來。

我什麼時候遇過他的夥伴？

接著，我腦袋突然轟然一個聲響，這種時候我突然想起來爲什麼我會覺得時間交際這名字很熟悉了。

其實就在不久前，我和喵喵他們還有學長一起去了那家可以把人閃瞎的茶館那時，三王泰府曾經帶來了消息。

他說，白川主又逃走了。

「那隻白色的球魚。」

像是看透我的想法，青年冷冷地笑了。

「司陽者、白川主，就是那隻該死的球魚。」

我腦袋好像跟著浮現了某種啾的一聲，塑膠的聲音與眼前的青年完全搭不上邊。對不起我無法想像這麼正經的華服王者抱著隻白色球魚一起批改公文的樣子，我的想像力太貧乏了，我真的沒辦法在腦中建構出那種畫面。

在這種感傷的時候不適合搞笑啊！

「你搞錯了，白川主原本和我一樣是人形。」青年還是在冷冷地微笑，不過我看到他放在橋上的手已經把黑玉橋面抓出五條長長的痕跡，還發出讓人冰涼到背的詭異細聲，「只是，他喜歡模擬各種生命體在世界中旅行，而且是完全地融合進去，連能力都封印了無法察覺……你能明白上次我聽見府君們告訴我，他在跟白蟻群一起蛀柱子而他們分辨不出來是哪隻時候的心情嗎。」

其實我可以體會。

他那時候的心情應該是根本也不想分是哪隻了，他寧願一隻一隻抓出來捶死，反正總是會捶到的，沒捶到當出氣，捶死就鬆口氣。

……那個白川主到底是什麼鬼啊！

我突然覺得眼前的青年不但不會不近人情，而且還非常可憐，整個平易近人了。

雖然我一直有感覺那隻白色球魚很奇怪，不過沒想到「他」居然會是這種來歷，那時候在輪船我還踩了他一腳……

他到底模擬球魚想幹什麼啊！

「承蒙你在輪船與園遊會救過他的命，如果白川主因爲缺水死掉還是被怪東西吃掉，身爲同僚的我會覺得很丟臉。」還是很冷靜的青年深深吸了口氣，像是想要壓抑下秒就會發飆的衝動：「所以，這次當作是我們還給你們的人情吧。」

整個情況急轉直下了。

現在是怎樣了?意思就是愛護小動物、拯救來歷不明的生命體就會好心有好報嗎?

我突然覺得這個世界的邏輯果然不適合用在普通人類上面。

「……會發現那位是白川主，是因為鬼族攻打學院時球魚用了治療術嗎?」回過神之後，賽塔居然很鎮定地接了話題。

「是的，因爲察覺到熟悉的力量，我已經讓府君們去追了，希望這次能順利將他『請』回來。」握了握手掌，青年淡淡地說。

是說，剛剛那個女孩好像有說黑色的主人要打斷白色主人的腿之類的話。

我突然開始想像了，球魚被打斷腿不知道會變成怎樣?

「不過，我想請這位送我一樣東西。」

就在我想著球魚好像沒腳的時候，青年的視線重新轉到我身上了。

「東西?」我身上好像沒啥值錢的吧?

「你身上有著某種時間的流動。」

時間?

我突然想起來，然後從口袋裡拿出又開始扭動的時鐘數字。

青年接過數字，好像很滿意地摸了摸，我看見他的背後出現了扭曲的暗黑氣息，「這樣子可以做出時間的鎖鏈……我看他被捆著還可以跑去哪裡。」

打了冷顫，不知道爲什麼我直覺黑山君嘴巴裡的「他」就是剛剛在說變成白蟻蛀柱子的某個同伴。

收下了數字之後，青年向旁邊招了招手，我看到一個透明的東西跑過來，小小的、像松鼠之類的動物：「這是交換的代價，一年之後牠會在你的旅途中派上用處。」

松鼠發出了聲音，從青年的手上跳到我的肩膀，接著閃了小小的光芒落到我手上，光熄滅之後松鼠已經不見了，我看見一枚小小的銀幣靜靜躺在我手上，錢幣上有個古體字，看不出來是啥意思。

該不會寫著「一元」吧？

原本這時候我應該會像平常一樣推拒的，畢竟青年幫了我們非常大的忙，感覺上好像是他吃虧。不過拿著錢幣時，我突然有種強烈的感覺，這東西一定會有用處，所以我收下了，然後向青年道了謝，將那枚錢幣小心翼翼地收好。

接著，我突然想到一件事。

既然這裡可以修復靈魂，我想起了另外一個靈魂也曾受傷的人。

「可不可以再聽聽我一個願望？」

青年看著我，就如同先前一樣，他的紫色眼睛裡已經充滿了明瞭：「如果你是要請我修復那個天使受傷的靈魂，那已經超過我可以幫你們做的事情了。」

他知道，我不用說他也知道安因的靈魂曾被安地爾撕裂開來。

賽塔似乎想說點什麼，他看上去有些緊張，好像是想告訴我不要對黑山君提出要求。

「可是，他是我的朋友，我想爲他求你幫忙。」安因已經受傷過很多次，我想幫他做一點點事情。

「你可以與我交換。」青年用具有某種意味的眼神看著我：「你的力量，交換之後，你將永遠無法使用精靈百句歌的力量，不管再怎樣記、再怎樣有人教導你，你也無法記起任何一個字，你無法啓動那自然的歌謠。如果你要交換，你將失去精靈的祝福力量、失去保護；同等地，天使也不會再爲了靈魂的傷害而感覺到痛苦。」

我該說很划算嗎？

因爲在這一年之前，我根本連百句歌是什麼都不知道，現在也只是恢復到那時候而已，如果只是這樣，爲什麼我不能跟他換？

更何況，那些東西是我從學長那邊、從凡斯的記憶當中的精靈口中所聽到的，原本就不是屬於我應該學會的東西。

「成交。」

在賽塔打斷我的骨頭之前，我跟他換了。

「這次，我已經不是開玩笑了。」青年伸出手，就放在我額頭前面：「失去之後，不管你怎樣後悔怎樣要求，我也不會將這些東西還給你，所以你可以再猶豫。」

「我不用猶豫了，換吧。」

這時候我很高興，原來我多少可以幫上他們的事情。

接著，還有另外一件更重大的事，這也暴露了潛在的危險性，因爲被撕裂靈魂的不只一個人；加上學長，安地爾的毒手一共讓三個人遭殃。

「想都別想，你以爲這是二手攤交換嗎。」直接往我額頭拍下去，青年的聲音加上了不悅。

「可是伊多對我也很重──」

話還沒說完，有個東西飛過來直接砸在我頭上，因爲有硬度，所以差點沒把我砸到腦袋開花。

「想要的話，就付出力量自己去尋找，不要老想著走捷徑。」瞇起了紫色的眼睛，把凶器甩到我頭上的青年還是冷冷的音調。

東西從頭上掉下來之後我趕緊接住，那是一張發黃到幾乎難以辨認的羊皮紙，而且有很多破損的地方，隱約感覺好像是哪種古代地圖，揉成一大團，裡面包著一塊水色的石頭。

我愣了一下，有那麼一秒我突然覺得我知道那是什麼了。

「這是第三塊水精之石，如果你有辦法，剩下的就自己去找吧。」青年淡淡地說著，像是那東西對他來說完全不重要，輕易地就把價值連城的物品給送人了。

看著手上的石頭，我抬頭，一邊的賽塔點了點頭讓我收下，所以我也不浪費別人的好意謹慎地收好了。

我想，雅多與雷多應該會很高興。

※

「你們可以離開了。」

看事情都做完了，青年開口下了逐客令。

「咦，你要的百句歌……」

「已經拿了。」他張開手掌，我看見有個淡顏色的東西消失在他的掌心上。

被他這樣一說，我連忙想著我曾經全記得的歌謠，不過現在開始，一個字都沒有了。不管我怎樣努力回想，我甚至連最簡單的第一句、任何一個字都不記得。

腦袋的某部分像是被掏空了個大黑洞，將關於百句歌的事情吞噬了。

……他是在剛剛拍頭時拿走？

「如果那隻球魚還有去找你的話，先拿個東西把他抓起來。」

這是青年最後告訴我的話。

下一秒，橋與水潭的畫面崩碎了。

我不太清楚我們是怎樣從那個地方出來的。

總之，當賽塔用力拍了我一下之後我才回過神，四周又是那個黑漆漆的地方，流光依舊移動著，好像剛剛的事情都是幻象一樣。

「剛剛……」

什麼也沒說，賽塔一把抓住我的手突然開始往前跑。

他一跑我才注意到不妙，四周那些光已經不像剛剛一樣會避開我們，而是突然開始往我們這邊靠近，好像我們身上多了什麼會吸引他們的東西。

沒有多加解釋，賽塔只是用很快的速度往前衝，到後來我簡直是被他拖著跑。

我不曉得爲什麼賽塔會變得這麼緊張。

就像來時一樣，他對這裡的路很熟悉，花了比先前稍微短的時間後我們就回到最開始的那個地方。

他把我推出那道缺口，我踩上了鬼王塚的地面，然後他也跟在後頭出來。

幾乎在我們都離開的同時，通往時間之流的缺口消失了。

與賽塔對看一眼，我們兩個同時坐倒在地，突然有種很強烈的疲累感爬滿我全身，那種感覺好像是很多天沒有睡覺跑去勞動，又睏又累。

「你長高了。」

就在這種時候，賽塔突然說了這句話，我甚至還來不及反駁他就已經接下去了：「不要懷疑精靈的記憶力與測知力，你起碼高了有三公分。」

騙鬼！

我才進來一個學期不是進來一學年耶！

如果真的有變高也是被嚇高的！

接著，我笑了，很大聲地笑了，整個人往後躺倒在地上，冰冰涼涼的感覺讓我打了個哆嗦，不過我還是很暢快地笑了。

這陣子發生好多事，不曉得有多久我沒有和喵喵他們一起笑了。

睏意和疲倦整個席捲而來，我已經動彈不得了，想說乾脆就在這邊睡著吧，剩下的事等我醒來之後再說。

我想，等我清醒後我得告訴夏碎學長，黑山君已經出手幫助我們了，而且我還看見了學長的靈魂，所以一切都沒問題的。我也想告訴雷多和雅多有關水精之石的事，他們一定會很訝異，或許我也能夠幫忙去找找那東西。

可能的話，要找到比五塊更多。

還有，我也想問問黎沚關於古神的事……

意識朦朧之際，我感覺好像有人輕輕把我揹起來，一點震動也沒有。

他走了一小段路，唱了歌謠。

那是精靈的歌，我無法聽懂。

然後，在我眞正睡著之前，我好像看見了學院的景色。

被破壞的學院已經修復得完好如初，四周有著其他學生，我聽見了熟悉的聲音遠遠傳來，有人跑過來，但是我無法分辨是誰。

我很累。

在醒來之前，就先這樣休息吧。

※

後來我才知道。

其實那天我和賽塔消失並不只有一個下午或一個晚上，我跟他去了鬼王塚之後，那短暫的時間讓我們整整消失了半個月。

喵喵他們到處找都沒找到，這些事情則是我在睡了快兩天清醒之後，冥玥才告訴我的。

醒來時，我在家裡。

位於台灣、台中的家裡，我的房間，旁邊還擺著我最熟悉不過的房內裝飾品。

房間裡有點暗暗的，沒有開燈，外面的陽光透過了沒拉好的窗簾從空隙處映了進來，沒有空調的聲音但房間的溫度滿低的。

……除了光影村有節能燈泡之外，還有哪個村可以免費開冷氣的？

「你們學校在一週前就已經恢復上課了。」環手坐在旁邊，冥玥這樣跟我說：「據說有過半學生已經知道妖師的事，在你們那個光頭班導同意後我就先把你移回來，避免有學生做出奇怪的行為。」

……呃，我不太想知道什麼是奇怪的行為。

大致上把學校的事說了一下之後，冥玥站起身拿過準備在旁邊的果汁給我：「我在你的房間裡放了術法，所以老媽不知道你有回來，看你自己覺得怎樣，沒關係的話我就解開隱藏術了。」

「呃，可以暫時先不要嗎？」這種時間如果回家，老媽肯定又會大驚小怪了。

冥玥聳聳肩，走到旁邊去拉開窗簾。

我看著她的動作然後將飲料喝完，精神也回復得差不多了：「對了，我忘記問妳說妳繼承的能力……」

「後天能力，就是凡斯那時候所學到的藥術、術法，以及時間所累積起來的力量。一般來說正常的生命體在死掉一陣子之後就會全都消散的，不過我想我應該也不用多加解釋了，那時候沒時間等這幾種消散就進行拆開了，所以我才會繼承這種也是不該存在的東西。」她的聲音很平，也沒有所謂抱不抱怨的，就像我認識的那個褚冥玥一樣，不管發生什麼事都無法干擾她。

過了好一下，我們兩個都沒有說什麼話。

「去了時間交際之地有什麼想法？」打破沉靜的還是對方。

我打賭在賽塔回去之後，一定是該知道的人全都知道我們跑去哪裡了，搞不好現在還一堆人正在追殺那隻來無影去無蹤、只在風中留下啾啾叫聲的白色球魚。

「呃，黑山君人很好。」只是外表很冷漠而已。

看著我，冥玥舉起手上鐵罐，「你大老遠跑去那種幾乎沒人可以去的地方感想就只有人很好？」

「有很奇怪的感覺！」在她把罐子往我臉上丟過來之前我趕快加上其他感想：「我想如果可以還是儘可能不要去比較好。」

雖然說黑山君人不錯，但是後來我越想越覺得那裡很奇怪，時間流逝就算了，隱約覺得那邊很不對勁。

把想法和冥玥說了之後，我聽見她冷笑了一下：「看來你多少還是長了一點東西在腦袋裡面了，繼續維持下去吧，以後還用得上。」說完，她打開房門往外走。

我發出聲音喊住她：「那個……之前的甜點眞的都是追求者送的嗎？」如果是的話，那些追求者也太有錢了一點。

冥玥回過頭看了我一眼：「一半是，另一半是然和辛西亞送的，他們知道你喜歡吃甜點，所以然跟辛西亞有空的時候就會做點心託我帶回來，雖然辛西亞那時並不認識你，不過她還是做得很開心。」

「喔……」

「還有問題嗎？」

「沒、沒有了。」

然後，房門在我面前關上。

我躺回床上，世界好像從現在開始安靜下來。

時間不知道過了多久，好像指針也才往前走了一格的樣子，我從床上翻起四處看了一下，果然冥玥也把我其他東西都整理回來了。

背包旁邊還晾著手機。

打開來看，裡面有幾條簡訊，全都是喵喵他們發來的，連萊恩也發了一次，不過內容僅是回來時候有看到飯糰要幫他買之類的話，其他人則是交代了一下近況。

學院在重新恢復上課之後氣氛雖然不是很差，但也不會太好。

很多人都聽說了鬼族被逼退的好消息，不過也有很多人同時聽見了妖師出現在學院中的事，部分人向上抗議，不過被校方駁回，學校方面似乎不認爲有妖師是件不好的事。

喵喵在簡訊裡面寫，班導甚至還這樣告訴班上——

「有妖師有什麼不好！你們這些C班的小鬼，仔細想想，這樣代表以後搶銀行都不會被抓，可以吃飽撐足一輩子耶！」

聽說當天班上有三分之一的人黑線了，三分之二的人贊成去搶銀行。

然後班導被班長從教室打出去。

看到簡訊時我笑了，順便回覆喵喵說請她轉告班導，我可能不會去搶銀行，不管怎樣想都會被抓，請他死了這條心把錢從班長身上贏回來比較實際。

往下翻，看到尼羅發給我的簡訊，我有嚇一跳。

我還以爲尼羅不會做這些事情耶……打開看內容是一些打氣的話，雖然跟他平常講話的感覺沒什麼兩樣，不過就是尼羅會告訴我的話。

最後、也是最近的一則是五色雞頭的，裡面寫著過兩天他會來找我。

……

我看了一下時間，是剛剛發的，還好。

如果是前幾天發的，我應該一醒來就被拖走了吧。

是說，五色雞頭終於從醫療班逃出來了啊……

還在想學校事情的時候，手機突然響了，而且是最正常不過的聲音，整個把我嚇了一大跳，我沒想到手機居然會有很普通的聲音。

沒有來電顯示，一接起來卻是個很熟的聲音。

「冥漾，方便出來嗎？」

我聽到幸運同學的聲音。

※

「這邊這邊！」

遠遠的，把我從家裡叫出來的幸運同學站在橋上對我招手。

我那時候被鬼追到從橋上摔下去的地方也是這邊，前幾天可能有下大雨，橋下的水位有點高水也比較急，一些垃圾在下面被沖得滾來滾去，然後又被帶到遙遠的地方。

「你最近過得好嗎？」等到我靠近之後，幸運同學朝我拋過來一罐飲料，冰涼的，應該是才剛買來不久。

「呃……」

「看起來好像不是很好的樣子。」靠在橋邊，幸運同學朝我笑了一下：「發生很多事情？」看著他，我突然有種不能理解的想法冒了出來：「你怎麼知道我在家？」而且今天也不是假日，我們學校都還在上課，照理來說幸運同學不可能會出現才對吧？

「嗯……直覺啦，感覺好像你有回來的樣子，想說也沒什麼事就蹺課過來走走。」

盯著幸運同學看，以前沒有注意到的東西現在隱約可以看見了，他的身上有種明亮的氣流，有些薄弱，不過卻給人很舒服的感覺。

我想，學長那時候應該就是看見這個吧？

他的力量似乎逐漸變強了。

「我說，如果哪天有奇怪的人在路上拉你入學，你要好好考慮喔。」沉重地按著幸運同學，我這樣告訴他。

「啊？」愣了幾秒，幸運同學笑出聲音：「我說你最近怎麼怪怪的，你該不會又被那種奇怪補習班的問卷給騙了吧？該不會這次被騙錢？最近要小心一點喔，詐騙集團變得很猖獗，亂填資料很容易出問題的。」

「我不是遇到詐騙集團啦。」無力地嘆了口氣，我在路邊蹲下來，一台車子剛好呼嘯而過，捲起了一堆煙塵。

正確來說，我是碰到了更大的事情。

「要說出來嗎？心情會好一點。」幸運同學在我旁邊跟著蹲下來，從以前到現在態度完全沒變，他依舊很關心我，不管在什麼時候都一樣。

有時候，最好的朋友會和其他人不同。

但是，我不想再害他跟著受傷了。

「是不是和上次追你的東西有關？」

在我發愣之際，幸運同學突然說出了讓我嚇一大跳的話，轉過頭，他正直直地盯著我看：「我記得喔，其實有一瞬間我似乎有看到，那時候有個不像人的東西在追你，後來不知道怎樣就忘記了，最近突然又想起來……而且我覺得，你從畢業到進入高中之後整個人都變了，看起來跟以前很不同，身上像是開始有微小的光。」頓了頓，他勾起笑容：「還有你那個學長，其實他不是黑髮對吧，那時候我們出去，其實有幾秒的時間我看見的是另外一種顏色。」

「那個……」看著他，他也對我露出了瞭然的表情。

其實，很多事情他或許比我想像中知道得還要更多。

「你會跟別人說嗎？」

「不會。」

我們就這樣蹲在橋邊，像是打開話匣子一樣，也不管來往的車輛和那些廢氣，我一股腦地就把入學之後所有的事都告訴了他，包括戰爭，包括學長還有很多人死亡的事。

我沒有辦法把我很多想法讓喵喵他們知道，而有些事情對學長他們也太過多餘，那些都是放了很久很久的事。

就這樣，全都告訴幸運同學。

他就蹲在我旁邊，安安靜靜地聽我說完，偶爾會適時地引導我把一些不知道怎麼說的也表達出來。

說完之後，其實天色也昏黃了。

我們腳都麻了，等很久很久才勉強可以站起來。

幸運同學對我伸出手，這樣跟我說：「我覺得你可以進到那所學校去，真是太好了。」他很誠心地對我說著，然後把我從地上拉起來。

「你相信有那種地方嗎？」一般聽起來都比較像是在胡扯。

「我相信你從來不會對我說謊。」勾出笑，他拍了拍我的肩膀：「好可惜啊，下次如果有活動可不可以讓我也去參觀？」

「好啊，可是會死掉吧？」

「你那個學長說過我的運氣很好，既然你都死不掉，我應該也不太容易死掉，反正死掉還會復活不是嗎。」

「也對……」

我們趴在橋邊看著夕陽和逐漸黑暗的天空。

在那邊，白天和夜晚的不同世界交錯著。

「哪，冥漾，不管那邊的人是不是討厭你，你要記得這裡還有你的家，還有我這個朋友喔。」偏過頭，幸運同學淡淡地說著，夕陽在他的臉上映出微亮的光線，讓他看起來比平常還要更認眞：「回去之後，不管是不是有人排擠你，都不要管他們，因爲從來你就都沒做過什麼對不起他們的事情。」

「嗯，我知道。」

然後，天黑了。

※

送走幸運同學之後，我轉身慢慢往家的方向走。

「同學，要不要來一條吃了會死的口香糖？」

「不用了，謝謝。」轉過頭，我看見那個每次都在賣會死人東西的傢伙不知道什麼時候換了帽子的顏色，變成白色的而且材質還詭異地改成了麻製品：「你家有誰吃了口香糖死掉嗎？」正在治喪是吧？

是說這麼雪白的麻也很少見就是了，漂白過？

「沒禮貌，這是人家送我的帽子。」小麻帽有點不爽地回敬我。

「那個人不是跟你有仇吧……」誰會送出殯用的帽子啊？

「算了，送你一條吧，自用送人兩相宜，有病給最後一擊無病可以練身體，拿去吧，喜歡再請多多光顧。」說著，小麻帽朝我拋過來一條黑色的口香糖。

直接一拍接住那條黑色的長條物體，我覺得我應該不會用到這種東西……我看就連安地爾也不見得會收這種禮物吧，何況他還是那種吃了應該也不會死的人。

「爲了答謝我的贈禮，你可以順便幫我個忙嗎？」

基本上我沒有要你送我東西吧！

很無力地看著連我都要欺負的小麻帽，我轉頭看向他指的地方，那是在電線桿上，隱隱約約我看見有個黑色的東西掛在上面。

看起來不像鳥也不像貓那種正常的東西，有著黑色長毛的扁平身體，比桌球拍稍微大一點，身上有著六隻腳。

……該不會是拍平的蝴蝶貓那種東西吧？

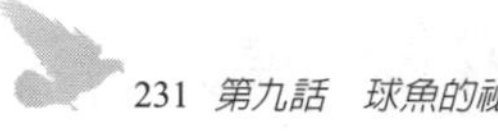

「我可以請問一下那是什麼嗎？」我並不想隨便跟亂七八糟的東西打交道。

「那個是口香糖的原料，你看不到嗎？專門長在電線桿上面，植物系。」

如果口香糖的原料是那個，我可以理解爲什麼吃了會死掉，因爲它的原料一臉就是會讓人死掉的感覺。

等等，長在電線桿上？

轉過頭的瞬間我好像感覺到有風吹了起來，四周落葉沙子全都被吹開了。世界的景色好像從現在開始改觀。

在一條最普通不過的道路上，我看見了各種不普通的東西從四面八方穿梭而過，鄰近的電線桿上長滿了口香糖的原料，有幾隻單眼的白鳥正在啄食那些詭異的東西，空氣中飄浮著大大小小的奇怪金魚，細長的人從對面走過。

一條冰藍色的蛇從我旁邊竄過，下一秒跳起來轉化成個撩人的大姊：「看得見的小朋友，要不要跟大姊姊去玩玩啊？這附近有不錯的店家喔，前提是小朋友晚上家裡沒有門禁。」塗著銀藍色的指甲從我肩膀上劃過去，害我整個倒退一步。

「不、不用了，謝謝。」我不太想在晚上離家之後變成別人的晚餐。

「眞可惜，下次來找我玩吧。」直接勾著我的脖子，那個胸部都跑出來一半的蛇大姊從我的口袋裡很自動地拿出手機輸入一堆號碼：「不怕我的小朋友還眞少，我叫流葉，來找我就給你好東西。」

說完，她又自動把手機塞回我的口袋，抛了飛吻之後轉到地面上變回原本的樣子一溜煙地滑開了。

這個世界與我原來的地方只有一線的交錯。

轉回頭，我看見那個小麻帽還站在那邊，四周那些東西也消失了。

「你明明就看得見，以後不要僅挑一些可怕的東西讓自己看，年輕人要放寬眼界才會知道世界有多大哪。」

他的聲音有點不太一樣，這讓我想起來之前那個賣口香糖的好像被我嚇跑了，怎麼還這麼勇敢地跑來找我。

還有，他那頂帽子實在是太潔白了……

「您已經不用裝球魚了嗎？」

然後，對方笑了起來，很爽朗的那種笑聲，根本就不是賣口香糖的那個聲音。

「如果你都可以發現，我想我應該要找另外一個東西了。」這樣一邊說著，「小麻帽」突然開始抽高，比我還要高，身上的衣服也全都變了顏色、變了款式，就與我之前在時間之流交際處所看見的那個人相似的衣服，不過他是比較像武官的樣式，白色的短髮隨性地飛散在空中：「我感覺到我的老巢有熟悉的氣味闖進，沒想到小黑那傢伙還眞的讓你們進去找他了。」

出現在我面前的是個成人，與我經常看見的球魚根本是兩種東西，如果說黑山君像是月亮和影子的感覺，這個人就有太陽跟光亮的特性。

「您好，司陽者、白川主。」禮貌性地，我向他鞠了躬。

「欸，這裡不是那些宮殿，省省吧。」白色的青年揮了揮手，十分隨性地說著：「我也不像小黑那麼注重規矩。」

「你還沒有打算回去嗎？」既然他說不用禮貌，我也懶得跟他有禮貌了，「聽說全部人都開始找你了，我認爲你還是早點回去比較好。」因爲他的同伴要打造東西鎖他了，我個人認爲早點回去應該還能撈個半殘。

「那裡留給小黑照顧，他游刃有餘，如果他眞的想把我拖回去，他親自出馬我十之八九就跑不掉了，既然他只是委託別人來找，那就代表他也是抓興趣的，不用太早回去啦。」笑嘻嘻地說著，青年很大方地告訴我。

……我完全看不出來他的同伴是抓興趣的。

眼前這傢伙，果然就是個會變成白蟻蛀柱子的料。

第十話　最開始的距離

地點：台中

時間：傍晚六點五十一分

「哪，我不在那裡的時候，小黑是怎樣動用池子的？」

當我還在想他很欠揍的這些事情時，無視於我內心思考的白色青年繼續開口發問：「可以讓魂魄暫時留下來的水潭，是我們兩個一起才能用的。」

「呃，他找了隻叫巴斯特的鳥。」

「給了什麼？」

「頭髮。」

有一瞬間，我突然感覺到四周的空氣全都冷了下來，不過不是針對我，僅短短一眨眼就消失了，我看著眼前的青年，他勾出無奈的微笑。

「看來小黑很認眞想幫你們，你也要加油了。」他像是敷衍一樣笑了笑，然後拍拍我的肩膀：「你還有和小黑交換什麼代價嗎？」

「我跟他換了百句歌，因爲我有很多想要幫忙的人……」雖然只有安因，不過他還給我地圖就是了。

青年挑起眉，有點喃喃自語地說著：「百句歌喔，他要那個幹嘛，明明就都會了。」頓了一下，他看著我，「你會不會想要學回去？畢竟這個很罕見喔，而且力量很大你應該也知道吧？」

「嗯，我沒關係，就算沒辦法用也都沒關係了，只要可以幫上忙，消失什麼我都沒意見。」因爲那些東西本來就是不同人給我的。

「不過全都拿走也太狠了一點。」勾起笑容，白衣青年這樣說著：「這樣好了，我和你交換一個條件，我正在找像這樣的東西。」他翻開手掌，我看見那上面躺著一小塊黑色的寶石，像是一大塊裡碎開的一小塊，大概和花生差不多大，不過色澤有點奇怪，有著形容不出來的奇異光芒，與我以前看過的黑寶石都不一樣。

這種東西看過一次就讓人印象深刻。

「這個東西散落在各個世界裡，大小不一樣，除了守世界和原世界，就連神界都有，很廣但數量很少，我正在找這樣東西，如果你有看見請幫我收起來，只要你每找到一個就還你一首百句歌的使用權，如何？」他收起手，很愛惜地將碎寶石放回身上：「即使一個都沒找到，你也不吃虧。」

「你似乎很重視這樣東西？」重視到要個路人甲順便幫他一起找？

「如果可以，我希望能夠將這些東西一個都不漏地收回來，不過我已經找了很久很久的時間，到現在只找到一點點。」

「你一直到處亂跑是爲了要找這個？」我突然有種自己好像知道他在幹嘛的感覺。

青年豎起手指放在唇前：「這是祕密呦。」他笑，說這是不可以聲張出去的事，不然被時間告密者知道他就會很麻煩了。

點了點頭，我看著他：「如果我有找到，我會幫你藏好。」

「就這麼說定了，剛好今天我找到一個，看來你應該會帶來好運，就先送你一條歌句吧，等你找到其他的之後，我會再來找你的。」青年咧開笑容，彈了一下我的額頭，轉身往大排水溝的地方走去：「還有，下次沒事不要隨便去打擾小黑，他身體不好。」

說完，他踏上排水溝旁邊的欄杆，往後倒去。

一秒過後，人消失了，那種白色的普通鴿子從下面飛高了起來，振著翅膀就這樣跑掉了。

所以，他這次是打算去孵蛋了？

鴿子飛走之後，我明顯感覺到好像有幾個東西追過去了，不過晚了一步，那隻鴿子早就不知道飛到哪邊去了，連個影子都沒有，速度快到有點詭異，看來他應該很早就注意到被追蹤了。

我看這次那些府君大概還是追不到吧。

希望下次別聽到他變成大水螞蟻在下雨天爬人家窗戶之類的事情……

轉身，我看著現在又什麼都沒有的道路，已經差不多天黑了，路燈不曉得什麼時候亮了起來，四周又有些路人走過去。

嘆了口氣，我開始想要怎樣向老媽解釋我今天不用上課的事情了。

踏了兩步，某種陌生又熟悉的字句浮現在腦袋裡——

風之旋、風與音轉刀刃，捌之流歌殤。

「啊，想起來了。」

※

在家裡留宿一夜之後，我想我應該也沒理由不回去了。

還好我老姊幫我想了個啥食物中毒拉肚子回來睡覺的藉口，不然老媽肯定起疑心。

「你決定好了嗎？」

站在門口，冥玥還是一如往常地靠在門邊，慵懶地詢問。

「嗯，我會回學校的。」

就像最早時她問我要不要去學校一樣，這幅景色與那幅景色似乎重疊了，時間彼此相交。

「在發生這些事情之後，我想問你是不是有休學的意願，畢竟不是在那邊的話，這邊的世界對你來說會幸福很多。如果你需要，我跟然也可以再度修正你的記憶，不過最後的決定還是在你手上。」她頓了一下，美麗的眼睛悠悠地看著我：「你呢，你怎麼說？」

一切回到了最早的那個時候。

我似乎勾起微笑了，在早晨的風中感覺到不同的東西，時間的流動、不同的生命，還有不一樣的空間，那些都是以前不會有的，現在開始也許會變成支持或反對，「我……到現在其實還不太習慣那個地方，但是我想嘗試，我可以努力去試看看，看看我可以做到怎樣的地步。大戰之後，我知道我並不是什麼都做不到，雖然還是滿可怕的……不過我願意去嘗試，不會每次都想再逃走了。」

「你確定你不後悔嗎？」冥玥勾起了笑容，與以往不同，非常溫和的笑容。

用力點點頭，我看著她：「我不會後悔。」

伸出手，冥玥將單手放在我的肩膀上：「只要你肯定自己，世界才會肯定你，世界上發生的一切不會全然毫無意義，我們所遇見的事情在許久的某一天也會開出不同的花果，相信自己、然後相信陪伴在你身邊的人，總有一天你不會走在最後方。」她笑著，拍拍我的肩膀，然後收回手，光影霎時錯落在我們兩側，「用力地成長吧，我跟然會在前面等你追上來的。」

「嗯！」

看著我唯一的親姊姊，一直以來那種籠罩自己的倒楣氣息好像也跟著散開。

我相信，這次一定可以。

「路上小心。」冥玥幫我調整好背包，揮揮手，走回了房子中，然後緩慢地拉上大門。

在門板關上後，我前面出現了移動陣法。

成形之後，一個人從裡面蹦出來。

「漾漾，我就知道你要回來啦，特別來接你的喔！」

露出燦爛的笑容，喵喵抱住我的脖子歡樂地說著：「走吧走吧，我們一起去上學，那個不良少年超級吵的，還說什麼要殺去你家把你打醒，被九瀾制伏了。」

呃……他殺過來要把我打醒，我想我應該會被隻雞害到就此長眠吧？

「還有班導說你回去上課之前要先去找他，是老師的命令，不過歐蘿姐說你可以不用管他，因爲班導想要公器私用叫你用妖師的力量讓他贏過班長。」一打開話匣子之後，喵喵就像打開了所有精力似地拚命說話：「萊恩說你如果想吃飯糰可以找他，最近廚房補貨了；夏碎學長也想找你說話；阿利還是和往常一樣叫你不用擔心他……對了對了，聽說莉莉亞再過一陣子就要回來了喔，我想找你們一起幫她辦個歡迎聚會……」

「妳再講下去會講不完啦，先回學校吧。」把喵喵從我身上拔走，她要是繼續講應該就天黑了。

「嗯，我們回學校慢慢說，漾漾有半個月不在，發生很多事情喔，我再一個個說給你聽。」

然後，移動陣被啓動了。

❀

之後，我再度回到學校。

我重新回到了黑館。

一切都和以前一樣，完全沒有任何不同。

「我聽說了你對房間人偶過敏的事情。」賽塔拿著本子，悠悠哉哉地就像平常一樣走在我旁邊，然後有幾隻鳥飛到我們四周，「其實你不用擔心那東西，那是整理房間的人形，我記得是扇董事拿來的，好像是和冥府的府君們合作，將一些奇怪的罪魂加工製成的人形。他們平日維持著每館房間的清潔，無法踏出房間的範圍，在那邊工作直到償還的時間終了才能離開和輪替，不會言語沒有過多思想，唯一會做的事情就是在髒亂的時候將那些東西處理掉；平常並不會隨便出現，等到房間主人離開之後才會開始整理，我想應該是上次你進去得太突然了他還來不及閃避才會嚇到你，基本上那個東西沒有什麼危害。」

……簡單來說就是傳說中離開旅館後進入房間的清潔人員？

我有種果然黑館還是不太能住人的感覺。

「如果你不喜歡人形的我們可以幫你換成備用的，還有豬和狗的形狀喔，不過在效率上會比較低。」賽塔微笑地看著我。

「呃……還是不要麻煩好了。」如果平常不會亂冒出來我還可以接受，當作是全自動免費吸塵器應該心裡會比較可以過得去，「賽塔，一般學生宿舍還是沒有房間嗎？」

「嗯，臨時要找房間不太容易，而且學校學生的數量似乎又更多了，之前我已經遞報了擴充宿舍的方案，應該下學期就有房間可以使用了。」頓了頓，精靈美麗的眼睛注視在我身上：「我認爲住在黑館中也不會造成不方便，你爲什麼急著想要搬往一般學生宿舍呢？」

「因爲我不是黑袍啊……」這麼簡單的問題還要問嗎。

「反正總有一天會考上的，那時候住跟現在住也差不多，等有消息我再通知你囉。」完全不覺得有什麼差別的賽塔似乎還有別的事情，打定結論後就說了幾句願什麼東西祝福的話語，之後才轉往花園的另外一邊離開。

我站在花園中。

四周很安靜，在精靈離開之後什麼聲音也沒有，原本的鳥叫跟著停止。

「唉……」

果然重新再回來就會跟以前不一樣。

現在我的心境有種微妙的感覺，最早時我一直不想當個外星人，不過眼下這樣子不當好像也不行了：「如果你們想要圍堵我，快點出來吧，繼續下去就要到黑館了。」轉動了手環，我聽見水滴的聲音，還有老頭公明顯的竊竊私語，奇怪的是以前都聽不到，現在好像很容易就會知道了，就像從剛剛開始我一直覺得有好幾個人跟在我後面一樣。

話才一說完，還眞的有人從後面冒出來，好幾個都是陌生面孔，估計應該也不是我們班的。

我們班的人我敢打包票絕對都是先上再說，也不太會這樣成群結黨，重點是他們隨便來幾個我應該就死了。

A班？B班？二年級？三年級？別的學院？

還是校外人士？

「妖師！你還不快點滾出學校，學院裡出現妖師會讓我們也跟著蒙羞！」其中一個看起來很正義、應該和我差不多年紀的男生握著長刀對我大吼。

「妖師根本不應該存在於世界上，早該全死光！」

「對啊，快點滾出去！」

看著眼前幾個人，說眞的我之前曾想過如果有天這樣被罵應該會眞的縮回去，不過現在倒不會這樣想了。

妖師還是啥的，不過只是我剛好生在那邊。

既然不能選擇，幹嘛人家罵一罵眞的要縮回去？

「所以呢？」轉出了米納斯，我讓老頭公在旁邊布下了保護結界，「才剛回來第一天都還沒去向班導報到，就先要跟你們這些找麻煩的人報到了喔？」

「不要裝傻，你是妖師的事情已經很多人知道了，最好趁現在乖乖滾出去，不然以後你會很麻煩！」

看起來還有好人在幫我著想，我突然很感動。

「別跟他囉嗦，看他一次殺他一次！」

接著，就像很多連續劇一樣，那些堵人的人眞的朝我撲過來了，而且還都眞槍實彈……有沒有誰還記得其實我是個路人甲高中生啊，這樣會不會太狠了一點！

是說，既然在學院裡，我也不用太擔心了。

「我先提醒你們，輔長好像會在屍體裡面繡花喔。」上次去保健室不小心瞄到的可怕事實，所以我深深決定以後一定不要隨便進去。

然後，我看見一個銀色的東西從我們中間切開。

彎刀插在土地裡。

❀

「找本大爺僕人的麻煩，最好給本大爺祈求自己會出入平安。」

頂著閃亮的頭，將獸爪折出詭異的喀喀聲響，不曉得從哪邊冒出來的五色雞頭一腳踩上那把看起來怎樣都覺得眼熟的刀柄上：「那個那個還有後面那幾個，你們吃飽閒著發慌嗎？信不信以後本大爺看你們一次殺一次，沒看到我還自動過去多送你幾次，讓你們天涯海角都不覺得無聊，不小心出學院被本大爺堵到就自求多福啦～～」

一看見跟妖師差不多惡名昭彰的殺手家族，那些人瞬間有一半臉色都變了，很快速很平均，像是在看某種特技一樣。

我說……我並不是你的僕人吧？

「來來來，放送大家來，本大爺今天心情好，來一個殺一雙，看你是要前來後來明著來暗著來，本大爺都奉陪。」放下腳，五色雞頭甩開了手，那把彎刀整個被彈開了，轉著飛到花園的另外一端給某個更無聲無息簡直融在空氣中的人接住。

「找麻煩，我們奉陪。」身上還掛著個紙袋，很明顯是先轉去拿飯糰的萊恩幽幽地從空氣中走出來，簡直跟鬼沒兩樣。

我打賭他剛剛如果都不要吭聲，直接過來這票人大概都被秒殺了，還是死得不知不覺那種，更有可能在清醒之後會到處說：「我們都是被妖師之力暗殺的！」

……看來以後我要低調一點。

「唉，只有小混混才會搞集體圍堵，不良少年你的同伴出現了。」嘆了口氣，千冬歲推了推眼鏡，從萊恩身後走出來，表情看起來似乎還滿開朗的。

夏碎學長已經沒事了喔？

一聽到千冬歲說完以上那段話，五色雞頭整個人就炸了，「去你的死四眼仔，你說誰是不良少年的同伴！本大爺行不改名坐不改姓，比他們這些孬到連名字都沒有專門出來被殺的妖道角還好！」

……五色雞頭你最近開始改看布袋戲了嗎？

看來下次我阿爸有同好了。

「我們有名字，我才不屑畏畏縮縮連名字都不敢報上，我是A……」

「我就是說你是不良少年啊，你還否認啥？從頭到尾我都沒有改過吧？」直接打斷旁邊黑線想要報名字的人，千冬歲繼續推了推光亮到可以閃出很多精光的眼鏡，完全不怎麼客氣地說。

「明明打仗時你這四眼仔有叫我名字！」五色雞頭用獸爪指著人罵。

「你除了腦袋不好之外，耳朵也跟著壞掉了嗎。」

「我、我拍死你這個該死的四眼仔！」

一如往常，別人還沒進攻，這邊先內亂了。

我看著五色雞頭一爪拍在千冬歲的弓箭上，無言，接著兩人開始越打越大了，瞬間就把花園給砸了很大一個坑。

「歲，這些人我解決掉喔？」遠望著自家搭檔跟別人開打，萊恩又從旁邊慢慢淡出：「真的解決掉了喔……」

於是，就這樣，那些還真的沒有名字的人在幾秒之後全都被萊恩擺平在地上，不過我覺得他們被萊恩擺平還好一點，因爲萊恩說眞的下手不重，只把他們打飛而已，如果是五色雞頭可能明年的今天大家都要緬懷他們了。

「啊，你們在玩什麼！」遠遠就被混亂給吸引過來，喵喵叫著撲到萊恩身上：「爲什麼沒有叫喵喵！人家還要找漾漾玩啊！」

走在她後面的庚朝我們勾起了微笑，說著喵喵剛剛還是用跑的過來。

五色雞頭和千冬歲砸掉一座不遠處的涼亭。

「對了，今天天氣很好，明天天氣一定也很好，那我們一起出去野餐吧。」拍著手，無視於身後景色正在崩毀的喵喵拉著我和萊恩快樂地說著：「喵喵要做很多很多的東西，大家一起出去玩吧。」

後面發出落石的聲音。

「我要飯糰。」萊恩不客氣地直接點餐。

「嗯嗯，萊恩要飯糰，漾漾有沒有想吃什麼的？還有庚庚？」燦爛的笑容與後頭已經出現坑洞的地面完全不搭。

我看著好像還不怎麼想收手的那兩個對槓的人，吞了一下口水。

「我都可以，喵喵的手藝很好，吃什麼都沒關係。」同樣視而不見的庚微笑著揉揉喵喵金色的髮。

「嗯，喵喵會努力做出很多好吃的東西。」

千冬歲放了箭，在五色雞頭的臉頰上擦出血痕。

這樣打下去一定沒完沒了，重點是他們已經開始受傷了。

我突然覺得有時候我還眞是沒受夠教訓，不知道哪天眞的會死在自己人的手上。閉了閉眼睛，我差點就流下一把男兒淚地橫著心衝上去，那時候五色雞頭已經甩開了獸爪，千冬歲也準備好弓箭了。

「不要打了！」

就像最開始那次一樣。

那瞬間，五色雞頭和千冬歲都猛然收了手，兩人一愣，看著我就卡在中間。

其實從最早開始距離就不太遠。

「漾漾，下次不要突然衝進來，會受傷。」收起弓箭，千冬歲推了一下眼鏡。

「漾～你如果想當幫手可以說一聲，本大爺很好說話的絕對讓你幫打。」五色雞頭搭住我的肩膀，很兄弟地說著。

「呃……我想你們還是不要打了，喵喵說要去野餐。」

花園開始用神祕的速度恢復被砸之前的樣子。

「嗯，大家一起去野餐吧！」

舉高手，喵喵大聲地說著，附近有很多小型幻獸鑽出來探首看了好一下，又跑走。

於是，我重新回到了這裡。

我依舊不知道將來的我會是怎樣子，世界還會如何改變。

那時候的我，還是那個年紀。

失去的、得到的，就像總有一天會平衡一樣。

時間往前推進而空間轉換，有花綻開一定就會有花飄落，不可能永遠事情都美麗得盡如人意。

要決定自己向前走，決定自己向後走都可以，做不到的事情縮起來也沒關係，但是仔細想想，「我能夠」會開始改變自己。

我們才剛過完一個季節。

下個一樣的季節到來時，那個有著精靈與獸王混血的人將回來。

故事也會重新改變。

身邊擁有的可能會失去也會回來，環繞著的朋友依舊都會在旅程上祝福自己。

我抬頭，看見重柳族的那個人消失在樹影後。

就算竭盡心力也要用力地相信自己。

在這裡，所有的知識都不是知識，所有的力量也都不代表力量。

只有肯定自己，世界才會肯定你。

我看著，露出笑容。

時間將會開始流轉，現在的我們都還在一起。

於是，故事還是繼續發生。

發生在那之後……

那之後……

夏冬的意義

他還在作著噩夢。

曾如此相信的人拋棄他，一個人離開了；就如同曾那樣疼愛自己的母親，也一個人離開了。

開滿了花朵的庭院，就像古老的歌謠一般，美麗的女子遭受橫禍躺在純白的花瓣中，一點一點鮮紅色的血液沾在白色的葉瓣上，像是花朵在為那美麗的人哀憐泣血。

於是他又驚醒，如同以往不知道第幾次一樣被噩夢驚動，也像很久以前被強迫開眼後，好幾夜難以成眠。

一動就牽動了身體的痛楚，他倒吸了口氣，躺回醫療班柔軟的羽枕中。

雖然聲音很輕，不過站在不遠處正端著透明球體計算藥量的治療士還是察覺到轉了過來：「很痛嗎？我想止痛藥還是再加點好了……黑暗氣息造成的影響不會這麼簡單就放過被糾纏的人，請不要獨自忍耐，一切都會好轉的。」勾起微笑，治療士放開了透明球體，走過來然後掀開了印有醫療班圖騰的白色紗簾。

閉了閉眼睛，夏碎按著還在發痛的肩膀困難地半起了身，「沒事，好不容易才把藥劑減量了，就先這樣吧。」

在床鋪旁邊坐下，名為月見的治療士彎起了溫和的笑容：「我剛從前線被緊急召回時你還是個難搞的傷患，不怎麼接受治療，只說活夠了，讓大家都很傷心。看到你現在這樣開始好轉，身爲主要負責治療者的我很高興喔。」像是看著小孩般，他愉快地摸了摸眼前其實年紀並不大的孩子的頭，然後替他墊好了枕頭可以靠著身體。

「不好意思，給你們造成麻煩。」有點慚愧，夏碎不自覺放柔聲音。

「醫療班不會嫌麻煩的，你看我弟弟還不是把會造成麻煩的人一個個關起來治療，只要走進醫療班，永遠都不要覺得自己會添麻煩。」站起身，月見將紗簾給固定好，從外面端進來銀盤，那上面的東西還冒著白色的小小霧氣，散出了誘人的香味：「你這兩天都昏沉沉地睡，現在清醒肚子應該也不好受了，剛剛有人幫你準備了粥，要餵你嗎？」

苦笑著搖搖頭，看著繪有彩楓的粥碗，夏碎嘆了口氣：「別讓千冬歲再忙了，請跟他說不要再來看我……我會很困擾。」

因爲黑暗氣息的關係，他總是睡著比醒著多，剛開始的前段時間聽說還會痛苦掙扎，隱隱約約總是可以聽見有人難過地喊他，然後站在旁邊一待就是很久。

有時候是便服，有時候是紅色的袍服。

不用想，夏碎也知道是誰。

他選擇當替身的人，感覺與自己那樣接近。

「他知道你會說他困擾，所以你清醒時他老是站在外面遞東西進來給我，你睡著還是昏迷，他才進來。」拉了拉自己垂在額前褐色的髮，治療士這樣說著。

看著捧在手上還有點微溫的碗，夏碎無奈地握著木匙慢慢攪拌著，看得出來準備的人心思很細，粥米都挑過了還煮到一撥就化的程度，裡面還有剝好切碎的魚肉雞肉和一些蔬菜，都是調整過的營養餐品。

他知道，他一向都知道對方在想些什麼。

「夏碎，一邊吃飯我們一邊聊聊天吧，我順便陪你一起吃這樣比較有食慾。」從旁邊拿出個三色飯盒，治療士就坐在床邊打開盒子，裡面是簡便的手握飯糰和幾樣小菜，另外附了湯盒，因爲沒辦法離開很長的時間，所以是餐師們配送過來。

用左手小口小口地吃著粥，夏碎疑惑地看著他。

「聽說很久之前我母親產下我時正好逢月見花開，所以幫我取名了月見。過幾年後，剛好鬼族進攻我族、即是鳳凰族的旁支，在戰亂時父親擋在一布之隔前將來襲的鬼族一一殺盡，布的後面是我和正在生產的母親，只要有鬼族闖進來，我們應該都不會存在這裡了，所以弟弟的名字叫作越見，越而不見。」嚼著飯糰的米粒，治療士用很懷念的表情說著：「我還記得，當年我才丁點大，拿著匕首砍下第一顆鬼族的頭顱，也是拿著匕首從我母親肚子裡將弟弟接生出來……時間過得好快喔，現在他已經變成大人了，還專門鑽研要怎樣關住會逃走的傷患病人。」

看著眼前治療士述說著過去的故事，夏碎也跟著回憶起那幾乎很遙遠之前的事情。

「夏碎呢？是不是有什麼意義？」

※

他都快忘記有這樣的往事。

那時候他的年紀很小，還不懂任何事情。

父親在小姨產下了孩子之後，逐漸避開了他與母親，他們不再被過問，也不再有人關心。

是那個多出來的孩子讓他的母親失去關懷。

所以，他曾在無人的時候想將手放在小小的頸項上。

美麗的女人唱著美麗的歌謠，小小的臉龐有著大大的眼睛，看見他時露出了笑容，然後他收回了手，離開了。

過了幾天之後，母親找他過去，一踏入房間他就看見小姨抱著熟睡中的孩子微笑地望著他。

她們在一起聊天，讓他在旁邊坐下。

「這孩子的名字是千冬歲，出生在冬季的千冬歲。」撫著孩子，女人溫柔地綻出了笑意，然後看著他，「冬之際，鬼出時節，一年當中冬天季節的孩子特別虛弱，因爲鬼怪們總在大雪之中窺視孩子，古老的傳說中父母走出而妖鬼進，火坑邊的娃娃哭啼。希望這孩子有著千千的冬季年歲，可以在雪中奔跑著，健康地走過我看不見的地方。」

母親望著他，然後伸出手摸了摸他的臉頰，那天的母親和平常特別不同，讓他印象深刻，

「夏碎，在一年當中夏之季節是最強盛的季節，流傳在我們族中的古老神話，盛夏時而妖鬼不

出，猛夏之力能碎除所有惡鬼。希望出生在夏季的夏碎能擁持這份力量，走過我不能到達的地方，讓你珍愛的人不再受到惡鬼的滋擾。」

那時候他還不太懂這些話的意思，只覺得自己的名字有著力量。

直到很後來的那一天，他站在母親屍體面前，一滴眼淚也沒掉地行大禮，看著族中的人無聲地將屍體移走、盛葬，而他走入了母親房中，看見了擺在桌前的遠望鏡裡的男人在無人的黑暗房間中落下淚水。

他想起名字的意義。

遇到銀髮的搭檔是在進入學院之後，他開始經歷了比他所預期更多的風風雨雨。

所以他做了決定，在無人知道的時間回到了那個廣大的家院，踏入了身爲最高主人的房間。

對方像是老早就知道他會來，端坐等著他。

於是他們在房中深談，而他的搭檔則坐在外面，只隔了木與紙的拉門，卻靜默無聲得像是不存在一般。

藥師寺家族是爲替身，他與母親都是只能永遠獨守一人的特別存在，他們可以幫一個人擋去一輩子的死劫與災難，擋過之後，就像父親一樣，永遠不會再逢殺厄。

他開始理解，母親是爲何而走。

「請讓我當千冬歲的替身。」看著眼前的人，他堅定地開了口：「我想……保護我的弟弟。

如果他是冬季出生的孩子，就請讓夏季的孩子守護他。但是我不會接近他，不會讓他跟我有關係，直到該來的那天，也不會再讓他爲我們而心痛……」

話還未說完，那個他始終認爲無情的男人用力地抱住他，低低的聲音帶著沙啞，他說：「我的孩子……別這樣……」

於是，他勾起微笑，那時候他突然知道了，不是父親刻意疏遠他們，而是母親開始避開這個男人，不知道什麼時候開始，這個支撐著雪野家的強悍男人有了蒼蒼的白絲，歲月已經在他的面孔留下淡淡的痕跡，他其實並非印象中那樣難以捉摸。

只是脆弱的人，永遠都會在別人面前堅強。

「請讓我保護千冬歲吧，別讓他找我，別讓他知道這些事情，藥師寺家原本就會爲珍惜的人付出所有，就像我的母親選擇了她的道路一般，我們永遠不會爲此後悔。」輕輕地往後退開，他看著眼前的人，發現其實他也不過只是平凡的人：「父親，你能夠明白嗎？」

男人看著他，然後再度輕輕摟了摟他，就像最平常不過的父子般：「你與你母親一樣，武裝的溫柔內心，讓我再也無法觸碰她，直到死後，我還是無法爲她送上一束花。我會向千冬歲隱瞞所有事情，如果這是你的選擇……但是孩子，在我有生之年，可不可以讓我經常多看看你。」

「我會經常回來與父親談敘，任務、學院，還有其他的事情。」

「請再多告訴我一些關於你母親的事情。」

「好的。」

他說完時，室內一片安靜。

月見坐在床邊放下了手上的東西，然後輕輕地抱了抱他，「你一個人辛苦了，希望神保佑你們這些孩子，悲傷的事情不會再降臨。」

「我不會後悔的……」靠在溫暖的治療士身上，夏碎半瞇起眸子。

「想睡了？」立刻注意到變化，月見接過他手上半空的碗。

「嗯，不好意思。」昏沉沉的感覺很快襲來，夏碎感覺到對方動作輕柔地幫他放倒枕頭，然後覆上被子退了出去。

室內的氣溫維持在最舒服的溫度。

看著手上還剩一半的碗，月見嘆了口氣。

既然不再續加止痛劑，看來他只好改用藥香了，對身體比較不會有負擔。

整理好碗筷之後，他端著銀盤走出自己負責的處理室，門外是他個人的工作房與休息空間，他看見剛剛就已經在這邊的人靠著牆蹲在地上，用力捂著自己嘴巴不敢哭出一點聲音。

「夏碎已經昏睡了，看來短時間不會醒來。」將碗盤放在旁邊，他在一旁的椅子上坐下，遞了帕子上去：「全部都聽見了？」

慢慢放下自己的手，擁有著與裡面重傷患相同面孔的少年用力點了點頭，發出小小的聲響，一句話也說不出來。

「請別怨恨你的父親，即使他從來沒有告訴過你任何事情。」輕輕地說著，月見離開了位子坐到少年身邊，慢慢拍著他的背。

哽咽了幾聲，千冬歲用手背胡亂擦了幾下面孔：「我恨死他了……那是我哥哥，他卻從來不告訴我……他們幹嘛要自己下決定……」

他不懂，他也不想要被保護。

如果這樣必須消失一個人，他寧願永遠都不要有人為他這樣做。

「有時候呢，你不會了解家人為你付出什麼，即使你愛他們，他們也愛你，但是很多時候所做的事情都不會明白地訴說，我想那是一種家人相處特有的方式吧。」看著工作室白色的牆面，他勾了勾唇角：「就像我也不知道，越見曾經去堵那些欺負過我的人，結果自己被打回來還要母親不能說。」

看著治療士溫和的笑容，千冬歲眨了眨眼，然後拿下眼鏡，接過了帕子慢慢擦拭著狼狽的臉，「我不了解他……但是這次我想換我能夠做點什麼，一個人即使活過幾千個季節又怎樣……我想要有家人可以一起……走過很多地方。」看著手上的眼鏡，上面有著與他相似的倒影，這影子也是另外一個人，直到現在還是會讓自己難過。

「我想你已經為他做了事情，其實夏碎受傷之後沒什麼食慾也不太進食，因為進食的動作會讓他覺得疼痛，所以我原本是幫他安排用別種方式補充營養，不過你開始帶食物給他之後就算很勉強，夏碎還是多少都會吃點，這是件好事。」

「是這樣嗎？」盯著還剩半碗的米粥，千冬歲看著旁邊的治療士。

「放心，我不說謊。」

瞅著盤上的碗半晌，千冬歲毅然站起身：「我晚點再過來。」

「不先進去看看嗎？」看著眼前的學生，月見微笑地詢問。

「沒關係，夏碎哥跑不掉的。」

既然夏天的孩子保護冬天的孩子，讓他能有千萬個季節走過雪野……那麼，他寧願不要那些時間，即使折半了都無所謂。

他現在只想做自己想做的事情。

如同他的妖師朋友所說的一樣。

直到有一天，當他們都不再是現在這個時候了，他依然不會後悔所選。

那是他的決定。

他，不想再後悔。

看著紅袍的學生離開了工作室，月見勾起笑意。

「好了，繼續工作吧。」

那杯酒

風之精靈稍來了訊息。

「賽塔、賽塔……賽塔先生，麻煩停下你的腳步。」

悠晃著腳步，提著竹籃，在換班之後原本想去找兩位好友的洛安在看見一團微亮的物體用高速行動穿越不遠處的花園時，開口喊住了對方的腳步。

抱著一疊資料，向來堅持萬物是美麗、提倡能走就盡量不用移動法術的精靈瞬間止住了腳步，被硬拉回的髮絲在空氣中勾出了漂亮的弧度、落下，然後回頭露出罕見的疑惑表情看著他。

「請問有事情嗎？」

快步走向似乎在趕時間的精靈，洛安呼了口氣：「你讓我喘喘，我剛剛才從醫療班回來，鎮壓黑暗氣息比我想像中的還要累人，果然年歲大了就不像年輕人一樣可以耐操。」

彎起微笑，精靈清澈到像是綠寶石般的眼睛望著他：「在古老的精靈眼中看來，洛安也跟學生們是差不多年紀的。」

「……我起碼有幾百歲了。」跟學生差不多？洛安嘆了口氣，搭著友人肩膀，其實也算有點習慣對方的這種說詞，「好吧，我的精靈友人足下行風，請問有何重要的事讓您如此驚動呢？」

「幾天前黑山君派遣使者前來，要兌換他的諾言。」

「你是指那名學生用百句歌交換的事情？」搔搔頭，也從精靈口中聽了經過的仙人收回手，並行在旁：「其實安因只要慢慢療養逐漸就會轉好，他受的傷只要他本人不要隨意四處亂蹦，應該是不會再有問題。」

望著身旁友人，精靈閉了閉眼，想起了那時在時間之流交際處的情景，「但是被撕扯的靈魂總是會遺留傷痕，我不清楚爲什麼漾漾能夠注意到這點……安因原本打算如同以往承擔下來，不過看來世界上的事情往往總是會出乎人們的意料之外，就連天使也相同呢。」他那時候來不及打斷，但是不可否認的，或許當時他多少有些私心。

悠久的時間在無爭的古老精靈心中似乎種下了有所改變的種子。

爲此，賽塔無奈地笑著搖搖頭，不知道什麼時候開始他也越活越回去了。

「所以你趕著快點處理完公事要到黑山君的宮殿去一趟嗎？」

「是的。」

提了提手上的竹籃，洛安用單眼的視力看著他：「身爲朋友，當然不可能讓你自己一個人搶前頭了。」

「我有幸邀請一位仙人一同前往嗎？」

「廢話！」

❀

「我說過喔，不能踢門喔！」

站在不知道第幾度被踢翻的大門旁，一把抓起門板丟回去框上的女孩數落著從時間河流過來的精靈與仙人，無視於差點被種在地底的老頭骷髏這樣說著：「每次每次都踢門，我下次直接上鎖讓任何人都進不來喔。」

「眞是抱歉，不過門房說什麼都不讓我們進來，所以只好出此下策。」剛剛才奇怪爲什麼精靈會叫他踹門的洛安對著比自己矮了一大截的女孩陪笑著：「有話說，萬物一切歸大氣，門壞有來才有去，這都是輪迴理論，妳就當作門板又重生了一次吧。」

「這是什麼歪理啊——」

聽著友人和女孩奇怪的辯話，賽塔輕快地笑了起來，精靈的笑意讓兩個原本還在互槓的一大一小停下了打鬧，轉回來看他。

「沒事，請繼續。」停下笑聲，賽塔抬起手讓稍微透明的鳥停在他的指上，那不知名的小鳥鳴叫了兩聲後跳上他的肩膀。

「不跟你們玩了喔，黑色的主人在等你們喔。」瞪了洛安一眼，女孩領著路快步走向開始拼出的宮殿。

「白色的主人找到下落了嗎？」跟在領路人身後，賽塔詢問著。

「前不久有說看到了喔，結果沒追到喔，黑色的主人很生氣喔，說下次抓回來要打斷他的手腳讓他出不去喔。」女孩踏著大大的步伐，帶著他們走過宮殿長廊，彎了幾個彎之後跳下庭院，四周的景色立即跟著開始變化。

「原來如此。」

在洛安走下庭院之後，景色立即落定完成，直接改成另種完全不同的景觀。

那是如同在深山中的瀑布水潭般，四周有著綠油油的森林景色，幾抹靈巧的影子不斷在樹叢中竄動，還未分辨出是什麼就已經消失得不見蹤影。

黑髮的青年站在水邊，不久前削斷的髮整齊地紮成馬尾在腦後，讓他看起來年紀似乎變得小了些。

「是莉露幫黑色主人綁的髮喔。」愉快地蹦過去，女孩跳上旁邊的石頭，脫下鞋子就坐在一邊用腳打起水花。

「黑山君。」走上前去，賽塔與洛安分別恭敬地向對方先行禮。

和學生不同，他們都知道時間交際處主人所代表的意義重大，就連府君們都必須敬讓於他，因爲時間交際處的主人有著影響任何一切的巨大力量。

不過脫逃在外的某人似乎對這點相當意識不到就是。

「我剛剛完成最後的程序，那位天使已經無礙，等等就能夠見到他。」神色依舊冰冷的青年從水裡拖著腳步緩慢走出來，上岸時仙人好意地伸出了手掌，他也不推就讓對方將自己拉上岸。

「眞是讓人訝異，我在仙界經常聽見有這個地方，不過親眼見到還是第一次。」放開青年的

手，洛安環顧著四周充滿了極高力量的森景，讚歎地說著，「不管是仙人還是精靈……或是任何一個種族都能在這邊得到最好的自然幫助。」

「這是古老地界的一部分，地界崩毀前有人帶著這裡來跟我交換他想要的，不過那個人最後仍然錯失了機會，這裡已經放置了很久遠的時間，對於受傷靈魂來說，是個絕佳的復元場所。」擰去了衣襬與袖子的水分，放手之後衣服已經全乾，青年轉過頭看著精靈，慢慢開口：「這裡是給生者使用的，和上次那一處不同。」

「我明白。」直視著對方，賽塔點了點頭：「時間交際處的主人會做最妥善的安排。」

「那名天使身上有鬼王的刻印，那不在我能夠幫忙的範圍，所以我只能爲他做些簡單的處理，讓鬼王盡量無法發現他的形蹤與氣息，至少可以撐很久一段時間，直到你們將刻印盡除，但是我無法保證時效，若是鬼王尋得更厲害的人手，很有可能會將我的制術破除。」停了下，青年重新開口：「但是我想，這段時間裡天使承受刻印的負擔與傷害能夠有效地減少，不會太過頻繁發作了。」

「非常感謝您。」感激地看著青年，賽塔明白其實他不用對刻印多做什麼處理，畢竟他當初答應交換百句歌的，只有靈魂被撕扯的那部分，這些其實已經都是多餘的了。

「那沒什麼。」揮了下手，青年還是沒什麼特別的表情反應。

就在幾人交談暫歇時，水潭附近傳來幾個細微的聲響，然後是稍早就被送來的天使從小瀑布後繞出來。

一看見他從那邊走來，洛安馬上就明白了瀑布後面至少有個洞可以讓人走進去休養。

「果然是你們。」露出微笑，似乎早就知道有幾個人的安因快步跑了過來，然後先轉向了青年：「謝謝您的幫助。」

「你去跟那個換百句歌的人道謝吧，各取所需而已。」懶洋洋地說著，青年毫無接受道謝的意思。

「不過你幫助安因也是事實，這樣好了，如果不嫌棄的話我這邊有點酒菜點心，不曉得黑山君是否對這些東西有些意思？」看著怎樣都隔層冰的青年，洛安愉快地詢問著：「如何？」

好山好水加上好酒好菜，還有值得慶祝的好事情。

瞄了他一眼，青年眨了眨紫色的眼：「隨便。」

於是，一群人就直接在瀑潭前隨便找了地方坐下來。

原本在打水花的女孩穿回了鞋子，快步衝過來，直接在仙人旁邊坐下。

好山好水，還有今天有不少好陪伴。

打開竹籃，仙人勾起了笑意。

※

「你們經常這樣嗎？」

坐在地上，屈起膝蓋後青年把下巴放在膝上，懶懶地問著。

「洛安喜歡一邊飲酒一邊賞月，好像是以前留下的習慣，後來我們跟他一起久了之後，多少也學了點。」看著從竹籃中提出好幾個酒瓶的友人，才剛復元的安因失笑地搖頭，這樣解釋著。他的朋友顯然沒將他當成剛復元的傷患看待。

仙人準備了很多東西，像是老早就預料到會有很多人似地，一層層的籃中有著各種不同的小菜與糕點，有的還冒著熱氣維持著溫度，在女孩歡呼之後被一一排放在地上。

「我剛去了趟友人的仙居，他分送了我劍南春和滄酒，我混著一起帶過來了。」翻出了杯子，洛安幫在場的人都遞上滿杯，除了旁邊睜大眼睛的女孩之外。

翻看著那些寫滿古字的酒瓶，精靈抬起頭看著亂帶一通的友人：「混著喝？」

「應該喝不出人命吧？」不覺得有問題的仙人笑得很爽朗，和人前嚴肅的樣子不同。

「很久沒有碰外界的東西了……」端著手上的杯子，青年慎重地看著，好像看久了酒杯裡會冒出金魚一樣。

沒分到酒杯的女孩嘟著嘴吃著糕餅，從精靈身上跳下的鳥兒啄食著碎落下來的餘屑，不知不覺形體也慢慢清晰了起來。

四周的空氣變得更加清新，像是爲了在這裡慶祝的人們般，溫柔的清風吹過了不同顏色的髮，然後又離開。

仙人帶來的酒都屬陳年老酒，很快地就再度發生有人被擺平的事件。

看著倒在旁邊的天使，賽塔無奈地嘆了口氣。

就說混著喝會有問題……

砰地聲，有著紫色眼睛的宮殿主人直接倒在他身上，差點把精靈手上的杯子給撞到地面。連忙穩住後，賽塔調整了位置，讓青年躺在自己的腿上。

「……三杯？」看著一杯倒的天使和三杯倒的時間主人，洛安瞪大眼，不敢相信眼前事實。

「時間交際的主人比我們想像中還像個孩子呢。」無奈地一笑，精靈騰出手幫已經昏睡過去的青年撥去了臉上的黑髮，「請把安因也扶好吧。」他騰不出身體去拉天使。

安置好天使睡在旁邊後，洛安褪下了外褂披在友人身上，這才注意到不知道什麼時候女孩摸走了一個酒瓶，灌完之後也整隻倒在旁邊了，「我似乎不應該帶這麼烈的酒。」他忘記陳年老酒易醉，尤其是對酒量不好的人來說。

「似乎……來不及了呢。」看著五人中倒了三人，精靈面不改色地拿起杯子慢慢品嚐著濃烈的香氣：「在時間交際的主人醒來之前，我想我們暫時也無法離開這裡了吧。」簡單說，他們被三杯酒給困在這個地方了。

「唔，我倒是無所謂，不過醫療班那邊的飛仙不曉得能不能擋上幾天。」他聽說這裡的時間和外面不一樣，上次精靈還來不到一天，出去就變成半個月。

「我想，醫療班會盡量找來其他的人讓學生不至於力竭身亡。」飲著古老的酒液，賽塔看著眼前不停歇的美麗瀑布：「這次的事情發生太快了……那些孩子不應該承受這樣的痛苦。」

「怎麼說呢，每個人總有一天都必須得經歷這些事情，他們只是提前。孩子們出了事情，所以才須要由我們保護他們，直到他們長成大人後，這些事情都會成爲他們前進的最好的力量。」抱起女孩，讓她睡在天使邊上，看著安穩的小臉，洛安這樣說著：「這不就是我們正在做的事情嗎。」

露出了微笑，賽塔微微點了頭，「我希望三殿下的孩子能夠平安無事，他一個人努力熬了這麼多的時間，一年之後，眞想看見他能露出如這年紀孩子該有的一般笑容……我想，他身邊的那些孩子們能夠逐漸改變他。」許久的時間之前，他曾看過冰牙族的精靈綻露純潔快樂的笑；許久的時間之後，他仍然希望不管是哪一族的孩子，都能擁有。

「我想……黑暗氣息的事情黎沚應該會解決。」看著酒杯中的倒影，洛安搖搖頭：「詛咒與修復靈魂的事情已經讓黑山君處理了，我想他應該會想辦法將軀體的黑暗氣息消除，我先前反對他回來參與這場戰爭……他已經受過太多傷害，雖然他自己不記得了，但是那種拚命想要爲誰做事情的個性還是沒改，讓我有點擔心。」

曾經在羽族而現在在翼族，時間的轉換讓他們這種活很久的人都不忍回顧。

「失去了名爲天將的族長，羽族似乎在最近已經重新找到了新的人選，但是他們顯然也不想要讓黎沚再回去那個地方，隱瞞他的身分更改他的姓名，將他以往的一切全都抹滅。」

「回去了，就會想起來。」洛安無奈地將杯中的酒一仰而盡：「從最久遠的時間開始，發生在冰山上的、風中的、雲中的，不同的時間喪失了不同的東西，每次都是在原世界所發生，如果可以我也不希望他再回去了，羽族族長的事情足夠讓他受到打擊而喪失所有，所以我認為現在的生活對他比較好。」

同樣對於時間有著無限感觸，賽塔無言地同意了對方的說法。

雖不是最好的方法，但是現在的生活其實並不會太差。

搖著最後一個空酒瓶，洛安往後一躺，直接躺在粗壯的樹幹上：「那麼，麻煩精靈閣下在可以回去之後喚醒我吧。」

「咦！」

轉過頭，精靈看見的是一群全滅的人。

四周有著不同的動物靠過來，分食著未完的盤底。

瀑潭的水聲依舊規律，風在他臉上拂動著，大氣精靈散出笑聲。

「……所以，又是要叫我一個人整理環境了嗎？」

然後，他飲去最後的那杯酒。

醫療班的煩惱

「所以我說，你讓我試看看嘛！」

跟在最近被調回來的左右手甲的後面，大戰後才剛復元的黑袍抓著對方的藍袍，拉人不成反而幾乎被拖著走。

「如果用你的方法，我打賭不用半天琳婗西娜雅就會過來砍死我。」看了掛在後面根本不像黑袍的人，提爾很快否決他的意見。

「可是如果可以的話，亞就得救了喔。」眨巴著眼睛，某黑袍用著散出天然光害等級的無辜表情看著高高在上的魁梧鳳凰族。

「我警告你，不要拿我對漂亮東西沒轍的弱點猛攻擊。」咬定自己不會把他踹走就這樣掛著是吧，提爾暗暗想著遲早有天會讓這個黑袍後悔莫及。

最近洛安不知道跑到哪邊突然消失了，鎮壓的仙氣少了一人之後，他還得臨時從別的地方找來人手幫忙，要知道找個有相當仙氣的仙人或飛仙有多難！

首先，這種東西都是追求隱居、不問世事、最好消失在空氣之中同化大地得道成佛的爲多，沒門路還眞的找不太到。

還好軒霓提供了幾名認識飛仙的資訊，才稍微解決差點精力被壓榨致死的危機。

不過飛仙的仙氣始終不及仙人，琳娓西娜雅也緊急在找人了，害他們猛然蹦出多餘的麻煩。

「你讓我試看看吧，我總覺得我好像可以淨化黑暗氣息，所以你就大方點把亞身上的都過到我身上，讓我試試吧。」拿出完全沒保障的說詞，黎沚討好地笑著：「反正試試又不吃虧……」

「出問題之後黑暗氣息就直接把你給啃了，連移回去都來不及，現在有仙氣可以鎮壓，我寧願等到找出方法後再實行。這場戰爭很多人或多或少都被黑暗氣息影響，連夏碎也是，不是隨便轉移就可以解決問題的，我們要找出最佳、而且能夠完全淨除的方式。」轉過頭，提爾一把提著某黑袍的領子，把他從地上拿起來面對自己：「而且轉移黑暗氣息必須有很強的力量，你覺得我會答應這種方法嗎！」

「所以我說——」

正想辯駁的人被猛然的淒厲聲響打斷。

抓人的跟被抓的同時轉過頭去，看見一個不知道是哪來的傷患用像是在逃命的速度往外衝。被巨大聲音驚擾，附近幾個工作室的治療士紛紛探出頭，疑惑地看著已變成一小點的背影。

「越見，怎麼了？」看見有人跟著從後面走出來，提爾直接詢問，「……從你的牢房裡面脫逃成功？」所以用創傷的大喊方式表現越獄勝利？

「哼哼……我可能讓他跑到外面去嗎？那又不是會敲牆的黑袍。」盯著被抓在空中、先前才有不良紀錄的某黑袍，只不過是路過的治療士冷笑了幾聲：「九瀾剛剛是不是有回來過？我聽到那個人一邊跑一邊尖叫說他的肺不見了，他的器官被坑了什麼的……」通常不見的話，應該是某個醫療班左右手乙來繞過一圈。

「唉，琳婗西娜雅又要罵人了，之前才說過不要再害醫療班負面新聞增加了。」居然指著他說冇變態就已經很慘了，還多一個偷器官的，醫療班遲早有一天會變成黑心交換魔窟……眞是太沒有禮貌了，他不過只是對喜歡漂亮的東西多摸兩把而已。

「所以我剛剛啓動了追捕法術去抓那個人，抓回來先下手爲強讓他失去記憶，接著把不見的東西補回去就好了。」聽見外面的慘叫聲逐漸被拉回來，治療士朝他們揮揮手：「放心，我會辦得很乾淨。」

……就是辦得太乾淨才可怕。

看著遠去的同僚，提爾開始覺得爲什麼都是同地方出來的兄弟，個性會這麼不同。

人家月見和藹可親又平易近人說。

「提爾，我脖子開始痛了。」勾住往後勒的衣服，黎沚抗議地抓住自己後領的那隻手。

隨便把人往地上一拋，提爾繼續往前走：「不管怎樣說我都不可能會答應你去幹傻事的，省省吧，當心我在地下放陷阱，讓你連靠近都沒辦法。」

「讓我幫忙啦～～～」

※

「我感覺好像又發生事情了。」

琳婗西娜雅看著外面的方向，突然有感醫療班的黑暗消息應該又多了一樁。

「反正你家醫療班又不是第一次出事情了，沒有炸掉應該就要偷笑了吧。」搖著手上的飲料罐，一起在室內密謀……不是，談論事情的某資深黑光頭這樣說著：「妳應該把左右手換了，妳家月見明明是很不錯的能力者耶。」

鳳凰族的首領轉頭看著眼前的導師，「不過九瀾跟提爾的能力還在他之上，月見只有控制黑暗氣息的特別專長，其他就和普通的治療士差不多，如果他能有超越那兩個傢伙的力量，我早就把那兩個只會增加負面消息的東西用砸的砸出醫療班了。」一個偷器官一個是變態，她這鳳凰族的首領早就被人家拿來看笑話了。

不過能力會證明一切。早期看不起她左右手的人，現在都笑不出來就是。

「算了，回到正題吧，我在古代文案上看見過光精靈那邊似乎能夠找到一些抵抗黑暗氣息的藥物，擅長藥物的古代精靈似乎有某些方法能有效戰勝黑暗。」不太去想那兩個人又做了什麼，琳婗西娜雅揉著發痛的額際回到他們剛剛的話題：「不過光精靈也就是古老的白精靈分支，現在幾乎已經沒有蹤跡了。」

「據說先前曾有使者前往神族，並非我們想像中那樣完全滅絕蹤影。」在席的另一名紫袍同時也是教職者淡淡地說著，「不過是一百多年前的事情，或許鳳凰族能夠派遣使者前往神族，我想對方應該不會刁難我們的要求。」

「唔……拜託賽塔前往詢問看看好了，他的身分也是古代精靈一員，只不過大遷移時斷聯了，我想在某方面應該比較容易探詢消息。」琳妮西娜雅無奈地嘆了口氣，「另外也只好繼續查詢各族的醫書，說不定還會有什麼消息。」

「我會到原世界的羽族繼續借取書籍。」紫袍這樣看著席間的其他人：「聽說很久之前曾經有人從暗地帶回來不少醫書，找到那些或許也能有點頭緒。」

「麻煩你了，荒神。」看著身爲翼族的紫袍，琳妮西娜雅覺得這次的麻煩眞的很大，前面的袍級們都打完了，醫療班的現在才開始打。

敲著桌子，光頭刺青的黑袍看著桌面上的玻璃杯：「學校方面可能也很麻煩，我們班有些小鬼冒出反對妖師的……眞麻煩，導師不能太常主動修理學生……」

七里荒神轉頭看著隔壁的導師：「……會死的，學生們。」

「唉，多死兩次才會乖啊，現在的學生眞的是超難應付的，你看每年來找我單挑的一屆比一屆多，就知道有多麻煩了。」聳聳肩，黑光頭向同僚表示自己的無奈。

「……我沒遇過。」他想，會前來找眼前這人單挑的是因爲這人本身自己也有問題吧？

「唉，你眞不受學生歡迎。」

「……」

轉頭看著工作室外的風景，琳妮西娜雅突然覺得其實當初沒有進去那間學校算是一件好事。

眞是亂七八糟的地方！

女孩們的故事

白色細紋的水晶花朵豎立在花瓶中。

大戰之後，某王子派人送來了昂貴高雅的花束被供在房間小櫃上，平常就罕少有人來訪的病房此時除了淡淡的花香氣息之外，還有個完全突兀的味道。

身爲目前正在長期使用房間的傷患莉莉亞看著手上的白色飯糰，然後再轉頭過去看最近經常沒事就會提著一籃飯糰從外面晃進來的人，「你會不會太閒了一點？本小姐不缺人沒事過來吃午餐。」

幾乎半隱形在空氣裡的人瞄了她一眼，毫無反應地繼續啃著自己手上據說是限量的玉子飯糰，「沒吃飯才會火氣大。」

幾乎想把手上的東西砸在眼前堪稱校工傢伙的腦袋上，莉莉亞一如往常忿忿地用力咬掉半邊的飯糰米飯，裡面塞著一坨不知道是啥鬼的黑色東西，不過無法否認的是，這個隱形的僞校工還滿會選擇食物的，每次帶來的不同飯糰有著不同口味，但是都很好吃。

「那個……千冬歲他哥現在有比較好一點嗎？」吃了一下之後，空氣實在是太過沉悶，莉莉亞偏開頭小心地開口詢問著。

第一天時，飯糰狂走進來說他是陪人來探病的，不過不好意思打擾人家兄弟交流所以才來認識人的房間裡吃東西。

第二天開始，他偶爾就會說些其他話題，不過大多很無聊。

莉莉亞詢問過這房間的治療士，她說那個紫袍傷得非常嚴重，所以是由特別的治療士做醫療，目前稍微有起色。

瞄了床上的女孩一眼，萊恩緩緩回應：「昨天回去時，歲很高興地說他跟他哥聊上了兩、三句話，也問到對方喜歡什麼樣的食物，估計今天回去應該會說更多吧。」不過根據他聽到的，其實也不過就是聊了今天天氣很好、學校沒事情、你喜歡吃什麼這樣的話題，而且還重複講了好幾次。

他的搭檔之前那種英明神武的囂張態度一去不復返了。

萊恩深深覺得，再過不久某人的戀兄癖應該會更上一層樓。

「喔。」

話題中斷，莉莉亞繼續啃著自己的午餐。

盯著女孩的面孔，之前嚴重的傷害已經被治癒了七、八分了，只剩一些可怕的痕跡還稍微分布在上面。

萊恩知道這個年紀的女孩大多多少都會化妝，他想可能弄個粉什麼的上去，那些痕跡應該也看不太清楚了。

不過他沒有開口，因爲之前說錯話才被女孩用飯糰砸。

爲了飯糰的生命安全以及至高無上的存在價值，他決定還是少說話比較好。

用過午餐之後，萊恩把四周整理好，拎著空盒子打過招呼後便往外晃開。

「等等。」喊住對方之後，莉莉亞自己也稍微愣了一下，然後連忙轉頭去抽了根花瓶裡的花遮掩住不自在：「這個，聽說是很貴的藥材，給你吧，吃你那麼多次飯，等我出院之後換我請客，不然會被別人笑說本大小姐連回禮都不會。」

接過水晶花朵，萊恩看了她一眼。

「妳喜歡吃酸的對吧？」

「啊？」沒預料到對方會突然蹦出這一句，莉莉亞整個人完全不知道怎樣接話。

「飯糰幾乎挑有梅子的吃。」舉了舉手上的空盒子，萊恩對著女孩說出近日觀察心得。

「我、我哪有！」她只是下意識挑比較對口味的吃吧！

「……妳跟孕婦經常會喜歡的口味很搭……」

一個枕頭直接飛過去，力道相當大，把還未說完話的某白袍砸到走廊外面。

「萊恩史凱爾，你給我死出去啦！」

❀

「萊恩有來過喔？」

下午後，第二個訪客加第三個訪客一起踏進病房，「喵喵好像有看到萊恩剛剛在附近逛。」提著探病的水果和點心，開朗的某藍袍愉快地直接蹦坐在病床邊。

「不知道！」轉開頭，莉莉亞冷哼了聲。

「最近好像滿多人都在醫療班總部進進出出的。」深深覺得這裡的人數突然增漲幾倍，庚走過病房的另外一端拉開了窗簾順便開了窗，微風立即從敞開的窗口吹拂進來。

「喵喵覺得醫療班還是人少一點比較好，不喜歡這麼多人，這樣代表受傷的人很多。」自動在床鋪邊打開帶來的點心，喵喵咧著大大的燦爛笑容將盒子遞過去：「這是喵喵自己做的喔。」

看著眼前的笑臉，就算是莉莉亞也不好意思打壞對方愉快的心情，只好拿了點心慢慢吃。

不知道是不是她的錯覺，總覺得自從開始休養治療之後吃東西的頻率變高了？

莉莉亞開始對自己只進不出的體重感到憂心。

「唉唉，妳們幾位只來這邊都不來找我玩，大姊姊眞難過啊。」

就在莉莉亞正想偷偷看看肚肉時，猛地腦袋上被人一壓，平空出現的白皙手臂直接壓在她的頭頂上，完全不將她當作是還在休養的傷患，一點客氣的意思也沒有。

「妳、妳是從哪裡冒——」

把底下的人繼續往下壓，奴勒麗無視於對方的掙扎很愉快地朝喵喵兩人拋了一記飛吻：「哈囉，兩位大美女小美女。」

「奴勒麗～妳怎麼會在醫療班？」睜大碧綠色的眼睛，喵喵偏著頭疑惑地眨了眨。

「喵喵～妳好可愛喔～」某惡魔撲過去，抓著白白的臉頰當作麵團般左右搓揉。

「夠了，別男女通吃。」嘆了口氣，庚按住了不回話反騷擾的惡魔肩膀。

「庚也是大美女啊。」勾起邪惡的笑容，奴勒麗直接搭在她的肩膀上：「好吧，我只是剛好路過而已，他們爲了大量武士感染黑暗氣息的事傷透腦筋，所以找我協助。」

「惡魔有辦法處理嗎？」喵喵連忙拉著她。

「我只能拔掉一點點喔，那可能要大魔王等級才可以，所以我晚一點要回去脅迫……不是，麻煩我認識的魔王看看能不能提供點什麼幫助或者是意見。」看見自動送上門的小姑娘，奴勒麗心花怒放地直接抱住，然後搓搓白白軟軟的臉：「畢竟惡魔和妖怪比較類似鬼族嘛，說不定我們才是黑暗氣息的剋星喔。」

「如果是這樣的話就太好了。」用崇拜的目光看著眼前可能是救星的惡魔，喵喵露出大大可愛的笑容。

「衝著喵喵，我會努力幫忙的。」好可愛啊，純眞無瑕眞是殺死惡魔的一把刀，好想就這樣直接帶到惡魔界去……不過可能會跟整個鳳凰族爲敵，還是看看就好。

「……鳳凰族居然也委託惡魔，眞是墮落了。」看著眼前不是正規種族的惡魔，莉莉亞冷哼了聲。

「妖精族還不是也跟惡魔混在一起了嗎，別介意這種小事嘛，大家要互相幫助才有意思。」搖著黑色的尾巴，奴勒麗騰過手扯了一下床上傷患的臉，嘿嘿地勾起嫵媚的邪惡笑容：「大姊姊知道妳是彆扭的小孩，惡魔最喜歡你們這種說話不誠實的孩子，下次沒搭檔的話可以考慮來找我喔，我正好也缺搭檔。」

「我、我才不缺搭檔！」用力地抹了一下剛剛被摸的地方，莉莉亞紅著臉大喊。

「眞是太好了，莉莉亞每次都一個人出任務，奴勒麗也是，這樣剛好可以配合搭檔。」拍著手，喵喵快樂地抱住床上人的臂膀：「而且莉莉亞要當黑袍，可以跟奴勒麗學到很多東西喔。」

「我、我才不缺——」

「這樣應該也不錯，畢竟當黑袍的搭檔能學到的事情遠遠超過一般袍級，妳可要好好珍惜這個機會。」庚微笑地看著學妹，這樣拍了拍對方的肩膀：「加油喔。」

這些人是會不會聽人說話啊！

莉莉亞差點沒原地氣爆，一轉頭就看見挑起騷亂的惡魔嘿嘿嘿地朝她竊笑。

「那就這樣決定啦，搭檔。」魔爪伸過來，在她頭上搔了搔，爪子的主人露出邪惡的微笑。

可不可以就這樣別出院呢？

那一秒，莉莉亞是眞的如此認眞地考慮。

❋

「果然是妳們。」

就在房間裡聲響稍微過大時候，也將附近的人給吸引過來，「我說，下次妳們要鬧之前關上房門吧，走廊聽得很清楚喔。」在門板邊叩了叩兩下，剛好陪某人來的歐蘿妲無奈地看著房間裡幾個人說著：「小心會被其他治療士趕出去喔。」

「不小心太大聲了。」喵喵捂著嘴巴，然後看見歐蘿妲身後的兩人又立即放下：「啊，妳們怎麼在這邊？」

站在歐蘿妲身後的菲西兒向所有人熱情地揮揮手，後面的短髮同伴則是默默地點了頭，「好巧喔，我跟登麗回來複診的，登麗一直說沒事了，不過上次她被鬼族的兵器傷到，治療士很慎重地說要按時回來呢，所以我就將她拖來囉。」

「喔，登麗要按時回來複診喔，不然妳會被轉到越見的工作區。」很熟悉這裡流程的喵喵對眼前的女性提出忠告。

「嗯，謝謝。」雖然不知道那個越見是誰，不過登麗還是禮貌性地道了謝。

「我剛好碰見她們，準備聊一點雪國方面的事情。」露出「那裡可能有商機」這種表情的歐蘿妲勾了勾微笑，然後聳聳肩：「反正我還得在這邊待上一陣子，當作打發時間了。」

「哪、哪，既然來了，喵喵有做點心喔，大家一起坐下來吃。」捧著裝滿甜點的盒子，喵喵衝著其實不算太熟的兩名友校學生綻出大大的友善笑意。

看了自家搭檔一下，得到首肯後菲西兒快快樂樂地進了病房，後面的人則是盡責地關上門，「妳們在慶祝什麼嗎？剛剛好熱鬧的樣子。」

看著一室的女孩，庚不知道從哪邊拿了些椅子，剛好在病床附近坐滿。被包圍在中間的莉莉亞一個尷尬，也坐到旁邊去，整張床鋪就這樣變成擺點心的地方。

「本來沒有的，現在要慶祝莉莉亞和奴勒麗變成搭檔。」喵喵抱著旁邊女孩的手，無視於對方臉上寫滿了「根本沒這回事」這些東西，很愉悅地告訴後到的三人。

「是啊，眞該慶祝終於有人敢當我的搭檔了。」按著豐滿的胸口，奴勒麗做出感動的表情。轉過去看著聽說是資優生的某妖精，歐蘿妲露出了「妳請保重」的眼神。全世界都知道當惡魔的搭檔會很慘，眞有勇氣。

「黑袍搭檔啊……這讓我想起來當初剛和登麗搭檔時的樣子，好懷念。」露出羨慕的表情，菲西兒看著面孔稍微有點毀損而正在復元的女孩，親切地握了握她的手：「在我們之後的人也一樣開始有了夥伴，祝福奇歐的妖精與惡魔能夠完成各種任務，永遠彼此相信。」

「菲西兒以前跟登麗是怎樣組成搭檔的？」眨著眼好奇盯著眼前的兩名雪妖精，喵喵問著：「我和庚庚最近也變成搭檔了喔～」

「我記得是幾年前的事情，因爲登麗很冷漠，我偷偷注意她很久了，總覺得登麗好強又很厲害，讀書還有學問都比任何人還要努力認眞，所以一直想要跟她做搭檔。所以登麗有一年生日的時候，我就厚臉皮送了她禮物，問她說還缺不缺搭檔……於是我們就這樣眞的變成搭檔了。」轉過頭看著還是很冷漠的朋友，菲西兒笑嘻嘻地說著：「很無聊的過程對吧。」

「才不會，這樣好棒喔。」喵喵露出笑容，看著旁邊的朋友：「喵喵本來也沒有搭檔，因爲醫療班跟袍級不太一樣喔，然後庚庚說她雖然沒有袍級，不過在喵喵工作時保護喵喵和出任務還是可以辦到的，所以我們也變成搭檔了。」

坐在旁邊的庚咳了一聲，拍了一下女孩的頭。

「不過，為什麼庚小姐沒有去考袍級？」在大競技賽時對於這位女性印象很深刻的登麗看著她，發出自己的疑問。

「嗯……應該說我比較懶惰吧，加入公會之後有很多事情都無法隨心所欲，所以就放棄袍級囉。」微笑著回應，庚毫不隱瞞地告訴眼前的妖精：「而且我也只偏好蛇眼，被選為繼承人之一後我便專心這領域了，袍級對我來說就不太重要。」

「原來如此。」點點頭，登麗不再繼續詢問。

「是說那個蛇眼好厲害，我記得傳說中蛇眼繼承者很少呢，就連學習都很難，沒想到庚是人類卻有這種厲害的潛質。」很認真地稱讚對方，菲西兒大方說著。

「嗯……當導師找上門時我也很訝異呢，因為聽說那位冰炎的殿下也曾經前往學習，不過導師好像告訴他與其學蛇眼還不如去學獸眼，他瞪起人實在是太恐怖了，簡直是把對手給嚇住而不是勾住。」想起這些事情，庚淺淺地笑了一下。

「啊，庚庚怎麼沒有說過這些事情，原來學長也有去學過喔。」咬著點心，喵喵立即小小地抗議了一下：「還有嗎？人家還想聽聽學長的事情。」

「嗯……就是導師告訴他訣竅之後經過了幾次實戰，發現對手都是嚇到不是被控制住之後

就告訴他說他實在是不適合學這個，所以妳最愛的學長算是我半個師弟，不過是無法練成的那種。」摸摸喵喵的頭，庚把剩下的料順便爆完。

「哇……可是學長常常在瞪漾漾耶，這樣說起來漾漾好厲害，居然沒有被嚇住。」撐著白色的床鋪，喵喵晃著腳，在腦袋想起她開花對象常常在瞪自己朋友的樣子，「希望學長可以快點回到這邊來。」

「關於這件事情，已經很多人在想辦法了，一定很快就能解決了。」歐蘿妲淡淡地說道，暗暗在心中也嘆了口氣。

有些事情，他們無法幫忙，也只能這樣看著。

「不說這種喪氣事了~話說回來，那個叫萊恩的小朋友最近好像常常來找妳喔，莉莉亞。」話題一轉，奴勒麗露出笑容，一手搭在她搭檔的肩上。

沒想到迎面突然打來大浪，莉莉亞直接愣住：「才、才沒有……爲什麼突然說我這裡……」

「啊，臉紅了。」戳著女孩的臉，唯恐天下不亂的惡魔竊取了對方急於遮掩的心聲：「不用那麼害羞啦，又沒說什麼，別緊張別緊張。」

「我才沒緊張！」霍地站起身，莉莉亞看見了一堆人一堆眼珠子全部放在她身上。

她被陷害了！

「喔啊，難怪萊恩最近常來問喵喵女生會喜歡什麼樣口味的飯糰。」

一直以為他是要嘗試新口味所以沒有察覺不對的喵喵拍了一下手，想起來自己提供給他很多意見。

「那跟我沒關係。」馬上撇清，莉莉亞連忙搖頭。

「眞是美好的季節。」看著窗外，庚感嘆著自己好像年紀也不小了，青春眞是無限好。

「就說跟我沒關係了，只是他自己說等人很無聊才跑來找我吃午餐的！」對，他們不過就是最近常常在一起吃午餐，什麼事情也沒有嘛！

驀然想起之前哭的時候那傢伙也給自己飯糰，莉莉亞整張臉跟著紅了起來：「我先說，只是他帶的東西還滿好吃的，所以我才跟他一起吃飯糰，和妳們想的那些事情完全沒關係。」

「喔，可是我們什麼都沒想。」歐蘿妲涼涼地戳了她一刀。

「是說，萊恩其實比較喜歡風景好的地方，聽說氣氛佳飯糰會更美味，所以他常常去白園吃飯，莉莉亞如果下次要找他吃午餐可以選那邊喔。」身為好友一號的喵喵很認眞地提供最佳午餐地點。

「白園？那裡倒是滿漂亮的……等等！我認同個什麼啊！」不過就是吃幾次飯，而且那種根本不知道是什麼的消失種族……也只是綁起頭髮稍微好看一點，根本沒有什麼其他特別的吧！

很用力在心中先替自己洗腦過一遍，莉莉亞立刻跳離開一臉邪惡的惡魔旁邊。

太危險了！她居然忘記惡魔會竊聽別人的心聲，還是亂聽的那種，如果以後要搭檔她眞的必須非常小心。

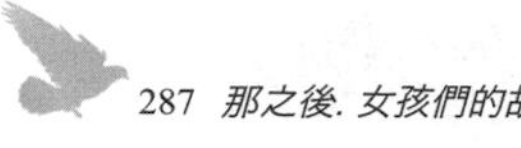

不對，她根本沒有同意要跟她搭檔啊！

「哇，好棒喔……」菲西兒眨著漂亮的眼睛看她，「雖然我們等等就要回去了，不過還是祝福妳一切都能夠順利喔。」

這些人全都想歪了！

莉莉亞瞪大眼睛看著雪國的妖精，有那麼一秒很可悲地發現這件事。

就在一切都跳到黃河洗不清的時候，給她最後一擊的事情也跟著發生了。

活像鬼故事中一定會出現的場景，就在眾人停下聊天的當晌，病房的門發出了奇異的聲音被幽幽打開。

整個房間的人都轉頭看向那個地方。

空無一物的地方緩緩浮出一個人，還是剛剛才被談論過的事主。

「我忘記問了……這個花可以拿去做飯糰嗎？」拿著和櫃子上探病用完全一樣的水晶花，在醫療班總部蹓躂一圈之後，終於想起這件大事的消失人種從門後出現身影，無視於滿房間全都盯著他看的女生慢慢地問著。

聲音不大，但是也已經不小了。

奴勒麗看著男孩手上那朵花，然後再轉頭看著女孩旁邊櫃子上那束花。

「喔啊，原來如此。」

那一秒，莉莉亞・辛德森有種她再怎樣解釋都全然無用的感覺。

「妳們一堆人在這裡幹什麼？」發現全部人都盯著自己看，生平沒有被那麼多目光盯在原地過的萊恩也感覺到不對勁了，尤其是惡魔臉上還有種很明顯、明顯到不行的詭異竊笑。

看起來，進入時間錯誤。

「聊天。」滿房間的女孩只回答他這兩個字。

「……」

然後，就在萊恩還沒反應過來的時候，今天第二顆枕頭直接砸上他的腦袋。

「萊恩史凱爾，你給我死出去啦！」

於是在那天之後，流傳在女孩們之中的故事又多了一條。

即使故事主人打死都不承認。

搭檔

「你找誰？」

女孩的聲音在打開門之後傳來，他低頭往下看，不意外地看見了仰著頭露出疑惑表情看著自己的小臉，「哪，主人現在不在，小亭正在家裡等他回來，暫時不能有人進來。」

「啊，我沒有要進去，這是給妳的食物。」提著食盒，幾乎每天都會繞過來紫館附近房間的阿斯利安一如往常微笑著說。

「呀～～」接過大大的盒子，目前正在固守房間的小亭發出歡呼聲。

雖然知道詛咒體不用吃食，不過印象中學弟曾說這個詛咒體有點異常，阿斯利安勾出微笑。

被禁止進入醫療班的重症室，一個人在這裡不會離開半步，他不知道詛咒體會不會有孤單的感覺，想著有空時帶些什麼過來，或許可以分散點她的注意力，於是在回到紫館後他便經常送東西過來給她。

「啊，謝謝。」抱著食盒，小亭恭恭敬敬地道了謝，足見她主人給予的教育之良好。然後女孩轉回房間，拿出了昨天吃空的盒子：「這個要還給阿利的，謝謝。」

接過空盒，趁空檔他蹲下來摸摸女孩的頭：「在家裡要乖乖的喔，明天我再帶點心給妳。」

「小亭很乖，明天也會很乖。」露出滿足的笑容，任由對方碰觸的詛咒體就像與外表同年紀的其他女孩一樣點了點頭，然後才回到房間裡：「阿利掰掰。」

「明天見。」

房門在他面前被關上。

受傷之後，目前有一段時間必須配合調養的阿斯利安勾了勾笑，然後才轉身繞過長廊，走回屬於自己的房間。

遠遠地，就看見有人站在自己房門前，而且還是動作愚蠢地抱著水晶花束。

「哪，尊貴的王子殿下，今天您身邊的僕人怎麼沒有跟隨而來？」笑笑地走上前去，阿斯利安無視於對方猛然皺起的凶惡表情，自行打開了房間的門要讓他先進去。

「我只是來看一下。」硬是把花丟給對方，原本就不打算進去的休狄冷冷地哼了聲準備立即離開。

「嫌我的地方不好嗎？連進來都不進來，這樣下次就別說狩人一族不懂待客之道囉。」抱著花束，阿斯利安還是彎著笑意，「那算了，下次見。」說完，他便自行踏入房間，正打算關上門，原本站在外面的人便卡了進來。

「……眞是寒酸的房間。」走入後，休狄張望著和室，怎樣看都覺得這房間還不如他住所的一個小隔間。

「抱歉哪，我東西就是少，不過茶水至少還是有的。」將花放在旁邊的櫃上，阿斯利安轉入小廚房準備了些茶點和茶水，放任那隻跟進來的黑袍在自己房間裡走來走去。

打量著感覺很狹小的空間，休狄注意到這裡東西真的很少，房間裡只有收摺好的床鋪而外面只隨手丟著幾本書籍和一台筆記型電腦，其餘就真的什麼都沒有了，連裝飾的晶石還是其他符咒物都沒有。

他想，可能是用其他方式收在看不見的地方。

整個房間裡硬要說最多的應該是探病的東西，就像他拿來的花束一樣，水果、點心、花、書、藥物和有的沒的一些大小東西佔了外廳很大的空間，光看就知道這房間主人有多受周遭人們的歡迎與關心。

那一大堆東西全都被堆放在角落，而休狄看著看著也跟著挑起眉。

「王子殿下，你打算一直站在那邊清算禮物嗎？我還沒全都看完，如果您願意幫我開張清單我會更感謝你。」端著木盤出來時，阿斯利安看見的就是有個人用詭異的表情瞪著別人探病禮物這樣的畫面。

「……哼。」甩開頭，休狄直接砰地聲在矮桌前坐下，「你的眼睛……」

「啊，差不多習慣了，這幾天我都去找戴洛練習，已經沒什麼問題了。」下意識按著無法再視物的眼部，阿斯利安回答了對方：「即使少了眼睛，大戰時我仍有幫上你的忙喔，所以你不用太過於擔心。」

「大戰……」皺起眉，休狄猛地收緊了拳頭，語氣也突然倍增惡劣：「如果你下次再拿性命來做這種事情……！」

「放心，我知道自己的極限在哪邊。」淡淡帶過一句，阿斯利安捧起了茶杯，暖意立即蔓延到手掌上。

瞅著眼前的紫袍看了半晌，似乎想到什麼事，休狄臉色變了變，音量也突然減低了些：「你……眞的不再做我的搭檔，現在你狀況變得這麼差，會讓戴洛綁手綁腳吧？」

他記得眼前的少年曾跟在自己旁邊，雖然時間短暫，卻是他所遇見的人之中最優秀的一個。

那短暫的時間裡，休狄原本以爲這次眞的可以找到一個適合的人選。

但是很快地，他們拆夥，就如同其他曾經來找黑袍當搭檔的人一樣，只是阿斯利安是持續最久的那一個。

「如果你無法珍惜他人……不，任何一種生命，我永遠不會再當你的搭檔。」閉了閉眼睛，那一瞬間他看見的是最後一次合作任務中失去性命的無辜種族，阿斯利安斂起笑意，這樣告訴他：「是的，永遠都不會。」

※

巨大的聲響直接透過門板傳來。

正打算利用任務空閒時間來找自家弟弟的戴洛一站在門前，聽到的就是這樣的聲音。

「阿利！」猛然打開門之後，他看見的是一張完全粉碎的桌子和站在桌前怒氣騰騰的王子，而房間的主人一點驚嚇的樣子也沒有，還坐在原地緩緩地放低手上的杯子。

「隨便你！」

撂下這樣一句話之後，休狄忿忿地踏出房間，連一旁還滿頭霧水的戴洛也不予理會。

看著氣沖沖的黑袍消失在走廊的另外一端，戴洛才提著東西踏進房間：「你先的還是休狄先的？」

「通常都不是我先的。」聳聳肩，阿斯利安將手上的杯子拋到那堆桌子的碎粉末中，幾乎在杯子落下的瞬間，連同粉末全都在眨眼間消失：「這下子又要向賽塔告知房間物品毀損了……」這可是宿舍配給的桌子，看來他得去重新買一張回來了。

「你明明知道休狄脾氣很差，就不要常常惹惱他了。」戴洛在旁邊坐下，無奈地看著自家似乎無害但是性子其實也滿激烈的兄弟。

「我不是故意的……抱歉，可能我最近心情也不是很好。」嘆了口氣，阿斯利安無力地垂下肩膀，然後立即抬起頭：「你帶了客人嗎？」

「啊，我差點忘記了。」連忙重新去開了門，戴洛一臉抱歉地看著剛剛跟著自己回來然後直接被遺忘在外面的人：「不好意思，剛剛一團混亂——」

「沒關係，請不用介意。」跟在後頭進來的尼羅朝著房間主人行了禮：「打擾了。」

「咦，難得看見你到這邊來，有事情嗎？」直接站起身，阿斯利安看著眼前平常無事不會出來晃蕩的狼人。

「……」

「我剛剛在路上遇到的，因為買了很多原世界的土產，問他沒事所以一起帶過來了。」露出大大的微笑，戴洛拿起剛剛那包東西，一打開裡面全部都是手工餡餅。

「那我去泡茶，剛剛全被打壞了，不介意沒桌子吧？」一邊說著，阿斯利安一邊往小廚房去找備用的茶具，還好探病的人多，送來的各種茶葉和茶具相當充裕。

推著狼人在隨便一個空處坐下來，戴洛盯著眼前同樣問題很大的人看：「對了，為什麼你會站在黑館附近發呆？伯爵出門嗎？」他記得這個管家向來很少閒晃，一開始還以為他在附近有事情，詢問之後才確定他是真的站在那邊發呆。

「沒有，我想應該是我自己的問題。」端正地坐在和室地板上，尼羅突然罕見地嘆了口氣：「或許我在擔任管家方面來說還不太夠資格……」

「如果尼羅不適合，那我想應該就沒有人適合了吧。」從廚房探出身，阿斯利安端著木盤子走出來：「發生什麼事情嗎？」

「先吃點東西心情會比較好。」把餡餅分了放在內附小紙盤裡，戴洛遞給眼前一看就是有點沮喪的人。

規規矩矩地吃了幾口餡餅後，尼羅放下盤子：「是這樣的……因為對鬼族一戰後，主人似乎有點怪怪的，結果今天突然詢問說讓我當他的搭檔。」

不是早就是搭檔了嗎？

疑惑地與自家兄長對看一眼，後者聳肩表示不曉得，阿斯利安只好開口誘導詢問：「那很好啊，我一直覺得你們合作得很恰當，只是差去考一個袍級身分而已。」

「不，我認爲與主人有著相等身分是不合宜的，一直以來身爲管家，協助主人是我的本分，但如果因爲這樣就變成搭檔，就太過踰矩了，與身分不符；且一個夜行人種與狼人合作搭檔，在同族裡主人會讓人笑話。」很認眞地皺起眉，打從心底覺得搭檔這件事完全不行的尼羅這樣告訴另外兩人。

「……嗯，我猜你應該也是把這些話都告訴伯爵了？」大概知道是怎麼回事的阿斯利安看著坐在旁邊的人。

「是的。」爲了主人好，他必須拒絕搭檔的事情。

「那伯爵說什麼？」

一提到這個，尼羅眼神就黯淡了下來，「主人說，這樣他不需要我了，讓我滾出去。」

所以，管家會站在外面發呆的謎底揭曉。

完全知道是怎麼回事的戴洛無言地拍拍他的肩膀幫他打氣：「你放心啦，伯爵那個人嘴巴講的和行爲常不太一樣，要不你先跟我回狩人一族那住一陣子，等到伯爵心情好一點再……唔──」

直接一巴將自家兄長的腦袋推開，阿斯利安勾起完美的微笑：「我看你先在紫館待著吧，這裡離黑館也不會太遠，說不定等等伯爵就找你了。」還回去狩人一族咧！是要直接讓這對主僕永遠不用見面了是嗎？

「不，這樣太麻煩您們了，我會到附近找間旅館順便散一下心……」雖然很喪氣，依舊會把事情規劃好的尼羅告訴眼前兩人他打算住在旅館，過陣子確定伯爵眞的不需要他之後，他才會離開。

「這樣也好，當作度假吧。」

❀

把狼人送離紫館之後，阿斯利安與戴洛並肩站在外頭。

「對了，我打算將你送回狩人一族暫時住一段時間。」終於想起自己另外一件正事的戴洛嚴肅起神色。

「不用了，我在這裡可以照顧自己……」

「阿利，別跟我辯，我是你兄長，你確定你能瞞得了我多少事？」看著已經失去光芒的左眼，戴洛心中又開始難過起來：「你來找我練習時，用了輔佐法術所以才看起來很正常，別讓我擔心了，至少先回去一趟，父親和母親很擔憂你。」

抿著唇，阿斯利安微微皺起眉：「你跟他們說了？」

「不用說他們也知道，你和冰炎的殿下闖進鬼王塚的事情已經幾乎所有人都曉得了，下次不要這麼莽撞。」拉起他的手在掌心用力一拍，算是當作處罰，戴洛無奈地說著：「你挑兩天回去走走，我陪你一起回去，時間我都空出來了。」

「可是我……」

正打算說點什麼，阿斯利安停下動作，轉過頭看見剛好也從紫館出來的人。

「你們兩位站在這裡做什麼？」剛好進去找紫袍算帳款的夏卡斯停下腳步看著他們：「最近有大型任務喔，那些鬼族跑來跑去造成很多麻煩，有興趣可以跟我聯絡，價錢都還滿優的。」

「我暫時不接任務了，要和阿利回鄉一趟。」直接打斷自家兄弟未說出口的話，戴洛露出笑容：「不好意思，不過可以推薦幾位給你，應該會很有幫助。」

瞄了兩人一眼，夏卡斯明白地點點頭：「回鄉一趟也好，休息好才可以繼續往前走，有幫得上忙的地方可以跟我說一聲，不過不貸款，謝謝。」

「難怪冰炎的殿下會說你是錢鬼——」

幾個聲響很快又打斷了未竟的話題。

明明還是白天，三個人附近突然冒出了好一些蝙蝠，吱吱地亂叫著。

因為常常見到這種畫面，所以完全沒有被驚嚇到的三人甚至還可以預知接下來兩秒應該會掀出黑色的斗篷然後有隻吸血鬼衝出來。

結果，完全如他們所料，不久之前才被談論到的夜行人種平空踏了出來。

「喔喔，難得看到伯爵大人白天到處晃蕩，改興趣要白天散步了嗎？」一看到出現的人，夏卡斯皮皮地打了招呼。

完全沒心情跟他瞎扯的蘭德爾沉著一張臉看著旁邊的兄弟檔：「尼羅呢？我追蹤到他的氣息消失在這附近。」

會消失在附近是因爲用了移送陣。

暗暗地這樣想著，阿斯利安露出了微笑：「沒看見呢，尼羅不是都在黑館嗎？」

「阿利，你說……唔……」爲人兄長的人被送了一拐子，痛得暫時說不出話來。

無暇注意到戴洛的異狀，蘭德爾悶著張臉，冷冷地說：「罵他兩句，人不見了。」一開始還可以看到人在黑館外，不過就是拿本書，一恍神就沒看到人影，他原本以爲那隻管家會自己乖乖回來認錯，可是等了兩個多鐘頭就是沒看見有人回來的跡象，感覺不對勁的他才會匆匆忙忙讓蝙蝠出來追蹤氣息，結果一到紫館附近就斷了。

當下，蘭德爾突然驚覺該不會遇到什麼事情了吧？

雖然在學院裡應該不會有鬼族，但是常常有人神祕地消失在學院的一角必須等到有人發現才被救援。想到這裡，蘭德爾也不自覺開始有點擔心起來。

「奇怪，尼羅不太像是被罵兩句就會不見的人，你們吵架了嗎？」用著疑惑的語句詢問，阿斯利安看著對方。

「不算吵架，他那顆腦袋實在太死硬了，讓人很想發火，就這樣而已。」一想到搭檔的事蘭德爾就有氣，明明平常也都像搭檔一樣配合，結果一提馬上就訓他這樣不合規定，搞什麼鬼！

「原來如此，不過我們眞的沒有看見尼羅，你要不要在學校其他地方找看看，說不定跑去別的校區了。」很眞誠地提供意見給他，阿斯利安微笑地說著。

「謝了。」找人心切的吸血鬼根本沒注意到對方太過燦爛的笑容，一眨眼就消失在所有人面前。

伯爵跑掉之後，戴洛才扯著自家弟弟：「你爲什麼要騙他？」

「哪……剛剛尼羅說想去散一下心，短時間裡他們碰到該會再僵持下去，先拖點時間吧。」很清楚伯爵應該是一找到人就會繼續罵，阿斯利安覺得讓他多跑兩圈也不算過分。

「你們在拐伯爵喔？」推了推旁邊的少年，覺得事情滿好玩的夏卡斯問著。

「有點原因。」

「眞是的，說點讓我聽吧。」整個起了興趣的夏卡斯很八卦地湊過去打聽消息。

於是，在那天下午之後，風之精靈又捎來訊息。

聽說在某人的不經意誤導下，找管家的伯爵把整座學院給翻了一圈，還把惡魔警衛和管理人都抓出來找，就是沒找到人。

約莫在三天後，某學弟去左商店街買飯糰才巧遇到正在老張店前和小孩玩的管家。

後來伯爵殺去直接抓人，接著差點沒把藏匿人的旅館給拆了。

不過之後似乎沒有再提到搭檔這件事情了。

過一陣子，又看見那對主僕出現在四周一副相安無事的樣子。

眞是可喜可賀。

曾經的親人

學院復學後，那名倍受矚目的妖師僕人回來後又過了幾個禮拜。

大戰結束後基本上都負氣住在外面的西瑞．羅耶伊亞在收到父兄最終警告信之後，就算怎樣不情願也還是乖乖地在黃道吉日那天捲好包袱打道回府。

因爲上次他私自竄逃參戰，所以一回到家族後連包袱都還沒放下，完全不意外就直接被叫去海罵了一頓。

當然不可能乖乖被罵的西瑞在那個看來沒完沒了的老頭說到不准和妖師往來、情緒到達最高亢奮點時，也很乾脆地踹門出來，完全無視後頭的怒吼。

……好啦，要全身而退當然也不太可能。

「嘶——該死的臭老頭，居然給本大爺下手這麼重。」舔著獸爪上深可見骨的血洞，西瑞半躺在建築物的石瓦上瞇起眼睛看著附近還在找他的人。

跟那個老頭海打一頓後他就躲到庭院外面，幸好他家夠大夠多地方可躲，那些下人還沒本事找到他大爺。

不過話說回來，今天難得只有老頭對他動手，他家老大完全坐在旁邊看戲，罕見地沒有出手幫那個臭老頭，如果那兩個傢伙一起來的話他大概又要被丟去關禁閉了。

脫下外套撕成布條，西瑞隨便在幾個比較大的傷口上捆了幾圈，然後開始計畫逃生路線。

現在轉頭回去，他絕對會忍受不住繼續往那個死老頭的臉上呼巴掌。

就在捆好傷口準備調頭時，他突然聽見下面原本在搜尋他的人像是炸了鍋的螞蟻一樣，不知道爲什麼驚慌失措到處逃逸，好像有啥鬼神降臨之類的東西出現了。

約莫五分鐘後，某種黑色的影子出現在下方，看見之後西瑞立即就知道爲什麼剛剛那堆下人會哭著逃命了，對他們來說，這個人應該比惡鬼還要可怕吧。

他看見幾乎已經很久沒回來的老三悠悠哉哉地從另一端走過來，在他到達之前所有人老早全都撤光，一個也不剩，就怕此人經過之後身上可能又會少什麼東西。

盯著黑色的影子慢慢經過，然後往另外一個方向離開。

反正閒著也沒事幹，於是西瑞就開始跟在自家兄長後面順便當作追蹤練習，而且跟在他後面那些抓人的傢伙通通都會自動散乾淨，一舉兩得。

跟平常不太一樣的是，走在下面的九瀾並沒有帶著詭異的笑去獵捕那些逃走的人，反而是帶著束白色的花走出主屋範圍，往比較偏僻的地方走。

跟著走了一陣子後，四周越來越荒涼偏僻，最盡頭的那棟建築物已經很久沒有人住了，完全荒廢，他家的死老頭要原本在那裡的僕人撤走，任由藤蔓和其他野生植物隨意生長。

在殺手家族中，大概到了西瑞這年紀之後就不用都住在一起了，很大一部分原因是怕主屋遲早毀滅，也因此可以在主屋附近選自己喜歡的位置另外加蓋個人房舍。兩年前他家老頭問他要什麼房子之後，聽說現在建築工人還在一邊蓋一邊哭，不過也終於快完成了的樣子。

看著那長滿藤蔓的地方，他突然想起來，其實這是另外一個人的住所。

穿著黑色的衣物，九瀾一踏進去房子範圍後，像是隨時會消失在植物裡，層層的黑綠色幾乎將人給包圍覆蓋。

拍死幾隻蟲蠅，西瑞站在外圍，看見那人把花放在屋子門口，並未走進去。

其實這沒有什麼用處，他們都知道獸王族死後會回到安息之地，就像其他人一樣，除非這間房子的主人死了變成怨靈還是鬼族則又另當別論。

屋前還有幾束已經乾枯的花，自從主人不在之後，每到差不多這個季節就出現一些花朵，有時候是一些小東西，剛開始他們現任那個光頭班導拿來不知道是哪一族的引路燈，結果一放就滅，那時大家就有默契屋主可能永遠回不來了，所以便默默地在季節來臨時在這裡放上點東西，就像九瀾做的一樣，但是從來沒有人踏進過這間房子。

放下花之後，九瀾站在原地好一段時間，彷彿在思考些什麼，然後才轉頭望向他的方向。

「西瑞小弟，你還打算躲多久啊？」

※

「嗤，本大爺才沒有躲。」

從藏身處輕輕鬆鬆地跳下來，西瑞衝著對方冷哼了一聲：「你跑來老四的屋子幹嘛？」

很久很久以前，他們之間排行第四的兄弟就沒有再回來過了，任由這裡荒廢著。

「沒啊，不過就是今天是他回不來的那天而已。」看著旁邊多出來的另一束小花，九瀾冷笑了聲，會在他之前來的只有那個光頭。

「又一年了？」抓抓臉頰，西瑞抬頭看著長得一年比一年好的藤蔓和野生植物：「嘖，幹嘛不把這裡整理一下，搞得像間鬼屋，如果本大爺回來看到房子變成這樣，還住得下去才有鬼！」

「你老子希望盡量不要破壞這個地方原本的樣子……還有你剛剛又跟老頭動手嗎？」拎起另外那隻血淋淋的獸爪，難得今天沒作怪的九瀾順手給他幾個治療的法術，連最細小的擦傷都消失得無影無蹤。

「哼哼，本大爺才不管他想幹什麼。」一治療完畢，像是要把今天的怨氣都發洩出來，西瑞馬上撲過去扯斷那些看起來很礙眼的藤蔓和植物，也不管那些東西還隱約發出詭異的尖叫，勇猛了幾分鐘後就把一些主要的大藤蔓全都折下來了。

看著自家小弟把周圍野生環境破壞得亂七八糟，九瀾環著手然後單手抵著下巴若有所思地盯著對方的背影，直到拆得差不多的西瑞注意到背後傳來有如鬼般的視線後才猛然回頭。

「你看啥！」

「沒事，我只是在想還是幫你切一塊部分下來擺著，當年我跟六羅這樣說時他死都不肯給我，所以現在什麼都沒有了。」盯著自己很想要的那條手，九瀾思考著乾脆直接來硬的應該會比較順利。

馬上往後跳開一大步，西瑞甩出剛剛才治癒的獸爪，「要幹架本大爺奉陪，有種就來一戰決生死！看今天可以走出這裡的會是誰！」

「放心，一定會是我，不過我今天不太想浪費力氣，改天再說吧。」聳聳肩，九瀾看著眼前經常愛找人打架然後被打得慘兮兮的兄弟無奈地嘆了口氣：「西瑞小弟，你身手要是不再多加強一點，改天怎樣死的都不知道。」

「吠，不要隨便亂詛咒本大爺。」看對方沒有對毆的意願，西瑞冷哼了聲收起了攻擊形態。

「我是說眞的，小六其實還比你強，不過也弄成這樣，我看你還是不要太鐵齒會比較好。」上前去拍拍對方瞬間僵硬的肩膀，九瀾很明白像這種警戒心過強的人很厭惡被亂拍，不過還是皮皮地去動他，「對了，要不要去吃點東西，今天心情不錯，我請客。」

「……該不會又是上次那種交換器官的地方吧？」西瑞用非常不信任的表情看著對方。他每次約人吃飯的地點都很有問題，雖然東西都很好吃沒錯，但是一定都會有某種活體生物新鮮的一部分在他眼前流動。

「放心，這次很正常，聽說上星期你那個妖師朋友跟一堆小孩在那裡聚餐。」偶然聽到同爲藍袍的女孩在說那家東西很不錯，九瀾就稍微留意下來了。

「漾居然沒有來約本大爺自己就跑去吃好吃的東西！」馬上想到的是這件事，西瑞發出不平之聲。

「所以我們現在去吃吧，我好像也很久沒有去那種店了。」普通的店面實在是勾不起他太大的興趣。

「咦?那個死老頭的人還到處都是咧……」說歸說，西瑞可沒有忘記自己目前正遭到自家老爸的追緝中。

勾起陰冷的笑意，九瀾露出光看就會讓人毛骨悚然的可怕表情：「我倒是要看看哪個人有膽量把我攔下來。」

「喔，了解。」盯著眼前排行老三的兄長，就算西瑞經常不怕死地和他單挑，也還是相當明白他的可怕之處。

下人是絕對不敢攔的，就像剛剛一樣，光逃都來不及了，還有誰敢出現在他面前。至於老頭和其他兄姊或是別的長輩高階者之類的也不敢攔他，除非他們想承擔整個殺手家族包含旁邊的老鼠貓狗莫名其妙少顆腎還是少個肝肺之類的後果。

他老頭永遠搞不清楚老三是怎樣把那些東西拿走的。

這或許就是有著鳳凰族血緣的恐怖之處。

西瑞突然覺得鳳凰族裡只有一個這種人眞是太好了，如果其他人也是這樣，那自己絕對以後打死都不可能和藍袍的打交道。

「西瑞小弟，請吧。」

「嗤!」

※

一路暢行無阻地離開殺手家族後，還沒進到學院附近的商店街，兩個正打算去吃大餐的兄弟碰巧在路上遇到另一個人。

正確來說，是另外一個妖師。

「啊，你是那個開眼的！」一看到對方後，西瑞馬上認出這個聽說是他僕人的什麼什麼親戚，叫然的那個。

「你好，又見面了。」禮貌性地打過招呼，然勾起淡淡的微笑望著他：「我是來找漾漾的，不過看起來撲了空，他好像回原世界去找他朋友了。」

「喔，漾～他有說過他好像有把這裡的事情和他一個很好的朋友說，下次本大爺也要去見識見識那傢伙長的是圓是扁。」居然讓他的僕人定時跑回家。

「原來如此，那就不打擾你們了。」

其實也跟對方沒有什麼好聊的，在送走殺手家族兄弟後，然站在原地等著另外一個陪著他來的人。

大戰之後，他的身分多少有點曝光，雖然不像漾漾一樣搞到幾乎大半數人都知道，但明白的人多少還是有。

站在人來人往的商店街附近，然很快就察覺到有幾道不善的視線，但礙於他的身分倒是沒有人敢真的上前找麻煩。

任何人都知道，找妖師麻煩等於直接在墳墓裡躺好。

他本身是還有七陵學院保護著，就是有點擔心在這邊的血親……

「然？發呆嗎？」

打斷了他的思考，不知何時接近他身邊的女性精靈輕輕地用手指劃過他的臉頰，像是棉絮般短暫地停留，柔軟的觸感立即消逝。

罕見的精靈族也引來不少人的視線。

「沒事，剛剛在想些問題。」勾出微笑，他幫眼前的精靈拂去肩上與人碰撞留下的髒污。

辛西亞看著他，溫柔的神情上帶著點明瞭，「想漾漾的事情?他沒事的，有很多朋友也會陪他，現在與以往不同，即使是妖師也不見得必定得死。」蹭了過去捱在對方的身邊，她抱著剛剛在商店街中找來的藍色透明花束：「即使有問題，我們還是可以保護他，對吧。」

「是這樣沒錯，謝謝妳。」看著自始至終都陪在他身邊的精靈女性，然閉了閉眼睛，然後讓對方握著自己的掌心：「時間也差不多了，小玥應該在那邊等著。」

「對耶，聽說今天商店街裡有進這種罕見的海中花，讓我找得忘記時間了。」抱著懷中的花束，辛西亞拉著對方的手，看著移送陣型畫出圈：「一般種族很少能看見這個，海中花只有人魚可以採下，在陸地上只能存活三天，第三天時會綻放最美的樣子，這花已經開了，看來今天應該是最後一天。不過沒關係，泡茶或是做點心也對身體很好喔，因爲有藥效……」

聽著精靈述說著花朵的功用，然很習慣地在移動位置之後牽著她走。

不管是以前或者是現在，精靈都是很喜歡靠近天然物品的生物。

在他們眼前出現的是妖師本家，也就是他目前的住所，這裡沒有任何人，只有空蕩蕩的大屋和他自己，辛西亞常過來陪他，冥玥偶爾想到會晃過來，他就在這裡學習事物和自己弄點東西。

其實生活很簡單，和外人猜測的妖師完全不同。

他可沒有閒情逸致天天去詛咒別人成爲黑暗的魔王。

才走沒幾步，另個女性從屋子的另一端走出來，沒什麼訝異的神色，彷彿知道屋主回來，「漾漾那個死小孩不在？」看著只有兩個人回來，冥玥挑起眉。

「沒有事先告知他，我想撲了空也是很正常的事。」望著眼前另一位繼承者，然微笑以對。

「也是，我也沒告訴他。」聳聳肩，身爲人姊還兼任邪惡紫袍的女性率先踏出腳步，對這地方相當熟悉地往庭院走。

「也不是什麼大事，我只是臨時想到想祭拜一下我父親，看來下次再告訴漾漾這些事情爲好。」因爲最近發生太多事情，已經超過忌日好一陣子了，趁著閒適下來後，然決定順便向上任的妖師首領報告這段日子所發生的事。

其實安葬妖師的墓地並不遠，就在那個鞦韆的樹下。

因爲害怕死後被人繼續找碴，他們將屍體焚化到幾乎只剩一點點骨灰之後才下葬，且也沒有立碑，就這樣無聲無息地消失在世界上。

走上前去，辛西亞準確無誤地將花束放在埋有骨灰的土地上，然後學習著東方的祭拜方式點燃了一束線香。

雖然他們都知道靈魂死後會進入安息之地或冥府，而精靈終將回到主神的懷抱。但是這是一種他們的懷念方式，讓風送出自己的心意，讓死者能夠傾聽到聲音而安心，然後永久地離開這個世界。

淡淡的香氣隨風飛散。

意思意思拜過之後，冥玥偏著頭看著那兩個目前還在交往的親友：「唉，真好，我也想要一個男朋友。」真是的，在單身的人面前拚命放閃光，讓她好妒恨。

轉過頭看著友人，辛西亞露出美麗的笑容：「小玥不要常常把人打跑的話，老早就有男朋友了。」也不知道是誰每次看到追求者就想盡辦法讓對方永遠不敢過來喔……

「小玥未來的男朋友不知道會不會也是精靈族的。」握著精靈女性的手，然勾起了笑：「妖師一族好像都對精靈很沒有辦法。」

「我死都不會找精靈當男朋友，你的女朋友是精靈還好，頂多以後老了被說老牛吃嫩草，但是不會有女人喜歡老的時候自己的老公還活像二十歲、外加長相端正美到讓人流口水，即使他多麼忠心都一樣。」那會造成視覺和心理的雙重壓力。

望著身旁的妖師，辛西亞握著對方：「如果有一天我們將永遠在一起，我會放棄永恆的生命，陪著我珍愛的人離開主神的懷抱，讓我們共同走向安息之地。」

看著女孩，然勾起溫柔的笑容，「不管發生什麼事情，我們都會在一起。」

盯著兩個又在自我世界中的戀人，冥玥打了個冷顫。

談戀愛的都是詩人和瘋子，她還是繼續保持她的單身好了。

妖師一族首領的居住地上吹過一陣風，已經無法再載動重量的鞦韆發出細微的聲響。

「對了，改天有空去拜訪我媽吧。」

然後，妖師們繼續在黑暗中活動。

不管是現在、未來，終將持續著。

懷念的過去

四周是一片黑暗。

就像任何時候一樣，他只能見到這樣子的顏色，不過早就已經習慣待在這片黑暗。

「帝、帝你醒著嗎？」女孩的聲音軟軟地在他耳邊響起，然後輕輕觸碰他的額頭，就算無法看見也能夠知道對方露出憂心的神色，精緻的臉上有著皺起的眉頭：「發燒了，臣哥，要叫醫療班過來嗎？」

「應該只是發熱，妳去泡上次提爾給我們拿來的藥茶，我想應該只是鬼族入侵之後暫時停留的氣息所造成的……」

他聽見熟悉的聲音，然後才知道自己似乎睡著睡著又開始發熱了：「我沒事，你們什麼時候回來的？」抓著摸著額頭的那隻手，他知道這是三個人裡最大的那一個，然後藉著對方的力道想起身，不過卻又被推回躺椅上。

「躺著。」帶著點淡淡命令的一貫語氣，雖然本人幾乎沒有察覺有這種習慣，「我和后只是回來拿資料，晚點要再出去辦理校舍的事情。」

「你說的是要和妖精接洽的校舍資料吧……我剛剛整理好了放在桌上，校舍裡有些地方要修改的我寫上了……」喃喃地說著，眨了眨即使想用力凝視但還是只有黑暗的眼睛，帝伸起手摸了摸自己的額頭，果然是偏熱了一點。

旁邊的人退開了一小段距離，接著傳來紙張的翻動聲，他知道對方已經找到那份資料正在閱讀著上面的文字。

半晌，淡淡的茶香飄來，帶著女孩輕快的聲音：「弄好了，帝你喝一點吧，要是退熱的沒效我就去把提爾給拖過來。」

小心翼翼地將他扶起，后在他的腰後墊了枕，確定他坐好才遞過手上溫熱的杯子。

嗅著熟悉的藥香，帝在兩個人四隻眼睛下將茶水喝得一滴不剩，果然在喝完茶水之後熱度也跟著稍退了，整個人輕鬆了不少，也不再暈沉沉直想睡覺。

「好點了嗎？」臣拿走他手上的杯子輕聲詢問。

「嗯。」點點頭，他轉向男孩與女孩：「你們快去忙吧，我已經好很多了，別在這延誤工作的時間，下次扇董事可是會故意找你麻煩的。」最後這句是針對男孩說的，因為那個不太正經的董事似乎很喜歡踩男孩的痛腳，每次來一定都逼到對方要抄刀砍她才肯逃走。

「她敢？」勾起冷笑，臣開始思考自己多久沒有磨刀了。

「我想她一定會找理由來敢的。」彎起溫和的微笑，帝深深認為那位董事絕對不會忌憚，然後拚命地來騷擾他。

他聽見旁邊的人啐了聲，卻沒有繼續說什麼。

「哪，最近事情比較多了點，等過陣子處理完之後，我們一起出去旅遊好嗎？」坐在躺椅邊，后興致勃勃地告訴了兩人自己思考多日的事。

「去哪裡？」轉過頭，他對著旁邊的女孩詢問。

「嗯……還不知道耶，不然我們回去以前住的地方看看如何？我記得帝之前才在說想要回去看看山裡的那些動物呢，對吧？」記起了以往他們曾住過的地方，也在那邊發生了許多的事情，后如此說著。

「對啊，現在那裡不知道變得如何了，原本希望有空回去看看的，不過到了學院之後好像經常沒有時間能夠回去走走。」到學校之後不管是他或者是臣、后，大家都因爲學院中的事務忙碌著，和以前空白的時間不同，大家都過得很充實也很有意思，這樣一待就是很長一段時間，快讓人完全遺忘過去在黑暗中的那些生活。

「你們兩個高興就好了。」看著兩人愉快地討論著旅遊話題，臣一如往常般不反對也不討論什麼，反正他並沒有特別需求，只要眼前的兩人愉快就好了。

「那麼就這樣決定吧，我等等要去外校開一個會，帝我幫你把一些藥放在桌上了，如果不舒服的話一定要吃喔，不可以又裝睡假裝不知道。」注意到時間不早了，后一邊開始整理外出所需物品一邊交代著。

「我曉得，臣哥應該時間也差不多了吧。」雖然不太能看見時鐘，不過他可以感覺到時間的流逝，他們已經聊了有一下子，不能再耽擱太多時間。

少年站起身翻動幾本資料，收在手中：「你再睡一下，我晚點帶東西回來吃，不用自己再去動手做。」

「好的。」

在對方扶著讓自己躺下之後，帝閉上了眼睛。

他能聽見他們拿著資料的聲音，小聲地交談了些話之後就紛紛走出房間了。

他知道，他們也順手關上了燈，因爲很久之前他就告訴過他們不需要爲他留燈。

傾聽著腳步聲遠離，帝緩緩地爬起身。

他能夠聽見聲音，雖然看不見，但他其餘感知遠比其他人更敏銳。

「鬼族的閣下，擅闖學院有什麼事情嗎？」

在一片黑暗中，有人輕輕翻開了窗簾，自外面踏步進來，那不是屬於任何白色種族的氣息，帶著闇黑而來。

「找你聊聊。」

對方這樣說。

※

他並沒有驚慌失措，也沒有立即攻擊對方，只是靜靜開了口：「……我不記得我認識過一位鬼王高手，現在應該稱呼您比申惡鬼王的第一高手或者是耶呂惡鬼王的第一高手？」

這舉動似乎也讓對方有點小小地愕然，不過他並未明顯地表示出來：「沒想到校舍管理人會這麼鎮定，不過如此孱弱的精靈石應該也無法有更多反應了吧。」

勾起一笑，帝抬起手掌：「為什麼無法呢？我只是無法忍受那些令人不舒服的感覺，但您僅僅是個鬼王高手……說眞的，我並不放在眼中。」

就在話語停止後，鬼王高手立即感覺到四周有著刀刃輕撫皮膚般的冰冽氣息，無法視物的青年掌心上出現了透明的刀刃指向自己，那是一種久遠精靈所留下的殺意，被隱藏在鞘中而出鞘必定見證鬼族死亡的兵器。

即使是安地爾，仍然對於刀鋒上的敵意感覺有所忌憚。

「或許你以往的實力很高，但是失去保護的兵器只能與對方同歸於盡。」不怎樣在意地笑著，安地爾擦去臉上被兵器風壓所割出來的血痕：「我並沒有敵意，也不打算在大戰之後繼續挑起新的戰爭、至少短時間還沒辦法，收起你的威脅吧。」

放下手掌，上面的刀刃隨之消失，帝順了順身上的長髮，然後站起身：「我知道你沒有敵意，否則你現在就不會踏在這裡。」微微皺了眉，他在四周散下好幾個法陣才勉強擋住對方讓人窒息的感覺，「但是你本身對我來說是種劇毒，請問完你想知道的事情之後快點離開。」

「不用太緊張，我們倒是很有時間可以談談。」彈了手指，安地爾愉快地嗅著瞬間變得清淨的空氣：「精靈一族的風應該會讓你比較舒服吧。」

感覺到四周氣氛全都改變了，帝有點訝異地瞠大眼睛，他知道這裡的環境在瞬間被改變了，類似精靈所居住的無雜質地區，也連帶地讓他剛剛的不適全都消失：「……你把我帶到哪裡？」

他感覺對方用了轉送法術，也曉得自己應該是瞬間被綁出學院到了很遙遠的地方，但是他不清楚這是哪裡，只是周圍的空氣與風讓他有點懷念。

「古老以前精靈一族曾經住過的區域附近，不過很久以前精靈以及附近所有種族都已經遷移了，剩下這片無人的自然環境而已。」看著眼前轉換之後的景色，很久沒有回到這邊的安地爾微微呼了口氣，然後抬頭看著被封閉的一切。

慢慢地坐在地上，帝摸著地面，細嫩的青草在他手下微微彎曲了身體，在他離開之後又筆直起來，脆弱卻又生命力旺盛的植物遍布都是。

「草地、森林……」他感覺到空氣中還有未散去的露水氣味，輕輕的風吹過他的髮，還能聽見不同的鳥叫蟲鳴：「天空……」站起身，他望著自己已經看不見的上方，試著摸索著四周每一種不同植物。

然後，他聽見那個鬼族不知道在做什麼，後面傳來很多聲響，似乎是在搬動某種東西。

「您帶我來這邊想要聊什麼？」摸到軟軟的毛皮，帝輕撫著靠在自己身邊的小動物，立即就知道這是頭獨角鹿，動物並不畏懼那個鬼族，所以他也稍微放鬆警戒坐了下來，讓鹿靠在身邊。

「亞那的小孩現在如何了？」沒有使用任何法術，安地爾搬下了一塊塊礙事的石頭丟在旁邊，太久沒回到這裡了，封死的地方經過百千年之後幾乎已經完全難以窺見。

「回答之前，請你先發誓詢問這些沒有任何惡意，也不再利用這件事做些什麼，我才能告訴你。」望著對方，帝摸著手邊的小鹿。

「你以為鬼族會有誠信嗎？」發誓，這可真好笑。

「既然如此，那請你把我殺了吧，如果之後因為這些話危害到其他人，不如現在什麼都不要說得好。」閉上眼睛，他這樣說著。

瞇起眼睛，安地爾拋開手上的小石塊。

像是察覺到不同的氣氛，獨角鹿抬起頭左右看著兩人。

「好吧，我今天心情算不錯，照你說的我可以發誓。」勾起冰冷的笑意，安地爾思索著自己的執行度會有多高：「換你了，說吧。」

緩緩睜開了無法視物的眼，帝朝著對方所在的方向開口：「我聽說您曾在醫療班中有著很高的地位……所以您應該知道黑暗氣息難以根除，雖然他們找回了靈魂，但是需要更久的時間才能讓亞殿下重新醒來，如果您掛念那位，為什麼不告訴我能夠救治他的方式？」

「我並不掛念他，那傢伙除了是亞那的小孩之外，對我來講就不具備什麼可以讓我幫忙的條件，除非你們願意把人給我，否則讓我出手、我又有什麼好處。」既然當不成他的搭檔也不願意加入鬼族，他沒事跑去幫敵方救人做什麼。

「假使你認可他的力量而想要對方成為你的助力……死亡的人什麼事情都沒辦法再做了，活著才會有機會，不是這樣嗎？」

回答他的是猛然一聲巨響，接著是無數種石頭石塊掉落碰在地上的聲音，被突如其來的聲響一嚇，獨角鹿蹦地跳起，驚慌地竄入旁邊的樹林中。

還未來得及反應，帝先感覺到的是喉嚨一窒，剛剛不曉得在搬什麼東西的安地爾倏地出現在他面前掐住他的頸子，緩緩收緊了手指，「你的意思是，叫我去幫他醫治好再直接把人捉回去像這次一樣強行改變成自己的搭檔嗎？」笑著，安地爾瞇起眼，冷然地看著眼前的精靈石化體透不過氣的樣子。

在掐死對方之前他才鬆了手，看著紫銀髮的青年倒在地上不住地咳嗽。

「爲什麼你會這樣想？」好不容易順過氣之後，帝抬起頭，知道對方沒有走遠，就站在他旁邊：「你從未好好地跟別人談一談。」

「你覺得要對方當鬼族這種話題適合坐下來用聊的？」挑起眉，安地爾很有興趣地笑了：「不過呢，我的確曾想和他們坐下來好好聊過，不過對方不怎麼領情。」

他說得也沒錯，帝怎樣也都覺得這種話題似乎不適合用聊的。

「你們這學院的人都挺奇怪的。」

懶得再和對方扯些什麼聊不聊的話題，安地爾轉身往他剛剛挖開的地方走去。灰石落盡，四周躺滿了碎石，被封閉許久的地方在經歷悠久的時間之後再度接觸空氣。

等了一下，注意到對方沒再搭理自己，帝覺得有點奇怪，便沿著聲音摸索著往不明處走去。

他感覺到的是個洞穴，石的，應該是天然形成的地方，不過外面堆積的碎石上有幾乎被磨到圓潤的切角，是人爲的。

有人把這裡給封起來，不知道爲什麼鬼族的高手要重新打開這裡。

「這是我們的祕密基地。」

然後，他停下腳步。

※

「抱歉，我無意打擾你們的地方。」

嗅到了空氣中沉重的氣味，帝往後退開了數步，踏回了塵土與草地。

「我告訴你一件事情。」站在裡面的安地爾將翻倒的古老書本、石缽放回原本的位置，和他記憶中或許有所差距的舊位置，「精靈石這種東西其實滿罕見的，說巧不巧，我聽說冰牙的王子們曾經找到了一塊，後來經由亞那的手送給了鍛鑄師，之後我聽說那塊石頭被鑄成兵器與簪器，再過來那些東西都被隨著主人陪葬了。」

愣了一下，帝瞠大了眼睛：「你說的是眞的嗎？」

他並不記得更久之前的事，或許只有臣還記得，但是連臣都不知道他們古老的故鄉在哪邊，只記得鍛造師曾經將他們塑型。

「隨便你相不相信。」看了站在洞口前的人一眼，安地爾將想放的東西放好之後緩步走出。

「你還知道什麼？」似乎聽見洞穴裡有某種奇怪的聲音，帝不解地回過頭。

「其他的都不曉得了。」這樣告訴對方，安地爾彈了下手指，原本落在地上的石頭全部重新將洞穴給封閉起來。

「……你在裡面放了什麼？」對那個聲音感覺到有點不安，他放棄詢問精靈石的事，想再聽仔細一點那奇異的聲響。

「呵，很快你們就會知道了。」

抿抿唇，帝躊躇著，然後緩緩開口詢問：「我想問最後一件事，爲什麼你會讓我來這邊？」

他無法理解，如果只是要問那孩子的事，其實還有好幾個選擇，行政人員幾乎都知道這件事了，並非只有他。

那瞬間，空氣中似乎有所變化。

「我閒著無聊。」

「你──」

還未抗議不要開玩笑之類的話，帝突然覺得腳下的空間似乎完全消失了，絆了一下整個人摔在柔軟的布料上。

他回到了學院中他們所住的地方。

鬼族的氣息已經完全消失。

他可以聽見窗外還有幻獸在嬉戲的聲音。

「……安地爾？」知道對方已經不在了，不過帝還是嘗試性地喊了一下，靜悄悄的房裡連回音都沒有。

嘆了口氣，四周絲毫沒有剛才那地方的氣息。

感覺上還頗像是作夢……

從躺椅上爬起來，帝順著自己的髮，回想剛剛那個鬼族說過的話。

他說，曾經有個冰牙族的王子將他們轉送而出。

可信度有多少？

還在思考剛剛那短暫時間裡的事，他突然聽到急匆匆的腳步聲，接著是門被人直接撞開、碰到牆上然後彈回來的巨大聲響。

「帝！」

開會開到一半把所有人都丟下跑回來，臣用著對方看不見的某種錯愕表情盯著他：「你剛剛從學院裡面出去嗎？」

不知道爲什麼，他有一瞬間突然無法感覺到精靈石相連的存在。

「我嗎？」偏著頭，帝勾起微笑：「怎麼可能……」

不怎麼相信的人走了過來，把他上上下下全部都看過一遍，確定完全無事之後才緩緩鬆了口氣：「你嚇到我了……可惡，是哪個傢伙在玩結界，造成錯覺。」別讓他知道是誰，否則有對方好看。

深深發誓會遇到對方一次打一次的臣在心中暗暗咒罵著。

「應該是小錯誤吧，修補完就沒事了。」繼續睜眼說瞎話的帝還是彎著微笑：「對了，臣哥，放假的時候我們去找找……最早出生的地方好嗎？」

看著對方，臣有點疑惑：「爲什麼突然想這件事情？」

「你不好奇嗎？」

「有點，不過爲什麼突然想到這事情？」覺得對方太過突然，臣開始逼問。

「你不會懷念還不知道的過去嗎？」

「有點，不過你怎麼突然提到這些事情？」

「……當我沒問好了。」

「帝，你瞞我什麼？」

「……」

眞是自找苦吃。

望著對方表現出今天一定要給我一個交代的感覺，帝嘆了口氣。

早知道就不問了。

都是那個鬼族害的。

最後被記錄的故事

四周有著流水的聲音。

我站在這裡，手上拿著水妖精們給我的請帖，就像先前一樣，和最開始、還未發生過任何事情那時候相同。

「漾漾。」遠遠地，雷多揮著手朝我走來，「伊多在聖地等你，走吧。」

還是那張神經病般不變的笑臉，雷多很愉快地說著，然後在前面領著路，就和我第一次來時候一樣，旁邊浮現了很多奇怪的東西，與上次不太同，有條粉紅色的河豚正在追著水草飛過去，接著張開魚嘴一口把水草拽掉一半，那坨草綠的東西噴出內臟和不知道是不是血液的暗紅色物體……

我還是不要隨便張望對心臟比較好。

有時候某些東西不是看久就習慣了，精神上接受會很困難。

「前幾天你們通了電話，說些什麼？」雷多笑嘻嘻地靠在旁邊，很好奇地向我打聽。

「伊多沒告訴你們嗎？」奇怪了，我還以爲伊多會先告訴雷多和雅多。

「沒有耶，祕密嗎？」搖搖頭，雷多露出疑惑的表情：「伊多很少有祕密瞞著我們，該不會他今天叫我和雅多不要出門就是因爲你要來吧？」

「大概吧……」

就在幾天前，我撥了手機告訴伊多水精之石那份地圖的事，伊多那時候和我對談還滿平穩的，沒有表現出很高興也沒有表現出其他情緒，讓我覺得有點奇怪，過兩天就收到請帖了，我還以爲他會先向雷多和雅多說這些事情咧。

然後我們進入了聖地中。

沒有改變的景觀沒有增加或減少什麼，除了上次烤肉時的那個地方好像有點不太一樣之外，一切都與我記憶中相同。

雷多帶著我走進了建築物裡，穿過一些小庭院，最後我們進到花廳，伊多和雅多已經在那裡等我了，就連桌上都已經有泡好了茶水與看起來就很美味精緻的點心。

「請在這邊坐下吧。」微笑著，伊多也讓雙胞胎兄弟在旁邊落坐：「這是翼族送來的點心，據說翼族經常有慶典，這次對鬼族戰之後他們爲了祈禱與謝神，特地製作了大量平安點心分送各族，一起吃吧。」

我看著伊多，他沒有什麼奇怪的舉動，這讓我覺得有點不太對勁。

「呃……該不會你給我請帖，只是找我來吃點心吧？」我還以爲伊多會很快地詢問我水精之石的事，畢竟那攸關他和水鏡。

伊多笑了，似乎早就預料到我會問這件事：「是的，我只是單純請你來一起吃吃下午茶，妖師不願意與水妖精一起同坐嗎？」

「我沒有這個意思，我以爲你會想看看水精之……」

「漾漾，吃東西吧。」打斷了我的話，伊多搖搖頭，似乎不想我把這事直接在這邊說出來。

這眞的讓我覺得很奇怪，非常奇怪。

他應該要看看地圖，然後一起想辦法找到那些古老的精石讓自己和水鏡恢復。

「你們兩位在說些什麼？」明顯完全不曉得這事的雅多和雷多看了看我與伊多，由雷多好奇地問著。

「沒事，讓我們抱著對翼族的感謝享用這些點心吧。」

似乎也察覺不對勁，不過雷多和雅多只是對看了一眼，什麼話都沒說。

翼族的點心比我想像中還要好吃，而且據伊多說上面還有祈禱的心意和一些特殊藥草，可以讓人更健康，翼族就是這樣愛好和平與膜拜的種族。

吃完下午茶後，伊多暫時支開了雙生兄弟，說神殿有什麼缺角的樣子，讓他們先過去修補。

然後，這裡只剩下我們。

伊多在靠近陽台邊的躺椅坐了下來，似乎還有點虛弱的身體半躺在柔軟的靠墊上，不知道跑去哪邊的水色小龍從陽台外竄進來，直接繞在伊多的肩膀上。

我看了一下，在他椅子旁邊的地板坐下來，白色的地毯連一點灰塵都沒有。

「伊多，爲什麼不說？」

抬頭看著對方，我發出了疑問。

他轉過來衝著我微笑。

那瞬間我就覺得我的問題太過突兀，只好尷尬地咳了兩聲：「那個……黑山君給我的那塊水精之石我帶過來了，還有地圖……」慌慌張張地從背包裡拿出盒子，那是賽塔給我的小木盒，聽說可以隔絕石頭的氣息以免招來奇怪的東西。

看著木盒，伊多嘆了口氣：「你有這份心讓我非常高興與感謝，但是我不願意讓雅多他們知道是因爲……」頓了一下，他看著我，表情似乎有點悲傷：「上次他們強行去取來水精之石的時候，帶著很嚴重的傷勢回來，我在電話中聽你說這是古老的地圖，現在的土地已經都改變了，我不願意雅多、雷多或是你爲了這份不確定的地圖涉險，即使它有可能是正確的、也相同。」

「如果不去的話，就拿不到了，你不想要早點和水鏡一起復原嗎？」看著那條小龍，我的聲音不自覺也大了起來。

我曉得伊多一直都很顧慮我們，他寧願自己受傷也不會讓我們過於涉險。

不管是對雷多雅多或者是其他人都一樣。

有時候，我會覺得擁有水鏡的妖精太過溫柔。

「我明白未知的路途有著希望，但是希望往往伴隨著危險，水精之石只能治療我，而非能夠治療很多人。再者它的價值一定會再度引起不同的風波，我總有一天能夠傷癒，水鏡總有一天能夠成形，我對目前這個樣子已經感覺到很滿意了，只要所有人都能夠平安，水精之石並非絕對必要。」淡淡地說完這些話，伊多看著我：「你是個聰明的孩子，你也一直都聽得懂我想說的話，對吧？」

「我實在是很想聽不懂……」可是你也說得太白話了，只要不是白痴都會懂啊！

接過我手上的盒子，伊多輕輕地打開，水精之石出現的那瞬間他身上的小龍嗚叫了一聲，撲過去蹭著石頭，然後眨巴著眼睛來回看著我們。

「既然你不想找地圖，總可以先用水精之石吧……」反正我私下去找也沒差，先看他接受石頭比較好。

「雖然我想拒絕，但是這樣會辜負你的心意，非常謝謝你願意為我做這些事情。」拿起那塊石頭遞給小龍，那條長型的東西直接把石頭一口給咬了，撲飛到外面去了。看著盒子，伊多從裡面拿起地圖：「至於這個東西，只好先跟你說聲抱歉了。」

然後，我看見有銀色的火焰突然從地圖的一角竄起。

他想燒地圖！

「伊多！等等！」燒了我要怎麼去找啊！連忙撲過去想要搶地圖，不過我整個人突然固定在原地，像是突然鬼壓床一樣連手指都動不了，眼睜睜看著地圖上的火開始變大。

那個燒掉就沒救了啦！

沒想到他會這樣做，我突然後悔了，我應該在來之前先去影印一份才對——

就在我懊悔加上懊悔的時候，從伊多後面突然伸出隻手，一把握住銀色的火，硬生生把火焰給抓熄了，然後地圖被扯出伊多的手中。

不知道什麼時候進來的雅多鐵青著臉，手上抓著燒出個破洞的地圖，他身後的雷多一直在甩手中出現的黑紅色燒傷，感覺上好像頗痛。

「伊多，我想你需要解釋這個。」抬了抬手上的地圖，臉色已經差到很像連續踩了兩次大便的雅多用極度不高興的語氣瞪著眼前的人。

我吞了一下口水，偷偷往後縮兩步。

這時候應該交給他們兄弟自行解決應該會比較好……

「漾漾，是怎麼回事呢？」一轉過頭，雷多那張笑臉很像是某種閻王臉直接出現在我旁邊：「你可以說明嗎？」

哇靠，干我屁事，又不是我燒的！

「這是什麼地圖？」看著手上緊抓著的東西，雅多沉著聲音問：「爲什麼要燒掉？」

「只是份沒有用的東西。」伊多轉開了臉。

「眞的是沒用的東西嗎？」翻開地圖，雅多的表情更糟糕了：「我看見上面都是古代的水澤之地。」

「……」

就在三兄弟氣氛繃到最高點時，陽台外突然啪啾一聲，捲著水精之石的小龍歡樂地滾了進來，完全沒察覺裡面的險惡氣氛。

雅多在看見水精之石的那一秒大概全部都瞭解了，因爲我看到他的表情從不解的嚴肅變成完全明白的嚴肅。

「可能會有水精之石產生的古代地圖？」他的聲音有點高，晃了晃手上的地圖，被燒破的洞相當明顯突兀。

「也就是一個個找應該會找到水精之石的地方？」雷多的眼睛發亮了，然後從他的雙生兄弟手中搶過來：「伊多，爲什麼你要燒了這東西，我們非常需要啊！」

「這份地圖的時間已經太久，有可能早已不再有任何價值，只是張無用的地圖罷了。」我覺得大概是第一次做虧心事被抓個正著的伊多聲音不太大，臉也整個轉開。

「但是我們的確需要。」握緊了受傷的手，雅多的聲音變得有點憤怒：「你太過分了。」

說完這句話之後，完全不管他大哥的叫聲，一甩手雅多就直接跑了出去。

「那個，我去找他！」連忙追在雅多後面跟著跑出去，再不跑我覺得等等雷多一定會掐著我的脖子逼問所有過程，還不如讓他去掐他哥得好。

衝出去之後，我似乎聽到雷多的聲音——

「伊多，我們好好談談吧。」

※

跑出住所後，其實根本不用找，我立刻就看見雅多站在上次被我們烤肉轟掉的地方。旁邊有幾隻兔子蹦來跳去，一看到我來就全跑光了。

他就站在那邊，雙手捏得死緊，受傷的那隻有點血紅色染開了指縫。

「雅多，這樣伊多會傷心喔……」而且你的雙胞胎兄弟也會爆痛。

轉過來看了我一眼，雅多才緩緩鬆開手。

「地圖和水精之石都是你帶來的對吧？」他問著，口氣似乎沒我想像中生氣，反而平平的，有點出乎我意料之外。

好吧，我還以為他轉過來會直接呼我一拳。

把黑山君的事簡單說了一遍後，我很認命地站在原地等待被算帳。

沒有提出發問，雅多靜靜地盯著我看，有那麼一秒我眞的被他看到全身發毛，有種非常不自在的感覺。

「雅多，如果你們想前往尋找水精之石，可以讓我一起去嗎？」雖然我知道這是很無理的要求，不過從頭到尾，伊多受傷原本就是我的責任。

這是我應該做的事。

只是，之前我逃避了。

看了看我，雅多沉默了一下才開口：「古老的地圖從久遠前至今已經改變很多，那類有靈氣的物品會招來很多貪婪的東西，去尋找水精之石絕對只有危險不會有什麼愉快，這和你們之前玩票性質不同，有可能是會被列為紫袍、黑袍等級的任務。」

他說得很保守，不過我知道他要說的是——你跟去一定會被秒殺。

「呃……放心，真的危險的話我會自己逃命。」如果逃得掉的話。

可能是第一次，我看見雅多的表情變得比較柔和一點，不是在笑，但卻給我一種他心情不錯的感覺。

「如果是這樣，有空的話你就可以過來，我想要找尋這些地方，借用一點妖師的力量不算犯規吧。」然後，他向我伸出手。

握住那隻其實有著硬繭的手掌，我露出笑容。

「對了，伊多那邊……」沒忘記剛剛他是生氣衝出來的，我想伊多現在應該還滿緊張的吧？

「伊多那邊，我決定多跟他嘔氣兩天，雖然我氣已經消了，但是一想到他不知道做了幾次這種事情，即使是身為兄長的考量，我還是認為他應該反省。」表現出沒得商量的態度，雅多收回自己的手。

唉，其實他說得也沒錯啦。

「那麼就這樣吧，我想先回去了。」看了一下手錶，不太早了，而且裡面還在處理家務事，我想先離開。

「我送你過去。」

「謝謝。」

看著我，雅多淡淡地開口。

「應該是我要說謝謝，眞的、很謝謝你幫我們帶來這份地圖。」

※

這是，我在日記最末頁上記下的最後一個故事。

雅多送我回到黑館之後，翻開這本不算太厚的記事本，最早之前我本來想把它當作遺言本來寫的，畢竟不知道在學校這邊到底會發生什麼事情，所以我開始把那種非正常人的生活一點一點地記了上來。

我在學校已經過了一年多，這本記事本也走到盡頭。

看了一下房間，我在想如果還不能搬到一般學生宿舍的話，不知道可不可以拜託賽塔幫我弄個休息房隔間……那個重柳族的每天都跟在附近也夠辛苦了，哪天颳風下雨沒地方住也有點可憐，雖然我對他的印象並不好。

但是，他其實是個算能夠溝通的人。

「你已經很習慣這裡了啊？」慵慵懶懶外加某種戲謔的語調從我書桌後傳來。

轉過頭，我看見扇董事：「呃，可以麻煩妳下次用敲門的嗎？」就算我已經習慣部分了，還是不習慣這種突然冒出來的行爲啊！

「隨便啦，反正還不是都要進來。」搖著扇子，扇董事涼涼地揮揮手。

「那個，學長的師父……」在那之後我就都沒有看到他們了。

「傘喔?他違反我們的秩序，現在禁閉喔，過陣子才會再出來，就上次大戰的事情咩，插手管太多了。」很自動地在旁邊沙發坐下，扇董事聳聳肩：「安啦，反正那個又沒啥差，關給別人看的，才不會太多閒話。」

「這樣喔……」沒有問她爲什麼、關給誰看，因爲我覺得她也不會告訴我。

翻著手上的日記，所有事情又隨著紙頁一一重複。

然後，在某頁停了下來。

那時候，我才剛從鬼王塚回來沒多久，上面記錄著我更改的字句，那時候的我剛進了學校，寫上日記。那之後的我像現在一樣翻開日記，在以前那邊記了上去。

「如果心能說話，那就是咒語般的言。」

我會對這句話印象深刻的原因，是在很久很久……相識之後、分別之前。一個對我來說最重要的人告訴我的最後一句話。

我曾經以爲，那眞的是最後一次了。

某方面來說，也幾乎真的是最後一次，但是在那之後，卻又經歷了那麼多次的不同。

看著那時候的我寫下的字，上面還有點乾涸的淚水痕跡……我那時候應該是一邊哭一邊寫的吧？

模糊的字跡與清晰的記憶。

我想，這輩子我都不會忘記這些事情。

然後我拿起筆，將這一大段話給劃掉，只留下了簡短的句子。

世界不會重新再來過，遺憾造成但是請讓我們用力地去彌補，相信自己的能力然後用力活下去。

所以現在我在這裡。

慢慢地闔上了日記，我將已經填滿的本子收進了桌子抽屜，然後拿出我在原世界買的新本子，與上一本完全相同，也有著一樣的頁數。

當我填滿這本後，新的故事就會在黑山君那邊重新開始。

將新本子放在桌邊，我轉過去看著似乎在等我的扇董事：「我這裡沒有泡茶的東西，妳介不介意喝汽水？」

聽說上次有人在左商店街買了汽水，結果喝完整個人也氣爆了，所以我連夜衝回去原來的世界買了一打，死都不想在商店街買外表看起來像生活用品結果裡面完全不是的東西。

扇董事看著我，勾起愉快的笑容，接著從空氣中抽出一個資料夾，裡面有著幾張紙張。

「你想不想當代導人啊？」

拿著汽水罐，我訝異地看著她。

「暑假之後，新學期也要開始了喔，會有很多可愛的學弟妹進來學院。高中部二年級的學長，你有沒有興趣帶點小羊啊，這是國中部的小朋友，很可愛喔。」搖搖手上的資料，扇董事嘿嘿地笑著：「而且還有薪水喔～」

那時候，學長應該也是這樣吧。

「好啊。」

於是，我這樣告訴她。

把資料遞給我之後，扇董事拿走汽水就笑著離開了。

翻看著資料，是個外國男孩，暑假之後入學的門口放在國外的地鐵前，上面的立體影像是個不知道為什麼看起來稍微有點眼熟的男孩。

灰藍色的頭髮？

好像我認識的誰也是這顏色……？

那時候的我完全忘記了當初學長就是接了董事的資料，之後才發生一堆問題，所以按照往例來看，我手上的這個一定也有問題。

只是，那時候的我眞的完全忘記這件事情了。

誰會知道，是在暑假之後、我當上代導人，那令人哀號的狀況才讓我記起這件事情。

我們未來都還在繼續。

故事不會中斷，只會開始與暫停。

之後，都還在繼續。

那一年的暑假我踏入這裡，今後的暑假將會有更多人也踏入這裡。

「丹恩？」未來學弟的名字，其實滿普通的好像是屬於菜市場名那種，我繼續往下看，突然感覺不妙了，下面那三個字讓我深深覺得，接下來對方的新班級大概也差不多跟我那時一樣是人間地獄吧……

「……史凱爾。」

我後悔了，現在換別人接不知道行不行。

……還是先去問萊恩消失這件事會不會家族遺傳，我很不想在國外還人生地不熟地到處找小孩。

這樣絕對會被抓！

被警察抓的！

而且我還沒有國外的簽證！

於是，舊的故事暫停。

不久之後，即將重新開始。
在假期結束之後。
一切終將繼續。

《特殊傳說・學院篇》完

卷末　他人的故事

地鐵站從清早開始就是人來人往。

他拿著入學資料按照上面的吩咐買了月台票就踏上第三號，清晨時人並不多，大都市的人們總是在七點之後開著車努力地擠在公路上。

拿著公事包的通勤族則在那時候擁入這裡，像是沙丁魚不停塞進罐頭般的大鐵塊裡。

瞇起眼睛，無聊地翻了幾次寄來的學院資料。

他看過，他的家人在這裡，因爲很想進入學院，所以他死命地在路上抓到一個怪叔叔強行討來入學的第一手資料。

然後，他即將成爲新生。

看著地鐵站的時鐘，上面的時間快到了。

「啊，不好意思，我不小心迷路了。」

就在他想著要直接爬過護欄往地鐵跳時，某聲生澀的英文出現在他後面。

轉過頭，他看見的是個很普通的東方人，男的，長相眞的很普通，普通到有點讓人覺得不可靠外加看過就忘記。

「這個地鐵比我想像的大……你好，我是高中部的學長，即將擔任你一個月的代導人。」

東方人很有禮貌地先向他行了禮打招呼，表情有點尷尬地朝他伸出手。

瞇起眼睛，他隨便和對方握了握。

眞失望，原本還以爲會是他家人當代導人，找個這麼不可靠的傢伙來幹嘛？

「那個，學校入口在這班車前面……喂！等我一下！」

在那傢伙說明之前，他已經很不耐煩地直接跳上護欄，入口就入口解釋那麼多幹嘛，沒看到車子都已經到了嗎！

到學校之後，他一定要取消代導人，然後去找他家人來介紹學院，往後他們就會在同一個地方生活和唸書了。

之後，他要幹掉那個可惡的紅袍，當上自己家人的搭檔。

他看那個紅色傢伙不爽很久了，穿得跟靶心的顏色一樣，很刺眼。

一想到完美的計畫與未來，他突然心情就好得不得了。

「快點快點，校門口只開一次……」

東方人慌慌張張地跟著他爬上護欄，冒失的舉動讓他打從心底覺得這傢伙在搞什麼，笨手笨腳的沒什麼實力。

這種人也可以進入異能學院？

眞不知道學校審核的方針是什麼。

「哇啊！」

「！」

還沒想完這些事情，伴隨著隔壁傢伙驚嚇的喊聲，他也嚇了一大跳。

原本已經攀過大半護欄的兩個人突然被抓了屁股，揪著褲子往後一拖，差點沒摔回月台上，只能勉強用很危險的姿勢掛在護欄上。

轉過頭，有個英國鄉村打扮的小老太太站在下面，用不可置信的語氣責怪他們：「我的天啊，男孩們！不要年紀輕輕就想不開，快下來！」

她一手揪著隔壁那傢伙的屁股，另外一手高高舉起剛剛丟在地上的花洋傘用力敲打他們。

「願主保佑，快下來快下來！」

不停站的列車在他們面前呼嘯而過，捲起了一陣風壓，然後車子就這樣在他們極近的眼前跑掉了。

他看見隔壁那傢伙一臉鐵青，加上欲哭無淚的表情。

媽的！上個學怎麼這麼難！

清晨的地鐵站中，小老太太的聲音在幾乎無人的車站繼續迴盪。

「快下來！」

全文完

番外・職業樂趣

這是個關於鳳凰族的故事。

任誰都知道，在鳳凰族中最受景仰的就是現任女性族長、琳婗西娜雅，而她旗下有兩大助手，一位爲目前正在學院裡擔任醫療班首領的提爾，也是女族長的親生手足；另外一位則是惡名昭彰殺手家族出產的九瀾，擔任分析班的指揮。

在琳婗西娜雅指定這兩人之前，其實身爲鳳凰族直系血緣的提爾並未想要出任醫療班職務。比起那一堆堆屍體和傷患，他還寧願隨便穿穿考個白袍啥袍的四處去轉轉，更之前他還想過去做個演藝職業什麼的。

因爲，那裡充滿了漂亮的東西。

「我還是覺得屍體比較美。」

某次和九瀾聊起以前的志願，對方給了他這種答案：「分析部可以看到很多屍體啊，你不覺得這眞是太適合我的地方嗎。」

戀屍癖發出了世人難以理解的可怕笑聲，偷偷把一個學生的手指藏了起來。

於是提爾認爲就算同是擔當重任的兩大左右手，在某種程度上還是無法溝通的。

在那之前，他還懷抱著夢想的時候，他認爲在醫療班之外有著更多美麗的事物，而他對於美麗的事情有種難以說清的喜愛。

美麗的東西人人都愛，而無法一一去尋找這些，讓提爾感到一種前所未有的煩躁。

「我幫你應允了學院的醫療班，無殿直接請求公會的協助，醫療班在商議過後能夠派出幾個人前往駐紮，我想要讓你過去那裡。」琳婗西娜雅這樣告訴他：「那裡比起醫療班總部還要適合你。」

提爾皺起眉。

「不過就是一堆小鬼的地方……」而且拜託，學院上課的時數那麼長，沒人換班的話他還得整天都待在那個地方，這樣要怎麼出去找漂亮的東西來安慰他的精神和心靈，要知道好的醫療人員也必須調養自己的身心健康，長期被關在那種學校裡，他應該很快就風化掉了吧。

「對，我用族長的身分命令你，馬上給我滾過去接管那邊的保健室。」完全不怎麼客氣而且懶得解釋理由的鳳凰族族長非常直接用權威壓人。

「我抗議，妳得先問過我的意見。」而且他是醫療班的第二把交椅。

「誰是老大？」琳婗西娜雅挑起眉。

「……妳。」

「沒錯，所以馬上給我滾出去。」

地位在頂端的能幹女性用完全沒有商量餘地的冰冷語氣，就這樣把他從醫療班給踢到傳說中的學院了。

於是，當時的提爾在戀屍癖的幸災樂禍視線下離開了醫療班總部，開始了他的學院之路。

他一直以爲，這輩子玩完了。

踏進學院的那瞬間起，剛剛那個玩完的念頭立時就被丟到大後方去。

站在他面前迎接他的精靈驅逐了所有的不滿，直接讓他笑到嘴巴快咧到耳根上，後來還追加了一堆美麗的建築物和各種罕見的花草，漂亮的行政人員和學生多到足以讓人光看就心滿意足。

原來這裡才是他應該待的地方。

打從出生到現在，他第一次那麼打從心底完全感謝那個身兼親姊的女族長。

琳婗西娜雅，妳眞是太瞭解我了！

基於以上如此原因，提爾愉快地赴任去了。

※

「變態。」

當年還是清純國中生還不是黑袍的某人在看到醫療班派來的成員後，直接送了他這句話。

「漂亮的小朋友，如果不快點把你受傷的地方報上來，大哥哥我很忙，會直接讓你在那邊待到痛死。」看著賞心悅目的國中生，提爾一邊吞了吞口水，順手在邊上的屍體皮膚上打了朵花，然後才把一些細小的地方給縫好。

就任之後，他突然覺得九瀾那個死傢伙也應該要來才對。這所學校的死亡率可怕得驚人，比起醫療班一日配送的重傷死屍都還要多，不過學院裡因爲有結界與交換契約，所以只要別死到連殘渣都不剩，基本上都還可以用簡易法術復活。

「……醫療班除了這個變態之外沒有其他人嗎？」有著銀白髮的國中生不悅地轉頭四周看著，無視於手臂上的傷口還在冒血，很執著地想找個新傢伙。

「大哥哥我可以告訴你，我在醫療班算是正常人了。」如果是九瀾那傢伙，肯定不是流口水就了事，他絕對會補一刀給他滿意的對象一個痛快，很快地這所學院就會發現有學生或者行政人員開始離奇失蹤。

目測著這小子應該是白袍吧，可是白袍有收這麼年輕的學生嗎？

雖然他對公會的機制一直有疑問，不過現在感覺更謎了。

來這邊已經有好一段時間，他今天才注意到學院中有這麼一個小孩子，之前沒有在學院裡常常被送來治療的學生裡見過，漂亮的東西他看一次就不會忘記，可見這個學生有很高的能力讓學院當中那些亂七八糟的東西不會傷害到他。

「夏碎，我們去聯研區那邊的附屬醫療室。」皺了皺眉，男孩轉了頭看著旁邊站著跟自己一起來的搭檔。

「既然都來了，這邊有醫療班的人應該比較不會留下後遺症吧。」另一個長得也不錯的男孩溫溫和和地笑著，安撫了搭檔的情緒。

「我覺得被這種變態治療搞不好會留下更多後遺症。」銀髮男孩俐落地捅了提爾一刀。

正在欣賞兩個漂亮小孩的提爾聽到這些話，也不得不反駁了：「喂喂，小姑娘，放眼醫療班除了琳婗西娜雅以外，你找不到第二個比我更厲害的人。」

銀髮的男孩皺起眉，額前的一搓紅色散出了不祥的光芒：「你剛剛叫我什麼？」

「好吧，男孩，請相信醫療班的治癒術吧，起碼我們鳳凰族還要比別的醫生強啊！」拍了一下桌子，提爾很熱血地站起身，放下手上殘敗的屍體然後抹著口水往兩個漂亮的小孩走過去。

然後，男孩勾出了某種難以解釋的冷笑：「強不強我們馬上就會知道了。」

那天，醫療班裡被列為左右手的人物被一個國中生給痛扁了一頓。

把人完全打扁之後，其實實力不止白袍那麼簡單的男孩拖著同伴揚長而去，而他的同伴還不忘記從藥架上拿下比較快速治傷的藥劑，用很抱歉的微笑跟著跑了。

看著兩個男孩離去，被打得扁扁的提爾拉出了完全和他現況不搭嘎的笑容。

天、天堂啊……

※

「我非常認同你是變態這句話。」

過了一段時間，琳婗西娜雅偶然來探班時從其他人口中知道了這件事，邊是優雅地轉著手上的水晶杯子，邊從美麗的嘴唇中吐出了話語：「實際上，有學生投訴復活之後發現身上被繡花，結果來找你要求復原時還被整個半死。」

「他說他不要花啊，我當然就直接幫他把那塊皮撕了然後再生。」看他是多麼的親切，還幫那學生恢復到最佳狀況的皮肉。

「是啊，你連麻醉都沒有直接把他的皮給扯下來，不痛個半死才怪。」

「唉，又不是漂亮的學生，如果是美麗的傷患，我一定會提供像是在侍奉高等貴族的態度。」想著之前來的那對男孩還有宿舍精靈，提爾繼續勾起了大大笑容。

「重點是，你沒事在人的皮膚上繡什麼花。」琳婗西娜雅瞇起眼睛，冷哼了聲。

「我覺得這樣可以打發時間而且比較美觀，身上沒有可取地方時，只好替他創造一個可以盯著看的漂亮地方，不過那些學生還真不懂得欣賞，好好的藝術花都不要，嘖。」存心來傷他眼的。這樣想著，提爾開始考慮下次要不要在門口掛個等級分列表，最低等的就不用進來了。

「我認爲你少做一點多餘的事，投訴投訴地煩死了，不然你要繡就繡在頭頂上，頭髮長出來之後就看不見了，隨便你要怎樣發揮。」身爲一族之長，琳婗西娜雅想到的是要以減少抗議信爲第一，其餘的看要怎樣搞都不干他們的事了。

「好吧，我唯有下次刺在他們的內臟裡了。」

「保佑他們不要哪天看到自己內臟時還保持清醒。」涼涼地拋下這句話，琳婗西娜雅站起身，波浪長髮揚起一道弧光：「看來你也該做事了，醫療班還有工作，我得先回去了。」她今天

只是專程來探望她弟的適應性和處理投訴問題，不過看起來這個人在這學校裡還滿如魚得水的，應該不用太擔心。

她想，該擔心的應該是那些學生和行政人員。

晚一點再請學校宣導自身安全注意公告好了。

「做事？」沒有注意到自家親姊在打什麼主意，提爾往旁邊偏頭看，保健室的門邊不曉得什麼時候站著一個青年，穿著整齊打扮得乾乾淨淨，沒有任何動靜就筆直站在門邊，似乎在等候他們談話完畢。

喔喔喔喔——原來這所學校裡除了有精靈妖精和一堆奇怪東西之外，還有絕種很久的霧金狼人耶！

瞬間分辨對方身分後，提爾完全忘記剛剛還在和鳳凰族族長對話這件事，一個起身就直奔站在門口的青年面前。

「您好。」青年稍稍行禮，臉上的表情完全沒有變動。

「你是同學還是老師？有哪邊痛啊？」歡愉地按著狼人的肩膀上下檢視，提爾非常熱絡地招呼著。

「抱歉打擾兩位了，我想請問一點醫療方面的事宜……」

還未說完，被垂涎的狼人疑惑地看著很熱絡的醫療班將他拉進保健室，還準備了茶水點心放在桌上，做完一系列動作之後才歡樂地坐在他的正對面。

「我們可以慢慢聊。」盯著眼前的上等狼人，提爾心情很好地說著。

「嗯，我想您的朋友似乎還有點事情要說。」提醒他還有另外一個人的存在，目前擔任管家職的青年稍微咳了一聲。

就站在某個開花的人身後，琳婗西娜雅冷冷勾起笑容：「看起來你很適應這地方嘛，我就不另外推舉別人來接手了。」這傢伙，她原本還在想要多調派人手過來，不過看他這樣子應該是不用了。

「好啦好啦，別煩我。」揮著手要人快滾，提爾現在眼中只剩下眼前的狼人。

如果變成半獸型應該很漂亮……

「是這樣嗎？」見識了何謂標準的見色忘友典範之後，琳婗西娜雅一腳將自家弟弟的椅子給踹翻，很愉快地在一片哀號聲中離開了。

好吧，是她錯估了變態的強力生存能力。

看來完全不用擔心了。

※

「喵喵來了！」

又過了幾天，某位也是鳳凰族醫療班的可愛女孩轉進了保健室裡，「提爾，我們來慶祝吧～」提著竹編大籃，被很多人在私底下列爲未來績優股的女孩露出甜美的大大笑容這樣說著。

「慶祝小美女快畢業了嗎？」盯著眼前可愛的小女孩，基本上男女不拘只要漂亮就行的提爾一把丟開手上正在處理的屍體，開著小花迎上去了。

「喵喵拿到新認證喔，以後可以單獨出任務了。」邊說著，女孩清理了一下桌面，將竹籃裡的蛋糕點心都端了出來：「安因和庚庚也說要來幫喵喵慶祝。」

「安因？」庚他認識，是女孩的好朋友兼搭檔，不過前面那個是誰啊？

「嗯，安因之前在外地出任務喔，剛剛在走廊遇到，喵喵邀請他一起來吃點心。」

「那是哪個種族——」

話還未問完，保健室的門被人敲了敲，接著自動打開了。

「不好意思，請問米可蕥是在這邊嗎？」蓄著美麗金髮的青年探進頭，疑惑地問著。

看來在他出任務時這裡又有點變化。

一看見來人，提爾整個眼睛開始發光了。

「我想應該是這邊沒錯吧。」在天使之後走出了精靈，很快就注意到女孩正在向他們揮手，精靈點了下頭：「抱歉，我不請自來了。」

實際上是在走廊時他剛好碰到天使，因爲天使的邀約所以才一起跟過來。

「沒關係，慶祝就是要人多才好玩啊！」喵喵很歡樂地衝過去一手拉著一個，快樂地說道。

差點感動到哭出來，提爾快速拖了椅子過來，把精靈和天使從上面到下面完全審視完。精靈他在初到學院那時看過了，沒想到這裡連天使都有。

瞇起眼睛看著這個奇怪的醫療班，天使動了動手指，被旁邊的友人壓了下來。

「嗯？你身上有奇怪的東西……啊，你該不會是公會裡很多人在談論的那位黑袍吧？」因爲很少出醫療班正式外勤，提爾只想起來好像有過這回事。

被鬼王盯上的黑袍，是琳婗西娜雅直接接手的棘手工作。

「是的，因爲最近才回到學院來，錯過了您的上任時間，往後也請多多指教了。」微笑著向這位同僚打了招呼，天使決定忽略對方奇怪的地方。

「歡迎常常來玩啊。」

「謝謝。」

❋

「琳婗西娜雅說你在這邊過得很滋潤。」

難得沒事到這裡閒晃的九瀾在看到走廊外排滿屍體之後先是眼睛一亮，接著開始快樂地在外面屍體堆走來走去，順便跟他聊天。

「我看你現在也滿滋潤。」他打賭這傢伙沒把屍體都翻過一遍是不會滾回去的。

「這裡眞是個好地方，以後我會經常來散步的。」摸著還熱呼呼的內臟，九瀾露出了滿足的詭異笑容。

「隨便你……喂！別偷走學生的內臟！」看見對方疑似把個肝放到口袋，提爾馬上放出警告：「渾蛋，要拿走先再生一個給我！」

「咯咯咯，屍體的美好就在於它是獨一無二。」

「你想讓我的學生也變成獨一無二的無器官人嗎——」

話還沒說完器官也還沒搶回來，地面上先畫出了傳送陣的陣法，接下來出現的是上次他看過的那個溫和男孩，男孩肩上還揹著把他打一頓又說他是變態的漂亮男孩，漂亮男孩穿著的白袍上有斑駁的血跡，很顯然已經昏過去了。

「我們剛剛在任務中被埋伏……」

輕鬆地把漂亮男孩直接抱起來，提爾很快地踢開無人的空房間開始進行治療。

「呃……其實他是頭撞到。」站在門邊看見自家搭檔差不多被上下其手一圈，還未取得袍級的男孩咳了聲。事實上他們剛剛中埋伏時並沒有被敵人攻擊到，而是他來不及閃避落石被同伴擋下保護才會變成這樣。

「嗯，有時候我們必須預防萬一。」正色地這樣告訴男孩，提爾翻了一下，果然在床上男孩的頭邊看到個還在淌血的傷口。

「原來如此。」虛應了聲，男孩倒也沒有插手。

稍微把男孩診視過，提爾瞇起眼睛。

混血的精靈啊……難怪他會覺得這個漂亮小孩哪邊怪怪的，之前只瞥了一眼又被海扁讓他沒有分辨出對方的身分，現在仔細檢視，還眞讓人意外。

不過混血精靈他也只聽過一個，那是僅有他們幾個高層的人才知道的事。

原來這小子來歷還眞不簡單啊。

提爾突然有點知道爲什麼琳婗西娜雅非得指定他過來不可了，看來還有這層原因。

「眞是漂亮，如果是屍體就好了。」不知道什麼時候從他旁邊冒出來，九瀾用一種很想把對方作掉的語氣說著。

「滾，不要妨礙我的工作。」

「唉，見色忘友。」

把戀屍癖踢出去之後，提爾拿來了藥膏，打算多摸兩把時突然對上了一雙銳利的血紅眼睛，還精準地一把抓住他的手。

「變態！」

接著是兩根手指戳瞎某人靠得很近的雙眼。

於是在那之後，身爲冰牙族與燄之谷雙重身分的混血精靈與鳳凰族的第一把交椅正式認識，同時也震驚到難以接受這傢伙會是他未來在學院專用的指派醫療者。

無法告訴別人的身分只能派遣醫療班高層前來接手。

「其實那也不錯啊，這樣以後我們就可以找固定的人幫忙了。」那時候，他的夥伴勸他人要往好處想。

「……」他無言了。

而後，保健室的客人依然還是不減。

從知道隱藏任務後，提爾更加感謝將他派到這裡來的琳婗西娜雅了。

這裡是真的是個完美天堂。

直到現在他還是這樣認為。

這個學院裡什麼都有也什麼都不奇怪，美麗的東西到處都是。

果然，人還是要有職業樂趣才會過得很美滿。

「下次如果缺幫手可以找我啊。」戀屍癖離開之前發出了要將這裡當作第二基地的宣言。

「想都別想。」

他才不要讓一個變態來攻佔他的天堂。

轉頭，門口又站了人，一個漂亮的惡魔大美女站在那邊，從頭到腳散發著嫵媚的高級邪氣，活像個高級的邪惡藝術品。

「歡迎光臨～～」

於是又開始了他歡樂的一天。

〈職業樂趣〉完

特傳幕後茶會

經過了前一集的緊張氣氛，我們終於來到了〈學院篇〉的終回。作為一個段落，這次共同邀請了大多數出場的角色群一起到學院的大餐廳裡，來個群體聚餐吧。

主持人B：說是聚餐，不如說這根本是年末尾牙大會啊！累死我了！
喵喵：一個一個發邀請函很辛苦喔，乖乖。
主持人B：而且還沒紅包……
漾漾：沒死已經算不錯了，最近你見紅的機率好少啊。
主持人B：對啊我也這樣覺得，感謝來自各地的問候信，主持人們現在依舊活得好好的，我好感動……好多人在意我們的生死啊……

主持人C：大哥，那是因為死了就沒有主持人了，我們已經決定，你翹掉的那一天我們要集體逃出六界，再也不回來！

主持人B：你們這些渾蛋傢伙！

漾漾：呃，你就保重吧……

喵喵：放心！不會死的，喵喵會在剩一口氣時，用力把你救回來！

主持人B：雖然我好像應該要感動，但是妳是要在只剩一口氣才要開始救嗎！

喵喵：半口氣也可以救的。

漾漾：（妳可以在很多口氣時就救了啊……）

主持人B：算、算了，再講下去我會心血管爆裂，那就讓我們開始這次的尾牙……不，正式開始這次茶會吧。

大家有時候在使用特定術法時，會劃破或咬破手指滴血，請問這樣會不會很痛？

B：雖然是問大家，不過就連我這個主持人都可以說……其實根本都已經用到沒感覺了，大多數人當下遇到的危險狀況，八成都比滴血還痛吧。

阿斯利安：這麼說也對呢，的確不會去在意這些小事。

漾漾：不，我可以代表正常人說，其實痛爆了。

喵喵：漾漾會痛嗎？為什麼會？

漾漾：所以我才說我代表正常人……

西瑞：漾～你這就是修行不夠了！身為本大爺的僕人，怎麼可以因為咬個手指就痛呢！就讓大爺來好好幫你進行特訓吧！

漾漾：免！不用！謝謝！

請問主角，撞火車比較刺激還是撞公車比較刺激？

漾漾：都不刺激啊啊啊啊啊！還有這邊都是有練過的，不要亂學，百分之百會死的！

解完任務之後，公會的酬勞到底是怎樣的嚇死人呢？學長每次接的任務大概都是多少？

學長：……

B：我就代替大家來看一下冰炎殿下的存款記錄吧……呃……

漾漾：怎麼了？

B：一筆一筆的太多零，有點眼花，突然不想算了。

漾漾：學長你都沒什麼在花錢嗎？好多的整數啊！

夏卡斯：他花啊，賠砸壞各種●●●的錢，不過那些通常會直接從酬勞扣掉，不會進到他存款裡。

漾漾：所以這些已經是大量刪減過後的嗎……（學長買命錢不是這樣存的啊！要有點娛樂開銷啊！你人生不空虛嗎！）

學長：囉嗦！

B：這種存法，難道你想置產嗎？

學長：沒有。

B：難道你有什麼夢想嗎？要用到很多錢的？奉養長輩？

學長：沒有。

B：難道你沒夢想嗎……

學長：……

漾漾：（話說回來，學長他長輩需要存錢奉養嗎？精靈王？狼王？感覺都是油亮亮的長輩耶！）

學長：褚，給我閉腦。

漾漾：對不起馬上閉……

為什麼千冬歲要進情報班呢？

千冬歲：因為我高興，而且我喜歡記東西。

B：所以沒有什麼特別意義嗎？例如可以拿到你哥的資料？三圍喜好全部看透透之類的？偶爾還可以看一下任務行蹤外加今天吃什麼？

夏碎：咳……

千冬歲：當、當然不是！你們把我當什麼人了！真沒禮貌！

萊恩：咦？可是歲，你上次……

千冬歲：閉嘴！（一秒捂萊恩）

西瑞老是把主角搞得團團轉，那麼究竟，在你的心目中對主角有什麼感覺？

西瑞：嘎？本大爺的僕人，就是僕人的感覺！

漾漾：誰是你僕人！

B：扣掉僕人，有什麼特別的感覺嗎？例如知己？特別親密的朋友？超級好朋友？

西瑞：超級好僕人（拇指）

漾漾：……

為什麼賽塔不考黑袍呢？

賽塔：我被賦予的責任，只要白袍便已足矣（微笑）

B：不過，賽塔的實力應該跟黑袍相當了吧。

洛安：就算是黑袍，也不會想與賽塔為敵。

安因：賽塔有著強大的力量，古老精靈的底限無人可探。

黎沚：好有趣啊，下次我們打一場看看吧，我常常跟洛安比試，但是還沒有和賽塔比劃過呢。

洛安：還是不要比較好。

黎沚：為啥啊？

洛安：你們兩個認真打起來，學院結界會壞，很難修復。

黎沚：那就三分力、不認真打！

洛安：那何必要比試？

黎沚：好像也是，唔……

賽塔：雖然有些遺憾，不過既然有這些美好的時間，不如讓我們嚐嚐洛安新釀的酒，我想也會有另外一番意思的。

黎沚：好啊，來喝來喝。

請問學長，如果西瑞開了個人演唱會，你會去聽嗎？

學長：不會。

B：瞬答啊。

西瑞：漾～記得來聽喔！

漾漾：你真的要開嗎……

西瑞：人生在世，行走江湖總是要被插一刀！大爺什麼都可以開！

漾漾：你可以選擇不要插那刀啊！

千冬歲：原來你有認知聽你唱歌是被插一刀啊（冷笑）

西瑞：你個四眼雞仔，又想找本大爺抬槓嗎！

千冬歲：有何不可。

西瑞：給本大爺來外面釘孤枝啦！

漾漾：你們別鬧了……

夏碎在看學長踹主角時，會不會興起跟著嘗試的念頭呢？

夏碎：不會呢。

漾漾：……為什麼要跟著踹……

B：大概是廣大的人民百姓都想踹你看看吧？

漾漾：最好是啦！

主持人每次在訪談時，有沒有想過乾脆去自殺會比較好？

B：我們族的神不允許自殺，擅自結束應有的時間和責任會影響世界運作。但是我有想過請不要幫我復活……

C：嗚嗚，大哥我也是。

B：所以與其想自殺，不如去鞭A的屍比較快！

喵喵：A早就逃走了喔，捲著墳頭逃遠遠遠遠的～

B：可惡！

C：大哥，我們去把他拖回來！

請問學長，有沒有被越見關過？

學長：沒有。

輔長：他的治療士不是越見啊。

夏碎：冰炎有特定的治療士。

輔長：我我我～就是我！

學長：找你不如找月見。

B：好吧，那麼我們換個方式問問，殿下有被提爾關過嗎？

學長：你是說他後悔一個禮拜那次？（冷笑）

輔長：你是說有人昏迷在保健室，結果昏迷中啟動了怪法術讓整座保健室被夷平，結果等一個禮拜才完全修復那次？

帝：你們是在說，有座保健室被古代大法陣破壞了一週，讓我們疲於奔命了很久才修好的那次嗎（微笑）

后：就是超累的那次……

臣：就是連帝都得幫忙那次……

奴勒麗：還啟動了校內高級警報那次。

夏卡斯：錢賠了很多那次。

班導：學生們曝屍荒野一個禮拜那次。

學長、輔長：……抱歉。

漾漾：（學長你真的是人間凶器啊……）

請問主角，如果學長是女生的話，你會不會喜歡上「她」？

漾漾：說真的，如果光看外表一定會，但是知道內在之後，我心裡應該只剩下「阿彌陀佛」這四個字還會一直重複……

學長：褚，你要解釋那四個字代表什麼意思嗎？

漾漾：……對不起我錯了。

扇：不過臭小子你如果變成女生，說不定會很有看頭喔？要不要變看看？

學長：滾。

扇：嘖嘖，真是不友善啊，運動會都變過了還怕什麼。

漾漾：（學長是怕變不回來吧。）

如果主角像睡美人一樣突然啪答倒地完全睡死，請問大家會怎麼救他？

漾漾：這是什麼問題啊喂！

B：就當好玩回答看看？

漾漾：一點都不好玩啊！

喵喵：喵喵一定會用力地把漾漾救醒喔！

千冬歲：送醫療班吧。

萊恩：……（吃飯糰）

阿斯利安：送交醫療班是最妥當的。

休狄：低賤的種族就去死吧。

學長：自生自滅。

夏碎：轉交醫療班。

小亭：吃掉！吃掉！

莉莉亞：干本小姐啥事。

雷多：水嗚跟雷王是你的好選擇！

漾漾：選擇什麼啊！淹死還是焦掉嗎！

西瑞：漾～你喜歡花車還是西索米？

漾漾：那還沒死！那還不算死！不要擅自決定已經要辦後事了啊喂！

提爾：歡迎來醫療班，我們也可以幫忙處理後事。

漾漾：我覺得我絕對不會冀望得救的……

承上題，如果一定要給一個吻才會得救，你們會救嗎？

喵喵：……

千冬歲：……

萊恩：……（吃飯糰）

阿斯利安：不明的狀況下還是通報醫療班比較好。

休狄：低賤的種族就去死吧。

學長：不會。

夏碎：我想，還是請醫療班處理吧。

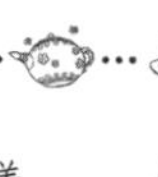
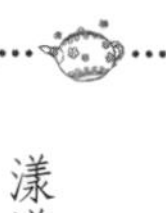

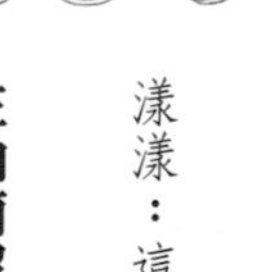
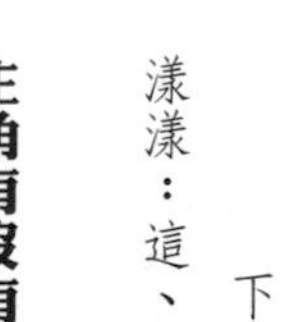

小亭：吃掉！吃掉！

莉莉亞：……

雷多：……

西瑞：啥小東西！

提爾：歡迎來醫療班，我們還是可以幫忙處理後事。

漾漾：……

B：你們還是乖乖送醫療班吧。

尼羅：應該是會的，畢竟是救助。

漾漾：嗚嗚嗚嗚嗚……（感動眼淚）

奴勒麗：大姊姊幾個吻都可以給你喔～上上下下都可以給～

漾漾：這、這就不用了。

主角有沒有想過找個搭檔或考袍級？

漾漾：我比較想當個正常人。

B：完全沒有想過要搭檔？

漾漾：一個西瑞我都已經快被搞死了，完全不敢想像有搭檔的樣子啊啊啊啊——

B：那袍級呢？

漾漾：我還不想死……

B：考袍級不一定會死啊？

漾漾：但是考的過程我覺得一定死，所以等我想死那天再去好了……起碼會比較痛快……

學長：誰說會比較痛快？

漾漾：等等！不會痛快嗎！

學長：不知道。

漾漾：（不知道就不要答腔來增加別人恐懼啊啊啊啊——）

喵喵：聽說，好像沒有很快，但是喵喵考藍袍一次就過喔！不會痛的！

雷多：我們也是一次過，還真不能告訴你會不會快。

伊多：並不難的，有機會還是試試吧。

阿斯利安：其實並不算難考，準備確實的話是很迅速的。

戴洛：阿利也是一次通過，真的很優秀。

休狄：智障的低賤種族。

九瀾：一邊吃零食一邊就可以過了，還可以追測驗人，那個心肝肺好棒啊……

漾漾：……下一題。

雅多和雷多有分房睡嗎？

雷多：沒有，一直睡在一個房間裡，房間有變大就是。

伊多：雅多和雷多從小就睡在一起，但是也很容易打起來。

雅多：他太吵。

雷多：我才沒有吵。

B：沒想過要分房睡嗎？

雷多：為啥要分房？睡得好好的啊。

伊多：其實很久以前有分過一次，但是最後又跑到同一個房間睡了。

雷多：哪知道雅多要趁我睡覺時搞什麼，不監視怎麼行！

雅多：睡到一半時，雷多害我突然流血。

雷多：你看你看，這也要計較！我都沒說第二天晚上先發燒的是你，害我跟著吐半夜！你為什麼白天自己去處理污穢法術沒告訴我啊！還自己忍著結果害我也遭殃！

雅多：彼此彼此。

伊多：大致上就是這麼回事了。

B：雖然這樣說，不過果然是因為互相照顧吧。

如果有一天主角誤開學長的浴室，發現學長在裡面洗澡，會變成怎樣？

漾漾：我應該會變成豬頭（悲傷）

學長：……

西瑞：嘎？有什麼好看的嗎？學長有的我們都有，不在裡面洗也沒差吧？

漾漾：你不懂，很可能會被很多女生打成豬頭……

B：我想應該是很多女孩子會想把相機寄放在你……嗚噗！（遭重擊）

學長：換一題。

漾漾：主持人在抽搐了耶……

為什麼學長不叫主角的暱稱？

B：讓我先擦一下血……（垂死）

喵喵：這樣有沒有好一點了？

B：有……

喵喵：加油加油！

B：……所以，要試叫看看嗎？

學長：……

漾漾：我覺得，照本來的方式叫就好（起雞皮疙瘩）

請問萊恩有被自己的兵器打過嗎？

萊恩：有。

B：雖然說是兵器，不過都各有自己的意識靈體，應該就是和一個團體一起生活那種感覺吧？

萊恩：差不多。

B：不會吵架嗎？

萊恩：會。

膳火：聽他講話氣都氣死了！誰要跟他吵！

熙睦：通常我們會自己先解決。

B：原來兵器們已經都有生活共識了啊。

熙睦：萊恩是好人呢，所以我們不想找他麻煩，而且大哥大姊們也會修理鬧事的人。

膳火：哼！我才不管其他人怎樣！

萊恩：他們都很好。

為什麼學長在學校大多都穿黑袍，而不是穿制服呢？

夏碎：這與公會的規定有關，只要在執行任務，除了情報班之外，都必須穿代表袍級的衣服。

漾漾：學長幾乎無時無刻都在任務……（標準過勞死啊……）

喵喵：大家都一樣喔！喵喵在任務時也會穿藍袍的！

伊多：袍服本身也有各種保護與輔助的術法，

可以大量抵銷掉外來的攻擊，以及更方便運用各式法術。

漾漾：好處很多啊！穿藍袍的時候明顯有感覺受傷比較沒那麼嚴重啊！不然一般是人都翹辮子了！

千冬歲：運動會和競技賽時公發的衣服也有類似的效果。

B：說起來，制服也有嗎？

喵喵：制服也有守護法術喔！但是一點點而已，統一的制服守護會到成年後結束，所以大學就不用再公發制服了！不過大學還是有班服的，大家會自己按自己班級喜好訂製，庚庚的班服上也有守護法術喔！

奴勒麗：另外制服有個效用，就是消失在學院某處時，我們可以比較快找到人……如果是穿自己的便服嘛……呵呵呵呵……

漾漾：（難道以後我要二十四小時穿制服了嗎……）

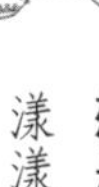

喵喵：另外，像大競技賽時，雖然有發制服，但是還是以袍級服裝為主。學校自辦的大運動會則是例外，而且當時不用出任務，所以大家都穿運動服喔！

B：所以袍級大於競賽服裝與制服，競賽服裝大於制服，牴觸時就視當時所需與最高階的方式穿著。

對了，對於主角敢對學長大小聲，學長當時感想是？

漾漾：（哇靠這誰問的啊啊啊啊啊！）

學長：哼……找死。

漾漾：（我就知道啊啊啊啊啊啊——）

一般人類很容易忘記東西放在哪裡，大家會嗎？

漾漾：我是一般人類……

阿斯利安：正常來說不太容易，我們會分辨氣息。

B：怎麼個分辨？我偶爾也會忘記，難道你們連螞蟻甲乙丙丁四兄弟都記得清楚嗎？

阿斯利安：這就太細了。

B：不過看來重要東西是不太會忘。

喵喵：可是有的就是會躲給你找，有時候也要找好久喔。

漾漾：躲給你找又是什麼東西……

主角有問過姊姊冥玥在公會中究竟都做了什麼事嗎？為什麼會人見人怕？

漾漾：完全不敢問……

冥玥：唉呀，我可什麼事情都沒做過，巡司的工作原本就不討喜，這沒辦法，不過我也不需要人見人愛就是。

千冬歲：……

B：千冬歲好像有點想講什麼耶？

千冬歲：沒有。

冥玥：而且，要是不滿的話，儘管來找我，我可無所謂。

辛西亞：打得過小玥的話……小玥好可怕啊。

然：咳咳……

冥玥：就正大光明等著囉。

先前有說過學長會煮飯，那麼是好吃或是？

夏碎：是好吃的。

B：喔？這就讓人很好奇了，殿下有想要露一手看看嗎？

學長：不想。

B：嗚，果然。

阿斯利安：學弟的手藝在袍級中廣受好評。

B：咦？難道殿下其實很常露一手？

阿斯利安：長期團體任務時，不管是誰都必須輪流打理事務，所以實際上並沒有大家想的那麼油水不沾。

B：嘖嘖，那我就很想問了，煮最難吃的是誰？

阿斯利安：向別人問這種問題的話，很容易死掉的喔（微笑）

B：對、對不起，請無視（抖）

請問九瀾有想過要綁頭髮嗎？

九瀾：現在這樣還好啊。

B：沒想過要變個髮型嗎？這樣半夜會嚇到人耶。

九瀾：咯咯咯，嚇死也不用擔心身後事。

B：……說起來九瀾一直都是這樣嗎？

西瑞：大爺從小看到大都是這種鬼樣子。

提爾：在鳳凰族時看著看著，就覺得明明有張好臉，結果搞得像鬼，我是指從外在到內在都是，可惜啊可惜，嘖嘖。

九瀾：多謝誇獎。

B：說真的，真的不試綁一次？我綁髮技術不錯喔。

九瀾：你的肋骨其實滿美的……

B：對不起，我們換下一題。

為什麼學長在出事當下，是和阿斯利安去救主角，不是和夏碎呢？

阿斯利安：學弟並不是和我一起，如之前所說，他是單槍匹馬去闖，只是我正好代替戴洛在那邊，所以才會跟著進去。

B：不過今天如果是戴洛在那裡，會跟著闖嗎？

戴洛：會先通報公會，再採取必要行動，阿利你實在是……唉……

阿斯利安：狩人總是無法放著迷途的人不管，不是嗎。

戴洛：唉……

休狄：……

如果當初是夏碎撿到白色球魚，會如何處理呢？

夏碎：我想應該會和大家一樣，放回海裡吧。

小亭：吃掉！吃掉！

夏碎：……或許可能會被吃掉。

B：那就真的悲劇了……詛咒體會上廁所嗎？

小亭：小亭不用上廁所！頭好壯壯！

夏碎：小亭吃掉的物品都會轉化成她的力量。

B：清潔劑？洗髮精？雕像？家具？鍋碗瓢盆？這些都會？

夏碎：都會的，只是很微小。

漾漾：（白川主吃進去不知道會不會被轉化，會就無敵了！）

請問伊多平常一個人的時候都會做些什麼呢？

伊多：閱讀或者是靜修，不論是幻武兵器或是水鏡都需要很大的精神力量。

雷多：雅多也常常坐著發呆一整天。

雅多：……

B：說起來，幻武兵器很注重精神溝通，主角的幻武兵器還可以養得這麼合作也真是不容易。

漾漾：為什麼又扯到我身上……我也常常在和米納斯交流啊。

B：如果那算是正常交流的話，之前還要燒豆子？

米納斯：……

漾漾：……

B：米納斯開始想要換頭家了嗎？

米納斯：……

漾漾：不要害別人的幻武兵器離家出走啊喂。

萊恩：幻武兵器離家出走不難找，跟著氣息走，靈體無法離本體太遠。

漾漾：你還真有經驗啊……

先扣掉休狄王子的態度和想法，單純論及能力的話，請問阿斯利安認為王子是怎樣的搭檔？

阿斯利安：是一位好搭檔。

休狄：哼，不要將本王子和那些沒有能力的人相提並論！

阿斯利安：但是如果僅有能力，那麼有許多人都能取代，這也稱不上是搭檔了，對吧。

休狄：……

戴洛：（阿利你可以不用補後面這句啊……）

B：不過說起來，雖然貴為王子，休狄殿下以及莉莉亞的實力真的不低，算是很力爭上進的王族。

莉莉亞：那不是當然的嗎，實力和身分是兩回事！

休狄：哼。

漾漾：這麼說也是，我們學校貴族跟王族一大堆啊啊啊——

傘董事和扇董事是夫妻嗎？

學長：不是！

扇：哼哼哼，臭小子你幹嘛這麼急於澄清啊，我又不會吃了你師父，不過就是隨口叫叫，我也常常叫鏡心肝小親親啊～

學長：……

B：那麼三位有什麼特殊關係嗎？

扇：呵呵，這就不告訴你囉。

B：這種回答反而讓人很在意啊。

扇：那就在意吧～

阿斯利安和戴洛兩兄弟，誰收到的情書比較多呢？

戴洛：阿利從小就很受歡迎，所以一直都是阿利比較多。

阿斯利安：喜歡戴洛的女孩子都很居家，所以戴洛收到的用品類型比較多。

B：所謂的用品是？

阿斯利安：食品、衣服那一類的，大都是生活用品，也有不少編織品，族裡的女性也很用心替他製作護身符。

B：啊啊，可以理解，戴洛大哥是標準好老公那型的啊……

小亭：主人也有很多很多喔！一封一封的！

B：夏碎先生就不意外了，他……

小亭：然後全部吃掉！

B：一律變成食物了嗎！

請問西瑞的內褲一樣豪華閃爍嗎？

漾漾：……為什麼會有這種問題？

B：少女的期待之類的，總不能每次都跳過，主持人很難當的請體諒一下。

漾漾：（啥鬼啊！）

西瑞：哼哼哼，你們這些平民百姓太小看本大爺了，本大爺的內褲當然也是挑過的！

漾漾：龍？麻雀？恭喜發財？槓上開花？台客尚青？福？竹爆平安？（竹爆平安是什麼啊！）

B：這還真是精心挑選，我是指另外一種方面的精心……（眼神遠）

西瑞：既然都到本大爺這裡看了，那漾～你的呢？

漾漾：什、什麼我的？

西瑞：既然看大爺的，大爺也要看你的。

漾漾：什……喂！不准去我房間！給我站住啊啊啊啊——

主持人B：好的，在主角去追人的同時，我們就換成外景主持人的時間了吧！

（棚外）

請問安地爾除了泡咖啡之外，還會泡什麼？

C：貌似還有泡過可可，那、那請幫我們解惑……

安地爾：最近的主持人都喜歡站在門口抖嗎？即使是鬼族，我們也是會招待客人的。

C：（站在門口是因為要逃可以逃比較快……）

安地爾：好吧，除了咖啡和可可之外，我也會

泡其他的東西，祕密基地那段時間裡學了可不少。

C：也是，醫療班出身的話，肯定也會很多類似的技藝。

安地爾：要試試看嗎（微笑）

C：不、不用了，謝謝。

放假時，安地爾在外還做了哪些事情？

C：不過鬼族真的有放假這觀念嗎……

安地爾：所謂的放假，就是我不想看到其他人時候的代稱。

C：（好、好可怕……）那、那麼您還有做哪些事情呢？

安地爾：這就是祕密了，或是你想一起來？

C：呃、那就到此打住好了。

重柳族的名字呢？

重柳：……

C：你……啊！不見了！不要跑給我追啊老兄！

※

主持人B：好的，那麼這次茶會也差不多到此告一段落了。

喵喵：問題比平常還要多呢。

主持人B：是的，這次稍微增多了一些，不過還是很多問題沒有問到……而且有些問題我怕問了我會穩死，連半口氣都來不及喘就再見了。

漾漾：你辛苦了，我懂你的痛。

扇：臭小子，你到底有多不想我來參加呢，從頭避我避到尾啊～

學長：……

主持人B：蘭德爾好像都不太開口呢。

蘭德爾：沒有很想回答的問題。

漾漾：（伯爵應該是很想要問尼羅為什麼腦袋不開竅吧……）

主持人B：好吧，那在茶會的最後，在場有沒有人想要問問其他人問題呢？

休狄：阿利你……

阿斯利安：近期內不可能，謝謝。

漾漾：（這閉門羹來得好快。）

萊恩：莉莉亞除了酸的之外還喜歡什麼口味？

莉莉亞：你不會看場合嗎！不要在這種全部都是人的地方問啊！

萊恩：主持人說的……

奴勒麗：對啊，莉莉亞還喜歡什麼口味呢？要好好地跟人家說一說啊，不然紳士們很難準備的。

莉莉亞：我——

菲西兒：對啊對啊，還喜歡什麼呢？

喵喵：快點跟萊恩說啊。

歐蘿妲：誠懇點回答喔。

莉莉亞：——萊恩．史凱爾！

萊恩：又生氣了……

莉莉亞：不要以為你隱形到牆壁裡就沒事！

扇：臭小子什麼時候回來家裡玩啊？

學長：……那不叫回家玩，那是被妳玩。

扇：你都不想見見你師父啊，我們很難常常來這裡，他老人家孤單寂寞冷喔～

學長：日前見過了。

扇：你啥時候要變可愛點啊？

學長：……

蘭德爾：尼羅晚上要吃什麼？

尼羅：我幫您準備了聖女的血液。

主持人B：哇啊，別在這裡討論恐怖的食譜啊。

尼羅：請放心，這是聖女分享給我們的血液，雖然以血液為主食，但是僅需一杯的量；意外地有著非常多慷慨的朋友分享。除非是無法容忍的存在，我們才會獵取所有的血。

蘭德爾：昨天是什麼賢者的血液。

尼羅：是坦雅部族風之賢者贈與的血液。

主持人B：……尼羅你交遊真不是普通的廣，我大概知道你家黑袍是怎麼養出來了，這種喝法攝取的力量也不是普通的多啊！

漾漾：（太恐怖了太恐怖了！）

歐蘿妲：說起來我也有給過，不過他有等值幫忙處理其他事物，尼羅辦事還滿勤快的。

喵喵：喵喵也有給過喔，那一點點完全沒問題，馬上就復元了～尼羅也幫喵喵很多很多忙！尼羅做菜很厲害的，喵喵有請他教。

九瀾：公會也有很多進貨管道啊，不過就只是血，總之不是你想像那種天天吸到乾啦，那管道超美好。

漾漾：（到底是什麼管道啊……）

班導：不過蘭德爾也經常會自己打獵，上次看到他在人類世界抱著美女啊嘖嘖。

漾漾：呃……（反正沒吸死人好像也還好了……？）

主持人B：於是也差不多該告一段落了。

本次因為是學院篇終章，所以除了慣例的當期抽選贈書之外，另外增加了三十份小獎品，重新聚集了茶會開始到現在的所有信件來一起抽選，那麼就請大家幫忙抽出幾位幸運的得獎主吧。

喵喵：這期得獎主就讓漾漾來抽吧！漾漾是主角，要抽一次喔！

漾漾：呃，好的……

學長：他真的是嗎？

漾漾：我是……

本屆書上茶會抽出

致贈第十集簽名書一本：洪○涵（台中市）

主持人B：接著在截至今日所有來信中抽出的獎項與周邊名額如下：

致贈

第十集簽名書一本：柳逸（彰化縣）

96頁心情塗鴉本　五名：

顏○筌（高雄市）
黃○芃（新北市）
賴○禎（新北市）
黛夜（彰化縣）
楓夜（雲林縣）

符文N次貼　爆符款　五名：

董○孜（彰化縣）
羽蕭（新竹縣）
奶茶（桃園縣）
悠然（屏東縣）
闇焰（台南市）

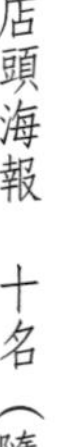

胸針組　五名（Q版狀態大頭貼胸章，隨機擇一寄出不挑款）：

隨身瓶（彰化縣）
魏○潔（新北市）
萍水相逢（台中市）
冬青（新北市）
陳○容（桃園縣）

抱枕小吊飾　五名（冰炎／漾漾／夏碎　款，隨機擇一寄出不挑款）：

啦啦（台北市）
楊○禹（台中市）
阿文（新北市）
何○一（嘉義縣）
宮玄夜（台南市）

店頭海報　十名（隨機不挑款）：

李○禧（桃園縣）
林○瑜（台北市）
玄珞貂（台中市）
卓○旋（高雄市）
柳○霜（新北市）
Melen（屏東縣）
筊白筍（台北市）
洪○琳（嘉義縣）
凋楓（南投縣）
扇渣渣（台中市）

以上所有贈書與周邊贈品，將在新書上市時統一掛號寄出。

主持人B：最後，感謝至今所有人對《特殊傳說》的支持，〈學院篇〉在此畫下

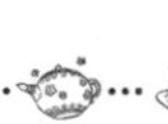

停頓點。新的旅程也將會再繼續，願神保佑所有的種族與生命健康安泰，平安和樂，讓我們下次再見。

END

之後，故事即將再度開始……

學長在我的
面前，出現了

靈魂散著微弱的
光明，就像每個
我看到過的精靈
一樣。

盯著我看的學長
微微顫動了銀色
的睫毛。

一秒
否認！
鼻涕眼淚嘩啦啦
我完全不
認識他！

by 紅麟

新篇預告

新版 特殊傳說 THE UNIQUE LEGEND **第二篇章**

那之後，經過了一段不長不短的時間……

漾漾順利升上了高中部二年級，
課餘時間與雅多、雷多兩兄弟展開尋找水精之石的旅程。
過程刺激不斷、危險連連，
而且，很大部分是來自自家人搞出的「危險」！

熟悉的身影，如今不復存在，他離開的第十一個月。
該怎麼做，才能喚醒沉睡中的冰炎學長？

一樣熱鬧、一樣嗨翻天，也一樣會遇上許多成長關卡。
無論何時，別忘了宛如咒語的那句話——

「只要你肯定自己，世界才會肯定你。」

相約2014年，
《特殊傳說 新版》第二篇章，旅程再起～

國家圖書館出版品預行編目資料

特殊傳說／護玄 著.
——初版.——台北市：蓋亞文化，2013.11
冊；公分.

ISBN 978-986-319-074-5（卷10：平裝）

857.7　　　101005845

悅讀館　RE280

10〈學院篇〉完

作者／護玄
插畫／紅麟　　封面設計／克里斯
出版／蓋亞文化有限公司
地址◎台北市103承德路二段75巷35號1樓
電話◎（02）25585438　　傳真◎（02）25585439
部落格◎gaeabooks.pixnet.net/blog
臉書◎www.facebook.com/Gaeabooks
電子信箱◎gaea@gaeabooks.com.tw
投稿信箱◎editor@gaeabooks.com.tw
郵撥帳號◎19769541　戶名：蓋亞文化有限公司
法律顧問／宇達經貿法律事務所
總經銷／聯合發行股份有限公司
地址◎新北市新店區寶橋路235巷6弄6號2樓
電話◎（02）29178022　　傳真◎（02）29156275
港澳地區／一代匯集
地址◎九龍旺角塘尾道64號龍駒企業大廈10樓B&D室
電話◎（852）27838102　　傳真◎（852）23960050
初版五刷／2022年1月
定價／新台幣 250 元
Printed in Taiwan

ISBN／978-986-319-074-5

Gaea

Gaea